7분

죽음의 시간

7분 죽음의 시간

최들판
장편소설

엘릭시르

차례

프롤로그

사이렌소리는 구릉 아래서부터 쩌렁쩌렁했다. 구급차는 병원 부지 안으로 요란스레 뛰어든 후 응급실 출입구로 이어지는 통행로 중간에서 딱 멈췄다. 스스로를 멋쩍게 여기기라도 한 듯 사이렌소리도 뚝 그쳤다. 초록 경광등만 눈물을 쥐어짜내듯 여전히 울렁거렸다. 새벽 한복판에 선 초라한 병동의 벽면이 녹색으로 번들거렸다.

마침 제영은 전화에 대고 투덜대는 중이었다. 상대는 요즘 만나는 여자였다. 이건 대체 의사 일이라고 할 수도 없다, 완전히 시체처리반 작업이나 다름없지 않느냐, 하며 평소처럼 찡찡댔다. 여자는 듣는 둥 마는 둥 했다. 구급차가 다시 천천히 움직여 꽁무니를 응급실 출입구에 바짝 댔다. 뒷문이 홱 열렸다.

오늘밤 응급실 당직의인 채제영은 이미 감이 왔다. 호출기가 울림과 동시에 진동 모드로 돌려놓은 업무용 폰도 옆구리가 따갑도록 덜거덕거렸다. 웬 호들갑들. 제영은 피우던 것을 마저 다 피우고 느긋하게 일어서기로 했다.

그래, 딱 감이 왔다.

구급대원들이 누군가가 실린 환자 이송카트를 차량에서 내렸다. 행동들이 굼떴다. 심하게 지치고 울적해 보이기까지 했다. 카트의 사이드레일 한쪽은 완전히 떨어져나가 구급대원 하나가 손으로 막으면서 이동해야 했다. 바퀴 프레임에 달라붙어 굳은 암녹색 물질은 그 정체를 짐작할 수 없었고, 굳이 알고 싶지도 않았다.

이미 죽었군. 틀림없다. 잘 가시오. 누군지 모르지만. 하여튼 오늘 일 하나 덜어준 건 고맙수다.

구급대원 일행이 응급실 저편과 바깥세상을 경계 짓는 암적색 고무 커튼 안쪽으로 사라졌다. 제영은 아직 일어서지 않았다. 이 몸을 그대로 일으켰다간, 저 카트 위의 친구가 응급실 안 침상으로 옮겨져 사망판정을 받기도 전에 자신이 먼저 혈압으로 쓰러질지도 몰랐다. 매일 밤을 이런 식으로 넘기고 새벽 동이 트는 것을 볼 때마다 기적이라는 생각이 들었다. 이 나이에 날밤을 새우면서 응급실 당직을 서고 있는 게, 그리고도 여전히 살아 있는 게 모두 경이로웠다. 그래, 굿, 베리 굿. 하느님께 감사해야지. 땡스 갓, 갓 블레스 유.

결국 제영은 응급실 앞에 깔아놓은 야장 영업용 플라스틱 의자에서 일어났다. 여자와의 전화도 끊었다. 허리에 힘이 들어가니 절로 기침이 나왔다. 급성 폐렴인가. 속이 헛헛하고 쓰렸다. 그는 괜히 미적거리면서 병원을 둘러싸고 있는 울타리 너머 야경을 둘러보았다. 울타리 아래로 녹등 중심가에서 항구 초입까지 이어지는 초승달 모양의 유흥가가 벌겋고 누렇게 번들거렸다. 그렇게 반짝이는 꼴을 보고 있자니, 독기와 기만으로 속내를 가득 채운 피에로의 일그러진 얼굴이 연상됐다. 녹등 중심가의 악의어린 그 웃음이 지긋지긋했다. 새삼스러울 것도 없는 이 감정.

제영은 느닷없이 짬뽕이 먹고 싶었다. 캡사이신과 미원, 소금과 후추에 절여 크림처럼 흐물흐물해진 양배추를 듬뿍 넣고 잘잘 끓인 짬뽕. 거기다가 소주 한 잔 곁들인 뒤 세 시간짜리 다디단 쪽잠까지 더한다면 바닥난 원기가 조금은 돌아오겠지. 이놈의 당직 순번도 또다시 돌아올 테고.

그래도 살아 있는 게 어디냐, 생각하는데 업무 폰이 다시 울렸다. 문자메시지. 스태프 중 한 명인 모양인데 기억에 없는 이름이었다. 뇌가 두부처럼 뭉개진 지 오래라 누굴 기억하는 것은 이미 포기했다. 어디 있냐고, 환자 들어왔다고 채근하는 내용이었다. 이미 죽었는데 왜 촐싹대고 지랄이야. 제영은 나직하게 투덜거리면서 허리 스트레칭을 하는 시늉을 했다. 문자가 계속 왔다. 누구야, 이 새끼. 완전 스팸 수준이네. 환자 이름, 나이, 주소, 거기에 바이털사인 따위를 사진으로 찍어 보내면서 계속 들어오라 재촉했다. 바이털사인은 볼만한 게 없었다. 당연했다. 제영의 시선을 끈 것은 환자 이름이었다. 어어.

어.

아는 이름이었다.

드디어 뒈졌네.

제영은 제 속말에 화들짝 놀랐다. 얼른 성호를 긋고 좋은 데 가시라 하며 입말로 간단한 기도를 했다. 좋은 데 가시라. 흐음. 과연 갈 수 있을지 모르겠지만, 그건 자기 하기 나름이겠고. 기도라기보다는 일종의 주문이었다. 재수없는 말을 내뱉은 까닭에 닥쳐올지 모를 악운에 대한 액땜 말이다.

그러고 나니 한결 기분이 나아졌다. 앞으로 우리 녹등시립병원도 한결 조용해질 터였다. 그만큼이나 굉장한 놈이었다. 아니 놈이라기보다는……

하여튼 사망한 그는 범상치 않은 사내였다. 구급차에 실려 들어올 때마다 병원 전체를 들었다 놨다 했는데, 주로 주말 밤이나 연휴가 끝나는 마지막날 새벽이 그 남자의 독무대가 펼쳐지는 시간대, 말 그대로 쇼타임이었다. 그런 날 당직이 걸리면 의사며 스태프들의 수명은 몇 년씩 줄어드는 느낌이었다. 응급실 피 묻은 밥을 먹은 지 벌써 십수 년째인 채제영도, 진상 중에 그런 진상은 본 적이 없었다. 결국 그리 살다가 이렇게 간 것이었다, 그 개자식은…… 어이쿠.

크게 한번 더, 십자가 모양의 성호를 그어주고.

제영은 드디어 응급실 방향으로 발걸음을 놓렸다. 다시 어깨 너머 등뒤의 야경을 슬쩍 봤다. 옛 국군병원 녹동 분소를 개조한 이 시립병원은 꽤 가파른 구릉지에 자리잡고 있었다. 병원 뒤 응급실 진입로에 이리 서 있자면 바가지 바닥 모양의 시내를 가로질러 저편 구릉에 서 있는 녹둥시 환호시영2차아파트 단지가 정면으로 보였다. 밤이 새까맣게 깊어가는데도 저 공동주거단지는 항구 앞 유흥가만큼이나 훤하게 불을 밝히고 뭔가 음모를 꾸미는 자태였다. 저 단지도 쓸쓸해지겠군. 망자가 살던 곳이었다. 채제영은 차트를 보지 않아도 죽은 사내의 주소를 줄줄 외울 수 있었다. 병원 단골이니 당연히 그 정도는 되어야겠지. 게다가 지난봄까지는 채제영 자신도 그 시영 단지에 있는 병원 관사를 하나 얻어 살았었다. 그런 까닭에 죽은 사내를 피해 다니기 위해서라도 사내의 주소는 필히 알아두어야 했다. 그러고 보니 죽은 남자한테 아이들이 있는 것 같던데. 엄마는 있나? 친척은?

잊자. 쓸데없는 생각이다. 관할서에 변사자 발생 통보만 해두면 되었다. 톱니가 돌듯 이 건은 일사천리로 처리될 터였다. 그런 게 제도이며 시스템이란 거였다. 일개 의사가, 특히나 올 겨울 폐쇄 예정인 이 응급실의 하루짜리 뻥뻥이 당직의가 고민할 문제가 아니었다.

변사자인 줄 어떻게 아느냐고? 당연히 변사일 것이다. 곱게 갈 인간이 아니었다. 저거 봐라. 침상 옆에 우두커니 서 있는 구급대원들과 응급실 스태프의 잿빛 얼굴짝에 '변사'라고 쓰여 있지 않은가 말이다.

제영은 침상에 가까이 다가갔다. 몰골은 예상한 딱 그대로였다. 죽기 전에 쏟아냈을 체액에선 고약한 단백질 냄새까지 진동했다. 시체는 특이하게도 한쪽 눈만 뜨고 있었다. 뭘 보려 했을까. 아니면 보고 싶지 않은 무언가가 있었던 걸까.

"아들 부를까요?"

"미성년자인데 우리가 직접 전화해도 되는 건가?"

누군가 말했다. 병원에서 아들 번호도 갖고 있는 모양이군. 그렇겠지. 이 정도면 병상 삼백삼십 개짜리 흔해 빠진 공장형 중급 종합병원이 아니라, 가족 주치의 수준의 밀착형 의료 서

비스를 제공하는 기관 아닌가. 대단해.

"아니요, 아들이 이미 와 있습니다."

다른 누군가가 말했다. 이런. 제영은 조금 당황했다. 사고 직후 유족과 직접 대면하는 것은 가급적 사양하고 싶었다. 지금 이 야밤에 버티고 서 있는 것만으로도 죽을 지경이었다.

제영은 허공 속을 허우적대듯 촉진하는 시늉을 하다, 제 손목시계를 들여다보며 중얼거렸다.

"죽었네. 사망했네. 영일시 이십삼분 십일초. 어…… 오늘 며칠이지?"

누군가 날짜를 말했다. 그 외에는 아무도 입을 열지 않았고 심지어 눈꺼풀 하나 깜빡이지 않았지만, 스태프들 사이로 안도의 감정이 저녁 바다의 태평스러운 물길처럼 스르륵 스쳐지나는 게 느껴졌다. 오케이. 이렇게 우리 모두 한마음이 되는군.

제영은 침상 위 사내의 셔츠 끝을 슬쩍 젖혀 올렸다. 누군가 이미 가위로 셔츠를 비뚤비뚤 오려놓았다. 가슴과 아랫배는 황갈색으로 부어올랐고 그 사이로 기다란 수술자국이 아직도 선명했다. 그중 몇 개는 몇 달 전 전원시켰던 수원 소재 대학병원에서 꿰맸을 것이고, 또 몇 개는 제영이 몸소 꿰매준 것이다. 나머지는 어디 이름 모를 돌팔이나 교도소 부속 의무실에서 새겨넣은 모양이고. 둥근 톱니 모양의 핏자국이 예비군복

반바지 안 아랫배의 표피 위까지 얼룩덜룩 찍혀 있었는데, 구급차 안에서 한 긴급소생술 때문인지 아니면 남자가 갖고 있던 오랜 지병의 발병기전 중 하나인지는 알 길이 없었다. 굳이 알 필요도 없을 것이고.

"경찰에……" 제영은 뒷말을 흐리면서 재차 중얼거렸다. 흰 가운을 입은 여자 하나가 고개를 끄덕였다. 누구지? 내 밑에 저런 얼굴이 있었나? 얼마 전부터 출근하는 알바인가. 깔쌈한데. 이십대 중반도 안 되어 보이는 앳된 턱선 위로 누런 눈초리와 허옇게 헌 입술이 붙어 있는 묘한 생김새였다. 뭐, 여기 들어오면 다들 금방 변하니까. 제영은 마지막으로 한쪽 눈만 부릅뜬 사내의 얼굴을 내려다보았다.

그래도 오늘은 전반적으로 운수 좋은 날이었다. 녹아내릴 것 같은 이 여름 열기를 생각한다면 미쳐 날뛰는 환자나 그 가족도, 사건사고 자체도 평소보다 덜한 편이었다. 그래, 회식이라도 할까. 경험에 비추어볼 때 이제 조금만 있으면 녹등에 매일 밤 독수리처럼 내리 닥치는 급사와 발작, 주취, 서로가 서로에게 가하는 끔찍한 외상의 열기도 한풀 꺾일 터였다. 갈 사람은 이미 집이나 저세상으로 갔을 것이고, 살아남은 자들만이 술과 약에 곯아떨어진 뒤 내일의 거래와 일용할 양식, 숙취와 쓰린 위장 따위를 걱정할 때가 된 것이다.

제영은 응급실에서 다시 빠져나와 담배에 불을 붙였다. 응급실 출입구 왼편, 시립병원 터줏대감인 채제영을 위한 전용석, 철제 재떨이 옆에 놓인 그 플라스틱 의자에 과체중의 몸을 뉘었다. 만족스러운 표정으로 지그시 눈을 감기까지 했다.

그래. 이런 날, 이런 시간도 오는 법이었다. 오늘 하루, 끝.

1부

Dramatis Personae,
혹은 사건의 배경에 관하여

혜성

교실 안은 어수선했다. 에어컨에서 뿜어져나오는 냉기가 땀을 식히면서 쉰내가 폭발하듯 진동했다.

담임이 한 명씩 호명하며 내신 성적표를 나눠주고 있었다. 그에게 주의를 기울이는 학생은 딱 셋이었다. 반장과 만년 2등. 만년 2등 저 자식은 무슨 마흔 살짜리 술꾼처럼 눈 그늘이 축 처져 있다. 이름은 잘 기억나지 않는다.

그리고 나머지 하나는, 한혜성 그 자신.

혜성의 자리는 교실 맨 뒤, 좌측 끝자리였다. 뒷문에 가장 가깝고 교실 뒷벽에 놓인 고무 쓰레기통과도 가장 가까웠다. 그는 양다리를 쫙 벌리고 허벅지에 잔뜩 힘을 준 채 등을 반쯤 의자에 기댔다.

혜성은 표정관리를 했다. 성적표에 신경쓰고 있다는 걸 결코 애들이 눈치채게 하고 싶지 않았다. 눈가에 힘을 꽉 주고서, 길게 찢어지고 유난히 서슬 퍼런 눈빛으로 담임을 잡아먹을 듯이 노려보았다.

사실 그렇게까지 신경을 곤두세울 필요는 없었다. 혜성과 어울리는 넷 중 하나는 농구공을 교실 바닥에 통기면서 리버스 턴 앤드 드리블 흉내를 내고 있었다. 다른 둘은 블루투스 이어폰을 한 짝씩 사이좋게 나눠 끼고 소프트 포르노 한 편을 시청중이었고.

다른 한 놈이 문제였다. 눈치 빠른 녀석이었다. 하지만 녀석도 지금은 책상 아래에서 말보로 한 개비를 손가락 사이로 놀리며 창밖으로 새파란 하늘을 하염없이 바라보고 있었다. 여름이 한창이긴 했다. 하늘은 구름 한 점 없어 갓 방수도색을 한 창고 외벽처럼 시퍼렜다. 바닷가 쪽에서 건너온 갈매기 한 놈만 비스듬하게 활공중이었다. 그렇게 멍하니 있는 녀석의 꼴은, 뽕쟁이라는 별명답게 정말로 무슨 약에라도 취한 듯한 모습이었다.

"한혜성."

드디어 이름이 불렸다. 이름순 호명이니, 마지막에서 두번째였다. 담임은 서른 후반 정도 되었다. 나이답게 등이 구부정하고 체중도 평균치를 웃돌기 시작한 평범한 사내였다. 내신 성적표에 적힌 석차와 등급을 흘깃 본 담임의 얼굴이 작은 불을 켠 듯 살짝 밝아졌다. 입을 달싹거리는 모양새를 보니 뭔가 낯간지러운 말을 몇 마디 건넬 듯한 기세였다. 어쭙잖게. 입 닫아라. 담임은 혜성과 눈이 마주치자 시선을 돌렸다. 표정 또한 지치고 무감각한 종전의 그것으로 되돌아갔다. 혜성은 성적표에 눈길도 주지 않고 한 주먹에 구겨 쥐었다. 그러고도 몇 초간 움직이지 않았다. 담임에게 바짝 다가가 자신의 턱 밑에 겨우 닿는 담임의 정수리를 몇 초간 더 내려다보았다.

뒷자리로 돌아오는 동안 혜성은 사냥감을 탐색하듯 주위를 휘휘 둘러보았다. 절벽같이 뻗어나간 커다란 어깨가 교실 안의 냉기와 악취를 가르며 지나갔다. 드리블을 하던 녀석이 씩 웃었다.

"내가 널 보기 좋게 제쳤지. 이번에도 내가 수석."

길쭉한 턱 때문에 당근이 연상되는 이 녀석은 묘하게 라임을 맞추면서 시시덕거렸다. 입가가 찢어진 것을 보니 이번에도 전교 꼴등인 모양이었다. 그는 제 석차가 적힌 내신 성적표들을 캐릭터 카드인 양 차곡차곡 모으고 있었다. 십 년, 이십년쯤 지나면 비싼 값에 팔릴 것이라고 굳게 믿고 있었다.

혜성은 자리로 가지 않고 쓰레기통 앞에 섰다. 성적표를 크게 두 번 찢었다. 두꺼운 관공서용 증명서가 찢어지는 소리는 삭막했다. 어수선하던 교실이 한순간 얼어붙었다. 넓은 등판 뒤로 흘끔거리는 시선 여러 개가 꽂혀들었다. 혜성은 찢어진 조각들을 내버리기 전에 얼른 귀퉁이에 적힌 숫자들을 확인했다. 석차와 등급, 그 밖에 자질구레한 숫자들이 컴컴한 쓰레기통 속으로 훌훌 사라졌다.

혜성은 제 자리에 돌아와 털썩 앉았다. 눈을 감고 지루한 표정을 지었다. 교실은 천천히 활기와 안정감을 되찾았다. 담임은 하나 마나 한 방학생활중 주의사항을 늘어놓았다. 혜성은 슬며시 눈을 뜨고 교실 앞쪽 절반을 채우고 있는 소년들을 쳐다보았다. 똑같은 교복에 똑같은 머리통들. 혜성의 교복은 이년 전인 1학년 여름방학 시작 무렵 바지 옆선이 뜯겨나가는 바람에 이미 내다버렸다. 이후 허벅지가 고목 밑동처럼 계속 불어나버려 더이상 맞는 교복을 어디서 얻어올 수도 없게 된 터라, 이후로는 죽 사복 차림으로 지내왔다.

한 놈이 흘끔거리면서 주위 학생들의 성적표를 넘겨보고 있었다. 만년 2등, 그 자식이었다. 그 옆옆자리의 반장은 나이답지 않게 크게 가르마를 타고 뿔테 안경까지 갖춰 쓴 채 담임 얼굴만 뚫어지게 쳐다보고 있었다. 저 반장 놈이 3등일 것이다.

1등은 물론 혜성의 옆에 앉은 드리블 맨. 뒤에서 수석. 제 입으로 자랑했으니 틀린 말은 아닐 것이다.

앞에서 1등은 혜성이었다. 전교 석차는 217명 중 2등. 당연히 1등급이다.

기뻐해야 하나. 북미 원주민처럼 소리라도 한번 질러야 하나. 미친 척하고 정말 한번 그래볼까.

아니면 달관한 노인네들처럼 다 부질없다 하는 듯이 흉내라도 내야 할까.

굳이 따지자면 혜성은 지금 약간 울적한 상태다. 하지만 딱히 상관은 없다. 어차피 내년에 졸업하면 2월이 지나기 전 입대할 생각이다. 그러니 당장은, 지금 당장은 이 성적이 아무 쓸모가 없다. 군에서 차량 정비 기술 위주로 경험을 쌓다가, 적성에 맞는다 싶으면 부사관 지원을 하는 게 그의 계획이다. 물론 기술병과가 적성에 안 맞을 수도 있다. 혜성은 자기 손재주가 별로 뛰어나지 않은 편이라는 사실은 알고 있었다. 공고로 진학할 걸 그랬나 후회하면서도 결국 손재주 문제 때문에 안 가길 잘했다고 생각을 되돌린 게 여러 번이었다. 하지만 손재주 문제는 어떻게든 될 일이었다. 그렇게 직업군인생활을 몇 년 하고 나면……

그러고 나서.

후아.

혜성은 속으로 크게 한숨을 내쉬었다.

대학 생각이 아예 없다고 하면 거짓말이다. 그래, 진학을 하면 무얼 공부할 것인가? 아무래도 공대 계통이 좋을 것이다. 실용적인 것을 배워야 할 테니까.

하지만 대학이라니. 지금으로서는 꿈같은 이야기다. 설령 가능하더라도 아마 한참 나중의 일이다. 어쩌면 영원히 대학에 가는 날이 오지 않을 수도 있고. 감수해야 할 일이다.

만약의 일이지만 이십대가 가기 전에 모바일 게임으로 잔뜩 돈을 벌어서 대학 생각 따위는 스스로 집어치우게 될 수도 있다. 혜성은 그런 생각을 하며 쓴웃음을 지었다.

어쨌든 중요한 건, 자신의 성적은 극비여야 한다는 거다. 군대든 대학이든, 이 마을을 뜨기 전까지 절대 알려져서는 안 된다. 저 무리, 드리블 맨, 포르노 맨, 그리고 무엇보다 저 응큼한, 속을 알 수 없는 뽕쟁이한테는 말이다.

뽕쟁이는 어느새 창밖에서 시선을 거두어 혜성을 넌지시 바라보고 있었다. 새끼가 음산하게 웃었다. 손에 들고 있던 말보로 한 개비를 좌우로 살살 흔들었다.

조금 이따 잠깐 보자는 이야기였다.

✽ ✽ ✽

"요즘 영 쉽지가 않네."

뽕쟁이는 담배 연기를 콧구멍 양쪽으로 천천히 내뿜었다.

"하여튼 무리해서 힘 좀 써서, 어찌어찌 좋은 자리 하나 세팅했다. 그러니 오늘 저녁 비워봐."

혜성과 뽕쟁이는 방제용 담벼락에 나란히 등을 기대고 섰다. 급식실이 위치한 C동 교사 뒤편, 음식물쓰레기 처리장과 소각용 폐기물 저감 설비가 방재벽 아래 자리잡고 있었다. 고약한 냄새 때문에 사람들이 별 이유 없이 접근할 곳이 아니었다. 게다가 매캐한 담배 냄새도 가릴 수 있었다.

혜성은 뽕쟁이가 건네는 말보로를 거절했다. 아주 정중하게. 오후에 면담이 있다고 핑계를 댔다. 뽕쟁이는 무슨 면담인지 묻지 않았고, 혜성 자신도 나오는 대로 지껄였을 뿐이었다.

"뭔데."

혜성은 예의상 물었다. 보나마나 서울 딜러 형인지 뭔지 하는 자가 인심 후하게 싼값으로 내려준 물건 어쩌고 하면서 으스대는 얘기일 터였다.

"광명 사거리. 좀 멀지. 살짝 지저분하긴 한데, 어쨌든 우리가 오늘 룸 하나를 통으로 빌렸어."

뽕쟁이는 무슨 일인지는 말하지 않고 자꾸 장소만 언급했다.

"당기기는 한데, 솔직히." 혜성이 한숨을 내쉬듯 말을 내뱉었다. "알잖냐. 월말 수급일 이 주 전이면 우리집 돈 떨어지는 거. 일단 며칠은 어디서 돈 벌어야 해. 마침 수당을 배로 쳐준다는 상하차 일이 하나 들어오기도 했고."

"그 돈 문제도 포함해서." 뽕쟁이가 넙죽한 턱을 쳐들었다. "서울 딜러 형이 좋은 건수 하나 물었다니까, 오늘은 좀 즐기면서 차분하게 얘기나 들어보자고."

뽕쟁이는 도톰하게 살집이 오른 손날을 잔뜩 세워 혜성의 가슴팍을 장난스럽게 툭툭 쳐댔다.

190센티미터가 조금 넘는 혜성의 신장을 감안하더라도 뽕쟁이의 키는 유난히 작았다. 머리끝이 혜성의 턱 밑에도 못 미칠 정도였다. 그렇다고 작은 체구는 결코 아니었다. 어깨너비만은 혜성과 맞먹었다. 뽕쟁이도 꽤 오래 운동을 했었다. 종목은 레슬링. 린치 사건으로 어깨가 못 쓸 정도로 탈골되자 녀석은 아예 재활을 포기하고 운동도 그만둬버렸다.

"흐음, 당기기는 한데 말이야."

혜성이 심각한 표정을 지어 보이며 차돌멩이 하나를 주워들었다. 소각용 폐기물 저감 설비 전면에 달린 철제 문짝 손잡이를 겨냥했다. 돌덩이가 혜성의 손에서 총탄처럼 벗어났다. 습기와 악취로 눅눅해진 여름 대기가 잘게 찢어졌다. 손잡이를 정확하게 맞힌 돌멩이가 딱 소리를 내며 두 개로 쪼개졌다.

"나이스."

뒤에서 들려오는 여자 목소리. 응?

혜성과 뽕쟁이가 동시에 고개를 돌렸다.

C동 교사 옆 샛길로 빠져나와 이쪽으로 걸어오는 환호중 교복이 보였다. 교복을 입고 있긴 하지만 셔츠 앞섶은 풀어 헤쳐진데다 지저분한 치마 아래에 체육복 반바지까지 겹쳐 입고 있어 차림새가 한심할 정도로 두서가 없었다. 게다가 오늘은 요상하게 생긴 안경까지 코 위에 얹어 쓰고 있었다. 아니 안경이라기보다는, 차라리 곤충 눈알을 흉내낸 듯한 커다란 플라스틱 고글 비슷한 물건이었다.

"뭐, 뭔 일이야, 여기." 혜성은 말을 조금 더듬었다.

한혜리. 한혜성의 네 살 터울 동생이다.

"한 대?" 뽕쟁이가 혜리에게 과장되게 정중한 태도로 담뱃갑 뚜껑을 열어 보인다. 혜성은 입을 꽉 다물었다.

"아니, 방금 양치했어."

"양치는 또 하면 되지."

"잇몸 상해. 내일 촬영 있거든."

혜성은 둘이 무슨 말을 하는 건지 짐작조차 되지 않았다. 어쨌든 혜리가 뽕쟁이의 담배를 거절한 건 잘한 일이었다. 뽕쟁이에게 공짜란 없으니까. 안심이 되었다.

"내하고 이야기 좀 하자." 혜리가 혜성을 향해 말했다. 혜리의 입에서는 아버지를 따라 가끔 희미한 경상도 말투가 튀어나오곤 했다.

"자리를 비켜주지."

뽕쟁이가 여전히 거물처럼 굴며 발걸음을 옮겼다.

"전화할게. 잘 생각해봐, 오늘밤. 부천, 인덕원 쪽에서도 사업 욕심 땅땅한 우리 또래들 많이 온다니까. 이번 기회에 우리, 인맥도 좀 넓히고 하자, 친구. 응?"

남매는 멧돼지처럼 휘적휘적 걸어가는 뽕쟁이의 뒷모습을 한참 쳐다보았다.

✗ ✗ ✗

"저 뚱땡이, 뭔 소리 하는 거야?" 혜리가 물었다.

"나도 모르지. 너, 그 안경은 또 뭐야?"

"안 그래도 골치 아픈데, 니까지 애먼 데서 사고 치지 마라." 혜리가 숱 많은 머리털을 벅벅 긁으며 말했다. 혜성의 질문은 아예 못 들었다는 투였다.

"뭔 골치."

"아빠가 찾아왔어. 학교로. 어제 오후에."

"그래서? 뭔 일이래? 요 며칠간 집에도 안 들어오던데."

"구타했다고."

"너, 애들 때리고 다니냐?"

"아니, 내가 때린 게 아니라 맞았다고!"

"뭐!" 혜성이 발끈했다. "어느 년이……"

"정말로 맞았다는 게 아니라!" 혜리가 빽 소리를 질렀다.

혜리의 이야기는 이러했다.

어제, 그러니까 23일 오후 느지막한 시간에 남매의 아버지 한칠규가 환호중학교 교무실로 들이닥쳤다. 학교 정문을 지날 때부터 이미 잔뜩 취해 있던 그는 학교 위탁업체에 소속된 지킴이 아저씨와 실랑이가 붙었지만 어찌어찌 저지선을 뚫고 교사로 난입했다.

교무실에 들어온 한칠규는 자신이 2학년 3반 한혜리의 아버지이고—정확히는 "내가 친부요"라고 했다는데, 무슨 생각으로 그런 말을 내뱉었는지는 알 길이 없다—자신이 애지중지하는 딸을 담임선생이라는 작자가 "쥐 잡듯이 마구 팼다"는 얘기를 들었다며 거품을 물었다.

일단 교감이 나섰다. 요즘 세상에 학생 패는 선생이 어디 있느냐, 더구나 내가 한혜리 학생을 잘 아는데 결코 곱게 맞고 있을 학생은 아닌 것 같더라, 따위로 변명했는데 그게 한칠규의 분노에 더욱 불을 지른 모양이었다.

한칠규는 "담임 새끼 나와, 배상해!"라며 소리지르고 기물을 부숴대다 결국 혜리의 담임과 대면하게 되었다. 스물일곱 먹은 삼 년차 여교사로 영어 담당이었다.

"우 선생이 앙큼하게 내숭 떠는 게 있어서 조금 재수없기는 해도 못돼먹은 인간은 아니야. 오히려 엄청 소심해서, 구타는 커녕 눈만 조금 흘겨줘도 발발 떨어댈걸."

"그런데 아빠는 무슨 소리를 듣고……"

"듣기는 뭘 들었겠어. 그냥 또 그 짓 하려고 온 거지."

혜성은 입을 다물었다.

돈.

한칠규는 공갈을 일로 삼는 이른바 전문 시비꾼이었다. 녹둥항 일대에서는 유명했다. 어항漁港인 녹둥 제3항 인근의 자갈밭길, 조개골목 등지에서 술을 마시고 있다가 관광객들이 몰고 온 고급 외제차 보닛 위로 몸을 던지거나, 해변을 걷는 커플이나 차림새 깔끔한 노인들과 일부러 어깨를 부딪쳐 시비를 걸곤 했다.

목적은 물론 돈이었다. 그렇다고 보험사를 부르거나 경찰서까지 끌고 가 정식으로 합의금을 받아내는 정도까지는 아니었다. 그런 절차까지 가버리면, 한칠규가 어디서 배워 온 표현을 빌리자면, "신속한 유동성 회수가 어렵기 때문"이었다. 그는 지폐 몇 장, 십만 원, 아니 오만 원이라도 당장 현장에서 받아내는 정도로 만족했다. 정 갖고 있는 현금이 없다고 하면 백화점 상품권이나 구두 상품권도 받았다. 한번은 해안에 놀러온 고등학생 커플에게서 문화상품권 두 장, 합계 일만 원 상당을 뜯어낸 적도 있었다.

어쩐지 지난주부터 빙글거리는 게 수상했다. 한칠규가 학교 배상기금에 관한 소문을 들었는데, 그 기금이 워낙 빵빵해서 샌님들 멱살 쥐고 몇 번만 흔들어주면 달라는 대로 돈을 다 주는 돼지저금통 같은 곳이라는 얘기를 줄곧 해댔다.

혜성은 한숨을 푹 내쉬었다.

"그래서 수습은 잘됐어?"

"아, 몰라." 혜리는 중학생답게 울상을 지어 보였다. "민지욱이라고, 생물 선생이 말리다가 다쳤어."

"민지욱? 전에 그 선생 아니야?"

"……아, 맞아. 작년 말에 아빠가 학교 왔을 때 시비 붙어서

빰따귀 맞았던 그 선생."

작년 11월 무렵의 일이었다. 한칠규는 그때도 느닷없이 혜
리네 학교를 찾았다. 내세운 이유는 혜리의 수업을 참관하고
싶다는 것이었다. 웃기는 사실은, 정작 혜리는 바닷바람이나
쐬고 싶다며 수업 째고 항구를 쏘다니는 중이었다. 학교에서
는 누구도 혜리의 행방을 모르고 있었다.

역시나 잔뜩 취한 채로 들어온 한칠규는 남자 선생들 몇하
고 실랑이를 벌인 모양이었다. 그러다가 갑자기 제일 앞에 멀
뚱히 서서 말다툼을 하던 민지욱 선생의 뺨을 후려갈기듯 때
렸다. 혜리가 전해들은 이야기에 따르면, 비교적 작고 마른 체
구인 민지욱 선생이 잠깐 공중에 붕 뜰 정도였다고 했다.

그 선생 입장에서는 이런 악연도 없을 것이다.

"이번엔 얼마나 다쳤대?"

"크게는 아니고. 밀쳐지면서 테이블에 머리를 찧었대. 피도
좀 나고."

"아, 젠장."

"사실 그게 문제가 아니고." 혜리가 말을 잇는다. "아빠가
우리 담임 멱살을 잡고 막 흔들다가 밀쳤는데, 그때 가슴을 만
졌나봐."

"……뭐, 뭐?"

"일부러는 아닌 것 같은데. 같은 반 애 하나가 그때 옆에서 다 지켜봤는데, 아빠도 하도 놀라서 '웬 젓통을 들이밀고 난리야!' 하고 지가 오히려 벌벌 떨며 고함을 쳐대고……"

"하아. 아……"

혜성은 욕설을 내뱉고 싶었지만 아버지라는 인간의 작태가 너무 한심해서 아무 말도 나오지 않았다. "아빠 어디 갔어?"

"모르지. 해안가 어디에 짱박혀 있겠지. 거기 없으면 향토회 사무실 가서 술 얻어먹고 있거나."

"내, 이 인간을…… 아…… 죽여버릴 수도 없고."

혜성은 주먹만한 돌덩이를 손에 잡히는 대로 주워들었다. 눈앞이 핑그르르 돌았다. 그는 돌을 폐기물 처리장을 향해 내던졌다. 힘 조절이 안 되었는지, 돌덩이는 혜성의 발 바로 앞에 떨어져서 세게 튕겨 돌아와 혜성의 머리에 딱 소리를 내며 부딪쳤다.

혜성은 알아들을 수 없는 괴성을 질렀다. 이미 텅 비어버린 교정을 따라 고함이 쩌렁쩌렁 울려퍼졌다.

바야흐로 방학이었다. 동생 혜리만 풀이 잔뜩 죽은 표정으로 그 소리를 듣고 서 있었다.

칠규와 혜성

남매의 아버지 한칠규는 올해로 마흔하나였다. 혜성이 태어날 때 스물서넛쯤이었으니, 요즘 기준으로 비교적 철없던 시절 너무 일찍 첫아이를 가진 거였다.

그다지 좋지 않은 시기였다. 스물한 살까지 복싱을 해오던 그는 팔꿈치 인대를 심하게 다쳐 운동을 그만둔 뒤로 딱히 생계를 꾸려나갈 만한 기지가 없었다. 마침 온 나라의 경기도 한참 불황 밑바닥을 기는 중이었다. 그의 아내, 그러니까 혜성과 혜리의 엄마 또한 순한 성격과 껑충한 키, 인형같이 또렷한 얼굴 윤곽 등의 장점 말고는 고단한 삶을 헤쳐나가는 데는 별 재능이 없었다.

운동을 그만둔 한칠규는 젊은 혈기로 아주 고되다는 어느 군부대에 자원입대했다. 그곳에서도 공수훈련중 왼쪽 무릎을 심하게 다치고 말았다. 의병제대를 하고 와보니, 두 돌 지난 혜성과 눈이 크고 둥그런 아내만 먹이를 기다리는 새끼 새들처럼 그를 기다리고 있었다. 폭음과 손찌검이 시작된 것은 그때쯤이었다. 혜성의 어린 시절 기억 중 첫 장면은 엄마와 자신을 패고 있는 거대한 아빠의 몸체로 가득 메워져 있었다.

전직 복서답게 한칠규의 맨손 매질은 매서웠다. 제대로 서 있기 어려울 정도로 엉망으로 취한 상태에서 팔을 뿌리치듯 몇 번 흔들대는 주먹질만도 그 위력이 엄청났다. 살짝 빗맞기만 해도 큰 칼에 푹 찔린 듯한 통증이 깊숙이 스며들어왔다. 숨통 근처나 빗장뼈 아래 같은 데를 잘못 맞았다가는 당장 숨이 멎고 눈앞이 아득해져 아무것도 보이지 않게 되었다. 어린 시절 혜성도 몇 번인가 혼절한 적이 있었다. 아마 몇 초 정도? 길게는 일이 분가량이었을 것이다. 의식을 되찾아 눈을 뜨면 엄마는 혜성의 작은 어깨에 이마를 묻은 채 울고 있었고, 자신은 어리둥절한 채 제 토사물 속에서 허우적대곤 했다.

결국 엄마는 혜리를 낳은 후 일 년 가까이 더 버티다가 집을 떠났다. 어른들 말에 귀가 뜨이기 시작한 혜성에게 한칠규는 "니 엄마를 술집에서 만났고 이제는 다시 술집으로 돌아간 것"이라 악담을 해댔지만, 어린 혜성에게도 신빙성이라고는 한 조각도 없는 한심한 술꾼의 한탄처럼 들렸을 뿐이었다.

엄마는 재혼을 했다. 혜성이 보기에 이번에는 제대로 된 남자를 고른 것 같았다. 새 남편과의 사이에서 태어난 아이들 또한 얼굴이 하얗고 반질반질해 보였다. 혜성은 그 집 애들을 보고 집에 돌아온 날이면 현관문을 넘자마자 혜리의 팔목을 붙잡고 화장실 바닥에 주저앉혔다. 그러고는 유난히 씻기 싫어하는 혜리의 얼굴에 비누를 박박 발라 땟국을 벗겨내주곤 했다.

× × ×

혜성이 그렇게 몰래 숨어서 엄마네 새 가족을 지켜보는 것 말고, 정식으로 엄마와 다시 만난 것은 중학교에 진학하기 직전인 그해 2월 무렵이었다.

키가 큰 외할아버지가 어깨 널찍한 사내 몇을 데리고 집에 나타나 아빠와 어찌어찌 담판을 지었다. 그 직후 외할아버지는 혜성, 혜리 남매를 엄마가 기다리고 있던 서울 청담동의 한식당으로 데려다주었다. 인테리어가 너무 휑해서 사람을 불안케 만드는 한정식집이었다. 엄마는 남매를 보고 반가워 어쩔 줄 몰라했지만 그것도 잠깐이었다. 이내 분위기가 바뀌었다.

혜성은 엄마가 자신을 무서워하고 있다는 것을 직감했다.

그럴 만도 했다. 그 전해 11월 말 혜성은 학교에서 잰 키가 180센티미터에 조금 못 미쳤고, 가슴팍은 이미 유조선 용골만큼이나 크고 굵어졌다. 당시 혜성의 장래 희망은 이종격투기 챔피언이었다. 단순한 선수가 아니라, 챔피언. 특기는 상대의 왼쪽 귀밑에 꽂아넣는 브라질리언 라운드하우스 킥이었고, 존경하는 사람은 당연하게도 프란시스쿠 아우베스 필류 — 혜성은 '필리오'라는 한국식 명칭이 아니라, 그의 고향 땅에서 그의 가족과 형제, 동료들이 그를 부르는 이름 그대로 호명하는 게 이 대가를 진정으로 존중하는 한 방식이라 여겼다 — 였다. 일명 '극진의 괴물'이라고도 불리던 사내 중의 사내였다. 혜성이 한창 운동에 열심이던 시절이다.

혜성은 조미를 밋밋하게 한 음식을 뜨는 둥 마는 둥 하면서 엄마의 등뒤 벽면에 걸려 있던 수묵화만 멀거니 쳐다보았다. 엄마도 갓난아기 시절의 태를 벗어난 후 처음 마주하는 혜리하고만 두런두런 이야기를 했다. 돌아갈 때는 엄마로부터 각자 십만 원씩을 받았다. 외할아버지를 대신하여 아까 같이 온 덩치 중 하나가 남매를 제네시스에 태워 집까지 데려다주었다. 녹둥시 환호동 시영2차아파트 열세 개 단지가 올라타고 앉은 산자락 중 가장 위쪽 임대동인 213동이었다.

아빠는 초저녁도 안 되었는데 이미 만취하여 마룻바닥에 드러누워 있었다. 혜리는 신이 나서 현관으로 뛰어들어가 엄마를 만났던 일을 작은 새처럼 재잘거리기 시작했다. 그게 일종의 뇌관처럼 작용한 모양이었다.

한칠규는 누구한테라고 할 것 없이 천장을 보고 욕설을 내뱉었다. 엄마가 나간 후 입에 올린 적 없는 쌍욕이었다. 그러고는 몸을 일으켜 나뒹굴고 있던 맥주병을 집어 혜리를 향해 던졌다. 이 또한 처음 있는 일이었다. 한칠규는 혜리를 태어난 순간부터 우스꽝스러울 정도로 애지중지해왔다.

반쯤 빈 맥주병은 혜리 앞을 막아선 혜성의 바깥쪽 허벅지에 부딪치며 박살이 났다. 매의 다리를 연상케 하는 미들킥 론칭 제스처. 혜성의 허벅지 근육은 잘 반죽해 응고시킨 콘크리트처럼 조밀하게 단련되어 있었고 맥주병은 거기에 생채기 하나 내지 못했다.

혜성은 그 기세를 몰아 한칠규에게 돌진했다. 한칠규가 여전히 날렵한 손매를 아들에게 채 휘두르기도 전에 혜성의 두툼한 오른쪽 손아귀가 칠규의 목덜미를 거머쥐었고 바닥으로 내리눌렀다. 한칠규는 순간 자신의 목덜미가 가느다란 철사라도 된 기분이 들었다. 대형 니퍼로 싹둑 잘려나가기 직전의 철삿줄. 술로 흐리멍덩해진 한칠규의 시야에 크고 시커먼 아들의 발등이 보였다. 사람의 발이라기보다는 역류하는 하수관에

검게 차오르는 물길처럼 보였다.

두 사내가 번쩍 정신을 차린 것은 현관에서 혜리가 엉엉 울어대는 소리 덕분이었다. 한칠규와 한혜성은 둘 다 좀 멋쩍어졌다.

한칠규는 남은 술을 마시는 둥 마는 둥 하다 욕실로 가 한참동안 찬물 샤워를 했다. 씻고 나서는 새삼스럽게 손수 저녁을 차렸다. 썩기 직전까지 맛이 가서 거먼 김치 한 포기를 통째로 끓인 후 라면과 스팸 따위까지 잔뜩 우겨넣은, 찌개 비슷한 정체불명의 음식이었다. 혜리는 울음을 그치고 음식을 아구아구 입에 집어넣었다. 집안은 혜리 덕분에 다시 시끌벅적해졌다. 칠규와 아들 혜성은 별말 없이 꾸역꾸역 저녁을 먹었다. 오랜만의 가족 식사였다.

× × ×

한칠규는 그 일이 있고 며칠 후부터 본격적으로 일을 나가기 시작했다. 그러니까, 전문 시비꾼 일 말이다. 첫 일감은 한칠규가 체육관 시절부터 뒷배를 맞춰왔던 윤 회장 아저씨가 따다주었다. 일에 필요한 일종의 스킬이란 것도 윤 회장 아저씨가 싼값에 전수해주었다고 했다.

어찌되었건 혜성이 상관할 일은 아니었다. 일을 나간 이후로 한칠규는 술도 집밖에서 마시고, 심하게 주정을 부릴 정도로 엉망진창이 되면 스스로 향토회 사무실이나 윤 회장 아저씨의 부산개발 사무실로 기어들어가 소파에 엎어져서 자고 왔다. 집안이 조용해졌다.

그리고 또하나의 변화라면……

혜성은 한 일 년쯤 지나 이미 시들해지던 수련을 그만두었다. 갖가지 운동을 함께해오던 또래들도 이제 막 운동을 그만두고 관심을 딴 데로 돌리던 시절이기도 했다.

혜성도 아마 그 바람을 탄 모양이었다.

뽕쟁이

뽕쟁이는 그 새끼를 처음 본 순간부터 마음에 들지 않았다. 아마 초등학교 4학년 즈음이었을 것이다.

놈은 한눈에 봐도 대장 타입이었다. 덜 자란 들짐승마냥 왁자지껄하는 남학생 무리에서 물러나 슬며시 뒷자리 구석을 지키고 서 있기만 해도, 이내 그 구석을 다시 무리의 중심으로 만들어버리는 유형 말이다.

아무튼 그 새끼를 보는 순간 싫었다. 동시에 이 새끼를 따라다니며 떨어지는 부스러기라도 주워먹으면 그게 바로 남는 장사라는 생각도 들었다. 그 부스러기라는 게, 돈이나 빵 쪼가리 하나가 되었든, 친구나 여자나 술, 장래에 대한 어떤 전망이 되었든 간에 말이다. 뽕쟁이는 본능적으로 그걸 느꼈다.

운동을 시작한 것도 한혜성 그 자식이 계기가 됐다. 뽕쟁이도 처음엔 그 무렵 유행을 타기 시작한 브라질리언 유술이나 주짓수 따위를 배우려 들었는데, 혜성이 지나가는 말로 "니는 레슬링이나 유도 같은 전통 스포츠를 배와보지 그라노" 하고 말했다.

당시만 해도 녀석 말투엔 경상도 사투리가 반쯤 섞여 있었다. 쿰쿰한 냄새가 풍기는 듯한 남쪽 사투리가 혜성의 혀 위에 오르면 열라 간지 나는 말투로 변해버렸다. 애들 사이에 그 말투가 한동안 유행을 탔을 정도였다. 혜성은 중학교에 들어와서야 그 사투리 조를 다 씻어냈지만 간지는 여전했다. 녀석은 애초부터 그런 부류였다.

하여튼 그 한마디 말을 계기로 레슬링을 택했다. 사실 그중에서 유도가 훨씬 폼이 나기는 했다. 헐벗고 하는 운동은 그 나이대의 뽕쟁이가 보기에도 좀 그랬다. 하지만 결국은 당장 도복 값이 안 들어가는 쪽을 골랐다.

운동하는 모양새는 훨씬 폼이 안 나지만 뽕쟁이는 딱 레슬링 체질이었다. 정방형 체형의 뽕쟁이가 무게중심을 한껏 아래로 내린 채 자세를 잡기만 하면 두 발이 땅에 말뚝처럼 박힌 듯한 위세가 풍겼다. 혈기왕성한 초등팀 코치가 두어 번 작정하고 몸을 부딪쳐 와도 끄덕도 않을 정도였다. 일찌감치 경기권을 휩쓸었고, 중학생 때부터는 서울권역까지 포함해 소년 엘리트 선수들 사이에서도 뽕쟁이의 이름이 오르내리기 시작했다.

그러다가 불길이 확 사그라졌다. 지금 생각해보면 이 역시 혜성 때문이었다.

뽕쟁이가 레슬링을 시작할 무렵 혜성은 유술 도장에 나가고 있었다. 가라테 도장도 조금 다녔을 것이다. 피지컬은 물론 기술을 습득하는 속도도 엄청났다. 녀석도 금세 이름을 날리기 시작했다. 아직 선수권 대회에 나가기에는 나이가 일렀으나 그래도 입소문이라는 게 있었다. 특히 혜성은 킥 공격이 죽여줬는데, 그중에서도 라운드킥이 일품이었다.

몇 번인가 한밤중에 녀석이 다니는 체육관에 몰래 기어들어가 논 적이 있었다. 스파링 엇비슷한 흉내를 내거나 서로의 타격이나 테이크다운을 버텨보고 품평도 하며, 이따금 맥주 캔도 몇 개 까서 나눠 마시는 건전한 모임이었다. 혜성의 킥은 길쭉하고 유연한 체구 전체를 최대한 활용해 채찍처럼 상대를 후려갈기는 스타일이었다. 맞으면 통증이야 있겠지만 무게중심을 관통하는 파괴력은 덜해 보였다. 더구나 무게중심 잘 잡기로는 둘째가라면 서러워할 뽕쟁이 아니던가. 그날 밤 뽕쟁이는 헤드기어와 호구까지 갖추고 혜성의 라운드킥을 목과 가슴통에 정면으로 맞아보기로 자진했다.

혜성의 킥은 겉보기와는 달랐다. 딱 한 방이면 충분했다. 공사장에 적재해둔 철근 더미가 와르르 무너져 그 밑에 깔리는 느낌이었다. 그래도 역시 뽕쟁이는 뽕쟁이였다. 다른 녀석들과 달리 두 발을 매트리스 바닥에 꽉 박아넣은 채 어떻게든 버티긴 버텼다. 흥이 오른 혜성이 허리를 오른쪽으로 휘감으며 킥을 한번 더 먹일 준비 자세를 취했다. 뽕쟁이는 그제야 덜컥 겁이 났다. 뒤에 선 철부지 또래들은 속도 모르고 "한번 더, 한번 더!" 하고 외쳐댔다.

한번 더?

한번 더 맞았다가는 죽을 수도 있을 것 같았다. 뽕쟁이는 헤드기어를 잡아 뽑아 바닥에 내던지면서 반쯤 농담조가 섞인 욕설을 내뱉었다. 갑자기 똥이 마렵다며 체육관 화장실로 내달렸다. 화장실 문을 잠그고 밖에서 어렴풋이 들려오는 와자지껄한 소란을 흘려들으며 세면대 거울 앞에 섰다. 거울 속 제 못생긴 얼굴을 들여다보면서 뒤통수를 만지작거리는데 불길하게 서걱거리는 소리가 들리는 것 같았다. 두개골인가? 그게 좀 금이 갔나? 하는 순간 선홍색 핏줄기가 콧구멍에서 주르르 흘러내렸다. 어. 코는 맞은 적이 없는데. 그 나이가 될 때까지 코피라는 것을 흘려본 적이 없는 뽕쟁이는 의아했다. 그 킥을 한번 더 맞지 않은 게 천만다행이라는 생각이 들었다. 또 한편으로, 레슬러 유망주로서 마음속에 품어왔던 불길이 조금 사그라지는 느낌이었다.

씨발, 나도 유술이나 가라테를 했어야 했는데. 간지 안 나게.

✕ ✕ ✕

그렇게 어울려서 잘 놀러 다니고 사고도 몇 건 치면서 즐겁게 지낸다고 생각했는데, 어느 날 갑자기 혜성이 운동을 그만둔다고 했다. 중2, 중3이 되자 다들 운동을 그만두는 분위기이긴 했다. 여자애들 따라 노래방이나 다니거나, 삼각팬티같이 생긴 천 쪼가리를 머리에 뒤집어쓰고선 힙합을 한다고 어쭙잖게 설쳐들 댔다. 그래도 한혜성은 운동을 계속할 줄 알았다.

뽕쟁이 자신도 마찬가지였다. 혜성이 그 자식만 따라다니면 어떻게든 앞길이 트일 거라 생각했었는데, 혜성이 별다른 이유도 없이 운동을 그만두자 김이 팍 샜다.

게다가 그렇게 지지부진하게 일 년 가까이 지날 무렵 마침 사건 하나가 터졌다. 뽕쟁이가 어울리기 시작한 형들, 이른바 자퇴생 그룹과 관련된 것이었다. 이들은 혜성과는 별개였다. 그러니까……

한마디로 혜성은 이 그룹을 마음에 들어하지 않았다. 그들을 '양키'라고 불렀는데 묘하게 자퇴생 그룹이 풍겨대는 분위기에 딱 걸맞은 명칭이었다. 실제로 미국물 몇 년 먹다가 거기서 사고 치고 쫓기듯 들어온 백금발의 머리통도 몇 있었다. 물론 금발이라고 해서 실제 외국인이거나 튀기인 건 아니었고, 머리통에다 진한 골드 염색약과 산화제를 들입다 붓기만 한 짝퉁들이었다. 심지어 영어도 몇 마디 제대로 하지 못했다.

그들은 항상 자기들이 "선이 닿는다"면서 깝죽댔다. 그게 무슨 선인지는 한 번도 까놓고 말한 적이 없지만, 어쨌든 그 선이라는 게 이 양키 그룹의 자존심이었다. 주제에 싸움은 지지리도 못했다. 그 덕에 혜성이 주도하는 운동 그룹과 어울릴 때와 달리 뽕쟁이는 양키들 사이에서 꽤 존중을 받았다. 해결사라고 하는, 그룹 내 역할도 뚜렷해졌다. 게다가 양키 그룹에서 붙여주는 여자애들도 훨씬 마음에 들었다. 성격이 엄청 까칠하고 돈도 무진장 밝혀댔지만 훨씬 깨끗하고 고급스러웠다. 뽕쟁이도 그 무렵부터 그런 분위기가 좋아졌다. 한마디로 남자가 된 거지. 뽕쟁이는 거울을 자주 들여다보고 옷도 많이 사게됐다. 그 무렵을 생각하면 뽕쟁이는 실실 웃음이 나왔다.

그러다가 '그 사건'이 일어났다.

사건이 벌어진 경위는 꽤 복잡했다. 양키 그룹과 학교 레슬링부원 몇이 관련됐다. 녹등 동부 제3항 네거리 근처에서 아직 얼쩡거리는 윤중정 회장 등등의 아재 건달패, 그 무리에게 일을 받는 중국인, 조선족 여러 명도 연루됐다. 심지어 한혜성도, 아마 그놈 자신은 전혀 몰랐겠지만, 간접적으로나마 그 일에 연관되어 있었다.

하여튼 이렇게 저렇게 꼬이고 꼬이다가 벌어진 게 바로 그날의 린치 사건이었다.

린치 대상자로 지목된 게 바로 뿡쟁이 자신이었다. 양키 그룹의 떠오르는 해결사. 누군가에게 눈엣가시가 되어버린 레슬링 유망주.

웃기는 사실은, 원래는 뿡쟁이 자신이 선공격을 할 작정이었고, 실제 그러기로 양키 그룹과 합의까지 되어 있었다. 그런데 출동하기 전 기분 낸다고 네거리 원대포집 뒷방에서 술 몇 잔을 빨았던 게 화근이었다. 만나는 여자 하나와 흐느적거리고 있는데 그만 역공을 당했다. 달려든 건 모두 일곱 명. 이놈들도 쪽수를 믿었는지 각목 두어 개 말고는 장비를 챙겨 오지도 않았다. 술에 만취한 상태에서도 이 중학교 3학년생 레슬링 유망주는 세 명을 벽에다 내리꽂았다.

그리고 그게 끝이었다. 갑자기 허리부터 상반신까지 마비 같은 게 왔다. 더이상 힘을 쓸 수가 없었다. 술 때문이었다. 나머지 네 명이 벌떼처럼 달려들어 매달리고, 비틀고, 뭔가로 내리 찍고, 두들기고 발로 밟아대며 온갖 난리를 쳐댔다. 결국 뽕쟁이는 쪽팔리는 일이지만 살려달라고 울부짖기까지 했다.

사건이 정리되고 퇴원한 후, 팔 주짜리 깁스까지 푼 뽕쟁이는 복수를 결심했다. 울분을 삭이며 짤막한 회칼 하나를 구해 품고 다녔다. 열심히 수소문도 했다. 그러던 중 알게 된 사건의 전말은 뽕쟁이가 입원해 있던 와중에 이리저리 망상하던 것보다 훨씬 지저분했다. 장담하기는 어려우나, 결과적으로 뽕쟁이 린치를 사주한 건 다른 놈이 아니라 양키 그룹의 백금발 중 하나였다. 뽕쟁이의 선공격 계획에 동의까지 한, 아니 사실상 그 계획을 부탁하다시피 한 그룹의 물주 새끼였다. 원인은 언제나 그렇듯 돈 문제였다. 금전 사고가 터졌고 어딘가에 책임을 떠넘겨야 하는 처지가 되자, 던져주는 것이라면 밥인지 독인지도 모르고 넙죽넙죽 받아먹는 뽕쟁이에게 넘긴 것이었다. 뽕쟁이는 복수는커녕 한동안 돈을 훔친 게 자신이 아니라고 변명하며 누명을 벗느라 전전긍긍해야 했다.

뽕쟁이는 나이답지 않게 회한이 들었다. 입맛 씁쓸하게 양키 그룹에서 발을 뺐다. 그 사달을 일으켰으니 운동도 더이상 할 수 없었고 몸도 받쳐주지 못했다.

무엇보다 스스로도 하기가 싫었다. 지랄같이 땀만 뻘뻘 흘리고 어디 팔아먹지도 못할 도금 메달이며 금박 씌운 플라스틱 트로피 몇 개 받아오는 일 따위가 이젠 지겨워졌다. 혜성이 그 녀석이 아예 운동을 그만둬버린 게 한참 전이기도 하고. 자기 혼자 쏙 빠지다니.

정작 한혜성 그 새끼는 하나도 기억을 못했다. 본인 때문에 뽕쟁이가 운동을 시작했고, 또 그러다 느닷없이 운동을 그만둔 사정 등등을 말이다. 네가 초등학교 4학년 때, '니는 레슬링이나 유도 같은 전통 스포츠를 배와보지 그라노'라고 말하지 않았냐고 물었지만, 한혜성은 어리둥절한 표정을 지을 뿐이었다.

어쨌든 어린 시절 뽕쟁이가 본능적으로 품었던 인생의 방책, 한혜성이라는 대장 타입을 따라다니며 부스러기라도 주워 먹겠다는 계획은 첫 열매를 맺기도 전에 어그러졌다. 일단은.

하지만……

하지만 말이다. 아직 완전히 끝난 게 아닐지 모른다.

× × ×

얼마 전 뽕쟁이는 양키 그룹과 다시 교류를 텄다. 그룹은 대폭 물갈이가 되었다. 이젠 몇 년 미국물을 먹었다는 정도가 아니라, 진짜 영어로 잠꼬대도 하고 사기도 칠 수 있는 서울 사는 경력직 딜러 형들이 대거 들어왔다. 예전 백금발의 그 꼴통 물주는 소리 없이 사라져줬고, 그 와중에 뽕쟁이도 몇 시간 정도 짬을 내어 그 새끼의 관절을 여러 가지 방식으로 만져줌으로써 늦게나마 따끔한 교훈을 내려주기도 했다.

하여튼 뽕쟁이는 이 새로운 그룹과 본격적으로 어울리면서 인생을 보는 눈이 확 뜨이는 걸 느꼈다. 세상만사를 단 하나의 관점에서 이해할 수 있다는 걸 배웠다. 바로 비즈니스의 관점에서 말이다. 말 그대로, 모든 것을.

예를 들어 저기 저, 한혜성.

이제 저 자식도 구석에 조용히 처박혀 있기만 해도 간지가 줄줄 흐르던 시절은 이미 끝났다. 사고만 치는 아버지에, 역시 사고만 치는 여동생까지 있는 무일푼 집안에서 한혜성도 장래를 생각하면 갑갑하기 짝이 없지 않겠는가.

그 새끼에게 손재주가 없는 것은 진작 알아봤다. 그 자식은 초등학생 시절부터 찰흙으로 고무신 같은 것을 빚어놓고 흰 칠만 한 다음 조선백자라고 우기는 부류였다. 운동한답시고 공부를 제대로 한 적도 당연히 없었고.

바로 그게 포인트였다. 결국 한혜성은 이 형님한테 손을 벌릴 수밖에 없다는 결론이 난다.

예를 들어, 예를 들면 말이다. 혜성이 놈을 내세워 '리얼리

티 파이트 쇼'를 벌이는 거다. 단순히 세트장 하나 세우는 게 아니라, 서해안 쪼그만 무인도 하나를 통째로 잡아놓고 영화 '헝거게임' 시리즈에 나온 것 같은 콘셉트의 게임을 현실로 만드는 거다. 카메라를 단 드론 수백, 수천 대를 띄우고, 밤이고 낮이고 지들끼리 미친듯이 싸우는 장면을 죄다 찍어 생중계하는 거지. 간이통신탑을 세워 상하이나 홍콩, 마닐라까지 영상을 송출하면 중국인 부자들이 좋아서 어쩔 줄 몰라 침을 줄줄 흘려대며 베팅을 때려댈 것이고⋯⋯

사실 '헝거게임' 시리즈는 뽕쟁이의 인생 영화였다. 뽕쟁이는 자신이 연출한 헝거게임에 직접 참여한 끝에 최후의 승리를 거머쥐는 순간을 수십, 수백 번 상상했다. 마지막 일전은 물론 혜성하고 붙는 거다. 일단 관절기로 놈의 두 팔과 다리의 연골을 죄다 발겨놓는다. 벼랑 위에 서서 엉금엉금 기어가는 놈을 한참 내려다본다. 그리고 이윽고 그 이마빡에다 석궁을 한 대 박아넣는 거지.

으음. 뽕쟁이는 아랫배가 뜨뜻미지근해졌다.

물론 다 계획일 뿐이었다. 딱 까놓고 말하면 아직은 뽕쟁이 머릿속 망상일 뿐이다. 하지만 조만간⋯⋯ 선배들도 장사 중 최고는 사람 장사라 했다. 지금은 잡동사니 장물만 취급하는 수준이긴 하지만, 선배 형들, 특히나 요즘 믿고 어울리는 그

서울 딜러 형이 투자자들에게 다리만 놔준다면 만사 오케이다. 스무 살 전에 재벌 되는 것은 일도 아닐 터였다.

그만큼 뽕쟁이에게는 비즈니스 아이디어가 차고 넘쳤다.

✕ ✕ ✕

뽕쟁이는 슬쩍 고개를 돌렸다. 소각로 시설 틈새로 혜성과 혜리가 다투는 게 보였다. 한혜성이 목에 핏대를 바짝 세운 것으로 보아 혜리가 또 무슨 사고를 친 모양이었다. 혜리가 아니라면 그 아버지가 사고를 쳤을 테고.

음……

그러고 보니 혜리를 위해 구상해둔 비즈니스 아이디어 몇 가지가 떠올랐다. 혜성의 동생 얘기가 나와서 말인데, 혜리 역시 유망주다. 어릴 때는 또래 남학생들만한 체구에 얼굴도 시커멓고 입도 엄청 거칠어서 미친 송아지 같기만 했다. 근데 나이를 먹으니까 뭔가 한 건은 할 것 같은 느낌이 들었다. 혜성을 닮아서인지 카리스마도 제법이었다. 요새는 방송이니 댄스 팀 촬영이니 하면서 녹둥 신도심 먹자골목 근방에서 설치고 다녔다. 이 또한 비즈니스 포인트였다.

하나 예를 들자면, '걸스게임'이라는 타이틀로 여자만 참가

하는 '헝거게임' 시리즈 콘셉트 리얼리티 쇼를 열어보면 어떨까. 물론 이 또한 아이디어 수준이라 누구한테도 말한 적은 없었다. 일단은 괄괄한 성미의 혜리를 조만간 직접 만나 잘 구슬려놓기만 할 생각이었다.

이런저런 비즈니스 구상을 하던 뽕쟁이는 절로 입을 씨익 쪼개듯 웃게 되었다. 그러다 문득 생각난 듯 폰 카메라를 켜고 셀프 촬영 모드로 돌려 제 얼굴을 비추어보았다. 참으로 못생긴 얼굴이었다. 촬영 화면 우측 상단에 붙은 연령 추정 기능 메뉴에 '54세 남성'이라고 떴다.

"씨발, 이게 지랄하네."

그렇게 웃고 있으니 뽕쟁이는 자신이 정말 똑똑하고 사악하면서도 못생긴 얼굴짝 따위에는 전혀 신경쓰지 않는 대범한 사내처럼 느껴졌다. 기분이 한결 나아졌다. 자신감도 불끈 치솟았다. 그런데 문제는……

문제는 저들의 아빠였다. 한칠규, 그 양반. 뽕쟁이는 사마귀처럼 입을 오므려 침을 찍 뱉어냈다.

한칠규는 한물간 복서였다. 들리는 이야기로는 잘나가던 시절 아시아 랭킹급에도 들었다고 한다. 지독한 술꾼이고, 성격하나는 진짜 개같은 아저씨였다. 술이든, 성격이든 웬만해서는 명함도 못 내미는 이 녹둥시에서도 한칠규씨는 진짜배기 중 진짜배기였다. 물론 혜성 앞에서 그리 말하진 못하지만, 녹등 환호 마을 일대에서 그는 '똥미친개'로 불렸다. '미친 똥개'가 아니라, '똥미친개'였다. 이 별칭의 연원에 대해서는 비위 강한 뽕쟁이도 그다지 기억을 되살리고 싶지 않았다.

하여튼 이 아저씨는 앞뒤 안 가리고 상대가 누가 됐든, 몇 명이 되었든 상관없이 시비를 걸었다. 시비를 걸어 사고를 친 다음날에, 아니 바로 그다음 순간에 어떤 일이 벌어질지 생각하는 법이 없었다. 그게 한칠규의 미친 점이자 강점이었다. 그 탓에 엄청 두들겨맞고, 때로는 칼빵까지 진하게 먹고 피를 철철 흘리며 오는 경우도 허다했지만, 상대방 역시 이런 개싸움에서 온전하게 폼을 지킬 수는 없는 노릇이었다. 똥미친개 한칠규 아저씨와 시비가 붙었다가 봉변을 당했다는 선배 형들이 한둘이 아니었다. 입고 있던 아르마니 재킷이 똥휴지처럼 구겨지고 수토만텔라시 신상 수입 구두의 세무 외피가 피부병 걸린 소가죽처럼 질질 벗겨지는 건 기본이었다. 그 앙칼진 복수심에 기억력은 또 졸라 좋았다. 그렇게 두들겨 처맞은 지 몇 날, 몇 달이 지난 다음에도 복수한답시고 빨간 벽돌 한 장을 품에 안고 술집 주차장 구석의 어둠 속을 신새벽이 될 때까지 지키고 서 있는 게 바로 똥미친개, 한칠규라는 인간이었다.

얍삽하기 그지없는 윤중정 회장이 한칠규 아저씨의 고런 성

질머리를 잘 이용해먹었다. 그는 한칠규 아저씨의 절친이라고 내세우고 다니는 전직 건달이었고, 녹등 시내 구식 유흥업 사업주였다. 한 챔프, 한 챔프 하면서 혜성이네 아버지를 평소 잘 꼬드겨냈다가, 윤 회장 자신과 트러블 있는 사업장에 가서 사고 한번 거하게 치라고 부추기곤 하는 것이었다. 그리고 그게 또 번번이 먹히기도 했다. 뽕쟁이의 선배 형들 사이에서도 그 똥미친개를 아예 담가버리자는 이야기가 몇 번 나왔다. 영원히 보내버리지 않으면 해결 안 나는 종자라서 어쩔 수 없다는 이야기였다. 하지만 섣부르게 나서는 이는 없었다.

아직까지는.

그럼…… 나라도?

아, 아니다. 뽕쟁이는 늘어진 턱살을 벅벅 긁었다. 담가버린다고 해서 과연 그 똥미친개 아저씨가 잠잠해질까 싶었다. 팔다리 다 잘리고 숨통도 끊어졌는데, 미친듯이 땅바닥을 기어와 달려드는 영화 속 좀비가 떠올랐다. 한칠규 아저씨라면 능히 그럴 만한 인간이었다.

그런 똥미친개 아저씨에게도 묘한 점이 하나 있었다. 바로 자식이었다. 자식 일이라면 벌벌 떨면서 달려오는 것이다. 뽕쟁이도 가끔 학교가 파할 무렵 환호고 정문 앞에서 반쯤 취해 히죽거리고 있는 한칠규를 발견하고 움찔한 적이 몇 번 있었다. 아들 얼굴 한번 보겠다는 건데, 그렇다고 실제로 혜성하고 마주친 적은 없는 것으로 안다. 저멀리서 제 아버지가 서 있는 꼴을 목격한 혜성이 졸라 투덜대면서 식당 건물과 소각로 사이를 지나 환호중으로 연결된 개구멍으로 내빼버리기 때문이다. 딱 한 번 한칠규씨가 그렇게 내빼고 있는 아들을 발견하고는 사랑하는 아들내미의 뒤를 쫓아 내달린 적이 있었다. 졸라 빨랐다. 뿅쟁이 옆을 횡하고 지나가는데 강소주 냄새가 탄약내처럼 훅 끼쳐왔다. 간암으로 병치레까지 한다는데 어떻게 그렇게 빠를 수 있는지 알 수 없었다. 환호고를 찾지 않는 날에는 바로 옆의 환호중, 그러니까 혜리가 다니는 학교로 쳐들어가서 한바탕 떠들썩하게 만들어주는 모양이었다.

"하여튼, 그놈의 자식이라는 게 뭔지."

뿅쟁이는 혜성이네 일가를 떠올릴 때마다 여든 먹은 노인이 내뱉을 한탄 흉내를 내면서 쿡쿡 웃었다. 길쭉길쭉하니 인물 좋고 주먹 잘 쓰는 것 말고는 볼만한 게 없는 아들내미, 딸내미가 뭐 그리 좋다고 싸고도는가 싶었다. 자식 입장에서도 그런 아비는 없는 게 낫지 않을까. 뿅쟁이는 이미 아주 오래전 제 발로 집을 나가준 덕에 자신의 인생을 한층 홀가분하게 만들어준 아버지를 잠깐 떠올리며 코를 쓱쓱 문질렀다.

하여튼 이 칠규 아저씨가, 혜성과 혜리 둘을 얼굴마담으로 내세우는 뽕쟁이의 비즈니스 프로젝트에 걸림돌이기는 했다. 자칫 잘못 걸렸다가는 뼈도 못 추릴 것이다. 최소한 사사건건 트러블을 만들어낼 것은 뻔한 일이고.

"아, 씨발. 그 아재는 누가 얼른 담그지도 않나."

뭐, 언젠가 죽기는 할 것이다. 하지만 혜성, 혜리가 뽕쟁이 자신만큼이나 세상물정에 눈뜨기 전에 얼른 비즈니스를 벌여야 하는데 말이다.

뽕쟁이는 어기적거리던 걸음을 멈추고 다시 뒤를 돌아보았다. 어디로 갔는지 소각로 인근에 있던 혜성과 그 동생은 이미 보이지 않았다.

윤 회장

삼 년 전이었다.

아니다. 이 년 전이었나.

윤중정 회장이 더이상 얘는 내가 통제하지는 못하겠구나, 생각하게 된 게 그때였다.

아마도 이제 막 쌀쌀해지기 시작한 초겨울 무렵이었을 것이다. 윤중정 회장이 딱 좋아하는 날씨였다. 레드와인 색조의 스웨이드 싱클 재킷을 한 치수 작게 꽉 쪼여 입고 거리로 나가 어깨로 바람을 가르는 기분이란, 마치 세상의 왕이 된 느낌이었다. 테 위에만 살짝 금장을 두른 커다란 안경을 벗어서 이마에 걸친 후 이유 없이 거리 곳곳을 천천히 휘둘러보기도 했다. 기분이 째졌다. 게다가 마침 윤 회장이 새살림을 차린 지 딱 일주

일이 지난 토요일이었고, 그날 집들이를 하기로 했다.

여러모로 의미가 깊은 자리였다. 여전히 전세였지만, 윤중정 회장은 드디어 지긋지긋한 환호시영아파트를 벗어나 제3항 네거리에서 동쪽으로 한 블록 떨어진 신시가지의 45평 신축 빌라에 들어가게 되었다. 윤 회장도 물론 잘나가던 시절에는 그 유명한 한남동 유엔트라움 빌리지라든지, 청담동의 번쩍번쩍한 고급 스튜디오 몇 채를 통으로 얻어 살기도 했다. 부산 생활을 접고 상경한 지 딱 삼 년 만의 일이었다. 하지만 사업가라는 부류의 인생은 기복이 심한 편이다보니 윤 회장도 그 이후 주욱 내리막길을 걸어왔다. 그렇게 어찌어찌하다 녹등 환호동의 시영아파트 임대동까지 기어들어오게 되었던 것이다.

하지만 그 내리막길도 이제 끝이었다. 그날이 바로 윤 회장의 인생이 다시 오르막길에 접어들었음을 기념하는 자리였다.

윤중정이 새살림을 차린 여자는 그보다 열아홉 살쯤 어렸다. 성격이 보통이 아니긴 했지만 얼굴은 반반했다. 혼인신고는 하지 않았다. 유력한 중국인 투자자들을 끼워넣은 이번 프로젝트가 성공하고 사업상 불가피했던 채무도 모두 청산하게 되면 그때 혼인신고를 하고, 애도 가지자고 했다. 이게 다 너를 위한 것이라고 여자를 구슬렸다. 쉽지는 않았지만 어쨌든 여자는 반신반의하면서도 결국 그러자고 했다.

사실 윤중정 회장은 남은 인생 동안 혼인신고를 할 생각이 전혀 없었다. 인생에 그런 신고는 두 번 정도면 족했다. 한 번은 생각이 짧았던 탓에, 또 한 번은 여전히 정신을 못 차려서 벌였던 짓이다.

혼인신고라는 건 징역살이와 마찬가지다. 윤중정 회장은 징역도 두 번을 살았기 때문에 이를 잘 알았다. 첫번째 징역은 부산에서 생활하던 핏덩이 시절 살았다. 마산을 떠나 부산 남포동으로 올라간 지 몇 달도 안 되었을 때였다. 당시 남포동 일대에는 일본 오사카 소재의 수상한 어느 우익 관변단체가 내려줬다는, 꽤 큰 금액의 엔화 '후원금'이라는 게 돌았는데, 이걸 나눠가지려던 중 선배들 사이에서 싸움이 벌어졌다. 추잡하기 그지없었으나, 그 금액이 만만치 않아서 모두 죽기 살기로 덤벼들었다. 그나마 같은 식구 사이랍시고 연장은 안 쓴 게 다행이었다. 물론 윤중정 회장도 그 싸움판에 뛰어들었다. 잘만 하면 아직 새파란 나이에 팔자를 고칠 수 있는 기회였으니까.

윤중정 회장은 고향 후배인 칠규를 불렀다.

당시 칠규는 한창 랭킹전을 치르던 중이었다. 태국서 원정 온 깜둥이들하고 한판 붙는 날이면 윤중정은 경기를 끝낸 칠규와 부산 구덕경기장 뒷문에서 만났다. 칠규의 얼굴은 온통 피멍으로 울긋불긋해 이미 취한 사람 같았다. 칠규에게 멍 빼라고 술을 진탕 사주고는 둘이서 영도 꼼장어 골목을 거들먹대며 쏘다녔던 일은 늘 어제처럼 새록새록 떠오른다.

젊은 시절엔 칠규와 다니면 제법 폼이 났다. 윤 회장 자신도 체격이 곰 같았고 씨름 선수 출신답게 악력도 좋았지만, 직접 몸을 부대끼며 드잡이를 하는 일은 체질적으로 잘 맞지 않았다. 그는 어디까지나 비즈니스맨 타입이었다. 비즈니스를 할 생각으로 부산으로 올라온 것이었다. 드잡이하는 역할은 부산으로 불러올린 칠규가 대신해주었다.

그는 정말 깡이 좋았다. 단순히 운동할 때만이 아니라, 진짜 독종이었다는 얘기다. 상대가 깨진 맥주병이나 야구 방망이 따위를 휘두르는 것에 전혀 아랑곳하지 않았다. 제 얼굴이 뭉갠 토마토처럼 피범벅이 되어도 상대의 멱살을 꽉 틀어쥐고서는 골격 한 조각 성한 데가 남지 않을 때까지 머리통을 두들기는 게 한칠규였다.

그러다 어느 싸움판에서 칠규는 인대인가 어딘가를 다쳤다. 선수생활을 더이상 이어나갈 수 없을 정도였다. 마침 윤중정도 이른바 '일본국 오사카 광역폭력단체 후원금 사건'에 연루되어 부산지검 영장이 떨어졌을 무렵이었다. 그래도 윤 회장은 선배 몇 덕분에 경주와 울산, 영포 등등 동해안 일대를 오르락내리락하며 팔자 좋은 수배생활을 몇 년 했다. 그러다 자수해버린 것은 선배들의 권유도 있었지만 어디까지나 자신이 지겨워져서였다. 그런데 재판에서 형이 생각보다 훨씬 세게 나왔다. 선배들은 "서로 간에 다 조율이 되어 있으니 명목상 몇 달 살고 나오면 된다"고 했는데 전혀 아니었다. 어쨌든 그게 첫 징역이었다. 살고 나오니 이미 서른 중반을 내다보는 나이가 되었고 칠규하고는 연락이 진작 끊겼다.

두번째 징역을 산 것은 마흔이 훨씬 넘어서였다. 그 나이에 빵에 들어가니 정말 괴로웠다. 사업이 망가지면서 고소·고발전이 난무하는 가운데 윤중정도 어, 하다가 딸려들어가버린 것이다.

형기는 첫번째보다 훨씬 길었지만 경제범이라 그런지 몸은 한결 편했다. 여러모로 수를 쓴 덕분에 형기 중 절반 가까이는 병보석이니 형집행정지니 하며 병원에서 소일했다. 또 수사협조를 한답시고 검찰청 여러 군데를 들락거리며 검사며 수사직

주사들, 공동피의자나 각종 참고인들과 시시덕대며 보낸 시간
도 상당했다. 그러는 동안 윤 회장은 인맥도 넓히고 사업 기법
이며 아이디어도 많이 얻었다. 한마디로 사업가로서 한층 성
숙해지는 계기였다.

좋게 표현하자면 그렇다는 얘기였다. 어쨌거나 징역은 징역
이었다. 윤중정은 결국 그토록 바라던 광복절 특별사면, 성탄
절 특별사면 모두 받지 못한 채 고스란히 만기 출소를 하게 되
었고 다시는 실형을 살지 않으리라 다짐했다. 이제 도저히 그
럴 수 있는 나이가 아니었다.

재기가 쉽지는 않았다. 아예 밑바닥부터 새로 시작하자 결
심하고 이곳 녹둥으로 내려왔다. 녹둥은 서울에서 사업을 할
당시 잠깐 쓸 '특수 인력'을 구하러 몇 번 들른 적이 있었다.
특이한 동네였다. 아주 최근에야 시로 승격된 이곳은, 이미 상
업성을 잃은 지 오래인 고기잡이 항구 하나를 낀 시골다운 느
긋함과 퇴락의 흔적이 물씬한 가운데 때로는 막장까지 치닫는
난폭성이 공존하는 곳이었다. 윤 회장은 전부터 그 모순된 분
위기를 마음에 들어했다.

윤중정은 수감되기 직전 돌려놓은 자금을 끌어모아 현금이
제법 두둑이 나오는 녹둥 제3항 네거리 인근의 사업장 몇 개
를 인수하며 이곳에 안착했다. 집도 구했다. '윤중정'의 명의

는 전혀 사용할 수 없는 터라 자산과 계좌를 여기저기 차명으로 돌려놓았더니, 어이없게도 임대아파트 입주 자격까지 나와 버렸다. 관리 상태가 엉망인 아파트였지만, 그래도 윤중정 회장이 자기 인생의 황금기를 거의 보내다시피 했던 남도의 열악한 그 교도시설보다는 훨씬 나았다.

윤 회장은 어쨌든 이 또한 나쁘지 않다고 여겼다. 클라이언트를 접대해야 하는 일이 생기면, 녹둥에서 자동차로 사십 분 거리인 인천으로 넘어가 5성급 호텔 객실 하나 물색하면 된다고 생각했다. 불행인지 다행인지 최근까지 그렇게까지 해야 할 접대는 아예 없었다. 13.5평 아파트의 황량함을 가려보려고 곳곳에 '와신상담臥薪嘗膽'이니 '재기再起'니 하는 붓글씨를 직접 여러 장 써서 누런 벽면의 공백을 메워넣기도 했다. 징역 살던 시절 영치되어 달달 외우다시피 한『한 달 만에 작살나는 고사성어 550』이라는 책자가 도움이 되었다. 자고로 사람은 언제 어디서든 자기계발을 해야 하는 법이다. 그게 윤중정 회장의 지론이었다.

칠규와 윤 회장

칠규와 재회한 곳도 바로 이 시영아파트 임대동 현관 입구였다.

그날 윤 회장은 성격이 드세기 그지없는 부녀회장 노파와 실랑이를 벌이던 중이었다. 늘 그렇듯이 음식물 쓰레기 문제였다. 윤중정이 몇 번인가 귤껍질이나 썩은 족발 부스러기 몇 조각을 베란다 창밖으로 내던지는 장면을 본 누군가가 노파에게 꼰지른 모양이었다. 초저녁 때라 213동 앞을 지나는 사람이 제법 되어 낯이 몹시 깎이는 상황이었다. 노파는 벌써부터 술을 약간 걸쳤는지 삭은 오리고기에 쉰 막걸리까지 뒤섞인 냄새를 풀풀 풍겼다. 노파가 윤중정에게 달려들었다. 윤중정이 직접 칼같이 다려 입은 체크무늬 면직 셔츠의 칼라를 움켜

쥐었다.

윤중정은 평소 그답지 않게 "씨발!" 하고 고함을 쳤다. 도저히 참기가 어려워 그냥 노파를 한 대 쳐버릴까 생각도 했다. 그때 들고양이 같은 형체가 툭 끼어들었다. 윤 회장이 어어, 하고 있는데 그 들고양이 같은 뭔가가 노파를 후려갈겼다. 늙은이라고 적당히 봐주며 그냥 시늉만 내고 밀치는 정도가 아니라, 그야말로 죽어라 후려갈기는 경쾌한 스트레이트 한 방이었다.

노파를 때린 것은 왜소한 체구의 한 남자였다. 얼굴이 안에서 타들어간 듯 시꺼메서 한눈에 보기에도 간이 안 좋구나 싶었다. 노파는 콘크리트 바닥에 몇 번 나뒹굴고 나서야 겨우 몸을 가누고 울음을 터뜨렸다. 남자는 거침없었다. 드럼통 크기의 음식물 쓰레기통을 양손으로 번쩍 들어올렸다. 통을 기우뚱 기울이니 내용물이 노파 쪽으로 콸콸 쏟아지기 시작했다. 역겨운 광경이었지만 윤 회장은 무엇보다 남자의 굉장한 완력에 감탄했다. 젊은 장정 두엇은 붙어야 겨우 움직일 수 있는 무게일 텐데. 기겁한 노파는 선지피가 뚝뚝 떨어지는 코를 두 손으로 감싸쥐고 도망갔다. 도망가면서도 계속 욕을 해댔지만 이 시커멓고 의협심 많은 남자는 이미 노파에게 관심이 없었다. 공허한 시선은 제3항의 수평선을 헤매다가 윤중정에게로 향했다.

작달만한 키, 지방질이라곤 거의 남아 있지 않은 몸에 뱃놈처럼 새까만 얼굴 거죽. 반팔에 얼룩무늬 반바지를 입고서도 늦가을의 쌀쌀한 공기에 아랑곳도 않는 듯했다. 옷자락 밑에 드러난 각목 같은 이두근과 종아리도 무두질하지 않은 가죽처럼 윤기 하나 없었다. 검은 타르를 칠해 비비 꼬아 만든 선박용 삭구 밧줄이 연상되었다. 시설에서 갓 나온 행려병자처럼 머리털을 박박 밀어놓은 터라, 윤 회장은 한참이 지나서야 그를 알아보았다.

한칠규. 왕년의 챔피언.

"한 챔프, 니 여기서 뭐하노!" 윤 회장이 고함을 콱 내뱉었다. 상경 후 오랫동안 혀끝에서 지워왔던 경상도 사투리가 절로 튀어나왔다.

둘은 얼싸안았다. 예전 부산에서 수배 들어가면서 연락을 뚝 끊어버리고 잠수 탄 일을 섭섭해할 줄 알았는데, 칠규는 그런 일은 전혀 뇌리에 남아 있지 않다는 듯 윤중정을 반가워만 했다.

둘은 술을 마셨다. 정말 엄청나게 마셨다. 그러며 듣자니 한칠규에게는 놀랍게도 아이들이 있다고 했다. 아들 하나, 딸 하나. 아들은 제 엄마를 닮아 키가 크고 얼굴도 희멀건데 주먹은 자기를 닮아 황소처럼 세다고 했다. 딸아이는 자기를 닮아 얼

굴이 가무잡잡한 편이고 역시 자기를 닮아 주먹이 세다고 했
다. 그는 아이들 얘기를 하면서 흐뭇해했다. 윤중정은 아이를
좋아하지 않았다. 심지어 아이를 가졌다고 헤헤거리는 부류의
사내들을 내심 경멸하기까지 했고, 때론 속내를 고스란히 드
러내며 비아냥거리기도 했다. 하지만 한칠규의 저 검은 얼굴
에서 묻어나오는 진심어린 만족과 포만감을 보니, 평소처럼
날선 말을 할 수가 없었다.

아이들 엄마는 없었다. 그냥 집을 나갔다고만 하길래 윤중
정은 더이상 묻지 않았다.

× × ×

칠규는 이후로도 문제의 '후원금 사건'에 대해 별말이 없었
다. 오히려 그 사건 얘기를 먼저 꺼낸 쪽은 윤 회장이었다. 윤
중정의 형집행이 시작될 무렵, 칠규도 조사가 들어와 구금이
되었고 실형도 살았다고 했다. 교도소 안에서 무릎까지 상하
는 바람에 운동은커녕 진득하니 힘을 써야 하는 일에는 아예
손도 댈 수 없게 되었다.

남들은 출소하면 교도소 인근은 쳐다보지도 않으려 들었지
만, 칠규는 반대였다. 출소한 곳에서 시외버스로 삼십 분도 걸

리지 않는 이 항구 마을에 자리를 잡았다. 양산에 거주하던 여자와 아이들까지 여기로 불러올렸다. 절뚝거리게 된 제 행색을 아이들에게 변명한답시고 군대에서 다친 거라 둘러댔는데, 그 거짓말을 아직껏 바로잡지 못하고 있단다. 시영아파트가 한가운데에 들어선 녹등 환호 마을에서 부모가 징역을 두어 번 살았다는 얘기는 흠집도 자랑거리도 전혀 아닌 평범한 이야기였건만, 당시만 해도 칠규에게는 그런 부끄러움의 감각은 남아 있었던 모양이었다.

운동선수라는 제 신분을 의식해 어느 정도 자제할 줄은 알았던 부산 남포동 시절이 끝장난 이래 칠규는 무시무시한 술꾼이 되어 있었다. 윤 회장은 칠규에게 술을 샀고 밥을 샀으며 또 술을 샀다. 그 정도 살 여력은 충분했다. 아예 윤 회장이 실소유 사장으로 있는 네거리 사업장 하나를 정해놓고, 칠규가 거기 사업장 명의를 대고 네거리 일대 어디서나 술과 밥을 시켜 먹을 수 있게 조처해두었다. 혜성과 혜리, 그러니까 칠규의 아이들도 철이 들기 전까지는 종종 그 사업장에 와서 제 아빠와 함께 끼니를 해결했다. 그러다 혜성이 학교에 들어간 후 칠규는 더이상 아이들을 부르지 않았다. 학생들이 이런 데 들락거리면 교육상 안 좋다는 이유였다.

그 밖에도 윤 회장은 칠규의 호구지책도 마련해주었다. 이른바 전문 시비꾼 일이었다.

물론 시영아파트 단지에서 윤 회장과 우연히 마주치기 전부터도 칠규는 그 비슷한 일을 주욱 해온 모양이었다. 하지만 직업인이라기보다는 단순한 골목 깡패 수준이었다. 전략이나 전술은커녕, 뭔가를 얼마만큼 어떤 방식으로 얻어내겠다는 뚜렷한 목표 의식조차 없었다. 술에 잔뜩 취해 비틀대다 어깨를 부딪쳐 오는 자들 누구에게든 시비를 걸고, 또 기겁을 하게 만드는 것 말고는 그다음 뭘 어떻게 하겠다고 염두에 둔 게 없었다. 오히려 시비를 건 칠규 자신이 잔뜩 두들겨맞은 후 얼마 안 되는 푼돈마저 뜯긴 적도 여러 번이었다.

"왜 그렇게 사냐? 애들 생각도 해야 할 것 아니냐. 저축은 못해도 굶기지는 말아야지."

그렇게 말하면서 윤중정은 칠규에게 현금이 따박따박 들어오는 일 한번 해보라고 구슬리기 시작했다. 어려울 건 없다. 지금처럼 그냥 그대로 살면 된다. 먹고 싶은 것 다 먹고, 술 마시고 싶은 것 다 마시면서 사람들한테 시비 거는 일도 그대로 하면 된다고 했다.

"다만, 강약을 조절하자는 거지. 프로처럼 말이다."

윤중정은 칠규에게 두 가지 규칙을 제시했다.

규칙 1번, 외지인들을 대상으로 할 것.

규칙 2번, 그럼에도 환호 마을 사람을 손봐줄 일이 있으면 우선 윤중정과 상의할 것.

딱 이 두 가지만 지킨다면 월 구십만 원의 고정액을 보장하고, 사업 모델이 완전히 정착되면 추가 현금 수입이 발생할 때 보너스도 챙겨주겠다고 약속했다.

칠규는 그 이야기를 듣고 곰곰이 생각했다. 주민센터에서 찔끔찔끔 나오는 복지비와 혹서기 혹한기의 긴급구호비, 장애수당 따위의 수급비를 합해봤자 어디에 쓰기도 애매할 만큼 얄팍하기 그지없었다. 하지만 거기에 월 구십만 원이나 그 이상의 돈이 더해진다면 사정이 달라진다. 돈의 자릿수가 달라지는 마법의 효과가 발생하는 것이다. 생활이 확 필 것이고, 거기에 얼마간 저축까지 할 수 있을지도 모른다. 적금도 붓고, 남들처럼 교육보험도 부어서 — 윤중정은 "야, 교육보험 폐지된 지 수십 년 지났는데 뭔 소리야?" 하고 타박했지만, 칠규는 흐뭇하게 눈을 감고 실쭉실쭉 웃기만 할 뿐이었다 — 혜성과 혜리를 대학에 보낼 수 있을지도 몰랐다. 아니, 대학이 문제겠는가. 유학을 보내서 박사를 만들 수도 있을 판에.

월 구십만 원으로 할 수 있는 일이란 그토록 크고 다양했다. 칠규는 하겠다고 했다.

윤중정과 한칠규는 환호 마을을 휩쓸고 다녔다. 환호1동부터 3동으로 이루어진 행정동 세 개와 녹둥 본동 일부를 아우르는 옛 환호 마을 구역은 녹둥 제3항과 먹자골목을 양옆으로 끼고 앉은 녹둥 동부의 최대 유흥가였다. 주둔지를 옮겨간 지 오래인 어느 군부대의 기지촌 노릇을 해왔던 예전 가닥이 아직 남아 있어 철마다 사람들이 많이 모여들곤 했다. 특히나 조개나 갑오징어, 대하잡이가 절정으로 치닫는 시즌이 대목이었다. 말 그대로 물 반 고기 반이라 눈 감고도 대어를 낚을 수 있는 때였다. 외지인들로 넘실대는 거리 한가운데에서 한칠규는 정신없이 어깨빵을 치고 세단 앞바퀴 아래로 몸을 굴려넣으며 하루 이백에서 삼백쯤 되는 합의금을 모조리 현찰로 거뜬히 손에 쥐곤 했다. 그뿐 아니었다.

소위 '외지인 장사'에만 치중해야 한다는 뜻으로 윤 회장이 처음 제시했던 규칙과는 달리 칠규가 동네 사람들을 쳐야 하는 일도 꽤 빈번했다. 윤 회장 자신이 먼저 칠규에게 다가와 부추기기도 했다. 임페리얼 12년 대자 한 병에 과일, 소시지 세트 안주를 시켜주며 "그 새끼, '로망스 단란주점' 사장인가 하는 놈, 손 좀 봐줘야 하지 않겠냐? 니 체면 깎아먹는 소리 하고 다닌다던데. 뭐, 예전에 니 마누라하고 뭘 했느니, 니 애들이 어쩌고 하면서……" 하고 운만 띄우면 그만이었다. 그러기만 하면 한칠규는 당장 그놈을 손봐주러 뛰쳐나가곤 했다.

눈이 허옇게 뒤집혀서 뛰어나간 칠규의 난장은 외지인들과 시비 붙을 때와 비할 바가 아니었다. 그렇게 길길이 날뛰는 칠규에게는 설득도, 애걸복걸하는 간청도, 욕설이나 구타도 전혀 먹혀들지 않았다. 혼자만의 깜깜한 세계에 갇혀 날뛰는 악귀 같았다. 그렇게 한두 시간쯤 지나고 관할 파출소 사람이 그제야 슬그머니 얼굴을 들이밀 무렵이 되면 멀쩡하던 사업장은 철거를 갓 끝낸 재개발 사업장을 방불케 하는 폐허로 변했다. 칠규의 머리통은 벽에 수없이 들이받히느라 온통 검은 피딱지로 범벅되어 있었다. 힘 좋은 젊은 순경 몇에게 팔다리를 잡혀 끌려나가면서도 칠규는 "내일 또 온다, 이 새끼야. 내일도 오고, 모레도 오고, 빵에서 나오면 또 올 거다. 이 씨발 개새끼야!" 하고 고래고래 고함을 질러 상관없는 구경꾼까지 질리게 만들곤 했다.

그런 일을 몇 번 치르고 나면 윤중정 회장이 슬그머니 끼어들었다. 뭉개진 사업장 실소유자에게 갖고 있던 채권을 회수한다거나 거꾸로 빚을 고스란히 탕감받기도 했고, 아예 그 사업장을 윤 회장이 원하는 조건으로 인수하기도 했다. 거기에 더해 칠규와의 원만한 합의를 주선한다는 명목으로 꽤 짭짤한 현금까지 받아내는 경우도 적지 않았다.

$\times$ $\times$ $\times$

윤 회장 자신도 인정했다. 타지에서 우연히 마주친 옛 고향 후배 덕에 자신의 새로운 사업 운이 트이기 시작한 게 사실이었다. 그렇지만 윤중정측에서도 결코 적지 않은 대가를 치러왔다. 이를테면, 윤 회상은 이 일을 시작할 때 칠규와 한 약조는 철저히 지켜왔다. 약속한 고정 보수 월 구십만 원을 거의 빠짐없이 지불해주었고, 거기에 성과급 조인 '플러스알파'로 이십에서 삼십만 원씩을 수시로 손에 쥐여주기도 했던 것이다.

물론 안타깝게 되기는 했다. 칠규가 품었던 처음 계획, 아니 계획이라기보다 꿈과 희망과는 달리, 손에 쥐여진 추가 수입 '월 구십만 원 플러스알파'가 결코 저축으로 이어지지 않았기 때문이다. 칠규는 그 돈으로 술을 마셨다. 며칠 안 보인다 싶으면 예외 없이 정선으로 가는 시외버스에 몸을 실은 것이었다. 심지어 칠규는 '월급'이 부족하다며 윤 회장에게서 몇 달 치씩 가불하기까지 했다. 처음에는 칠규가 가불해 간 돈과 윤중정 회장이 지불해야 할 금액이 얼추 맞았다. 그러다 일 년 정도가 지나자 가불금이 급격히 늘기 시작했다. 칠규도 가불금이 많이 쌓였다는 것을 대충 짐작하는 듯했지만, 규모가 어느 정도인지는 전혀 알지 못했다. 실은 아예 관심도 없었다.

반면 윤 회장은 잘 알고 있었다. 매번 비망록에 기록해왔기 때문이었다. 매월 구십만 원으로 계산해보면, 지금 쌓여 있는 가불금은 칠규가 앞으로 사 년 이상을 공짜로 일해야 겨우 갚을 수 있는 규모였다. 이따금 받아갈 플러스알파를 감안하더라도 그리 달라질 게 없었다. 하여튼 윤 회장 계산에 따르면 그러했다.

윤중정은 점점 한칠규 때문에 골치가 아팠다. 이 녹둥시에서 인수할 만한 사업장, 그러니까 깔린 은행 빚이 많지 않아 추가 담보대출 여력도 넉넉하고, 거래선도 깔끔하며, 규모가 허황되게 크지 않아 세무서나 검경들 눈에 그리 띄지 않으면서도 장부에 기재해두지 않은 현금 잔고는 넉넉한 알짜 사업장들도 이제 거의 남지 않았다. 있다면 진작 윤 회장이 갖은 수를 써서 인수했을 것이다. 이른바 레드마켓, 시장 포화상태가 되어버린 거였다.

이런 상황에서 칠규가 맡은 역할은 점점 쪼그라들 수밖에 없었다. 외지인들 상대로 몸빵을 하는 일도, 이젠 윤 회장이 나서서 뜯어낼 수 있는 푼돈보다 윤 회장 자신의 품이 더 많이 들었다. 게다가 지금 이 나이에, 이 정도 사회적 위신을 갖춘 자신이 칠규의 양아치질에 끼어들어야 한다는 게 아무리 생각해도 어색했다. 얼마 전 한밤중 칠규의 연락을 받고 조개골목에 갔을 땐 뻔뻔스럽기 그지없는 윤 회장도 얼굴이 다 화끈거릴 지경이었다. 칠규가 멀뚱한 얼굴의 윤 회장을 병풍처럼 뒤에 세우고서 열다섯, 열여섯도 채 안 되어 보이는 꼬맹이 커플한테서 뜯어낸 것이 달랑 문화상품권 두 장이었던 것이다.

✕ ✕ ✕

게다가 윤 회장은 이미 사업의 다음 단계로 눈을 돌리는 중이었다. 그가 구상하는 사업 제국의 새로운 키워드는 세 가지였다. 유통, 온라인.

그리고 암호화폐.

현실 세계에서, 다시 말해 오프라인에서 땅을 파 부동산 개발을 하고 사업장에서 현금을 주고받는 장사 — 윤 회장은 자신의 오랜 사업 인생에서 카드 결제를 받는 일은 상상조차 해본 적이 없었다 — 는 이미 한물간 것이다. 윤 회장은 이제는 뭐든지 온라인으로 사고팔고, 대금 결제 또한 추적 불가능한 암호화폐로 해야 하는 시대가 올 것임을 예측했다. 사고파는 대상이 무엇이든 상관없었다. 술, 약, 여자(혹은 남자)에 영상이나 각종 장비까지, 뭐든 가능했다. 이런 트렌드는 출소 후 몇 년간 꾸준히 경제신문과 유튜브를 섭렵해왔던 윤중정 회장 같은 이만이 읽어내는 법이다.

윤중정 회장은 단순히 아이디어만 이리저리 굴려보고 있는 것이 아니었다. 벌써 관련 전문가들을 섭외하고 미팅도 몇 번이나 가졌다. 그런 만남을 수십 회 거듭하면서, 윤 회장은 말짱 사기꾼들은 거르고 진짜배기 몇을 추려낼 수 있었다. 그들과 접촉하면서 알게 된 핵심은, 결국 중국인들과 거래를 터야 한다는 것이었다.

사실 중국인이라는 개념 자체가 애매모호하긴 하다. 이미 녹둥시 관할 안에도 중국인들이 꽤 들어와 살고 있었지만, 대부분 북방 출신이었다. 윤 회장이 바라는 것은 다른 부류였다. 윤중정은 결국 서울 반포에서 개인 투자자문업 사무실을 운영하고 있는 안병지라는 사내를 거간꾼으로 선택했다. 그는 확실히 네트워크가 있는 자였다. 홍콩을 비롯해 중국 동남방 지역 일대에서 돈, 정치력, 시스템 모두를 갖춘 모종의 그룹과 선이 닿는다고 했다. 안병지의 말에 따르면, 이 그룹은 작년 말부터 중국 남지나해 연안 일대를 주축으로 '지앙환精環페이', 영문자 약어로 '지허페이JiHPay'라 불리는 폐쇄형 사설 암호화폐 시스템을 돌리고 있다 했다. 당국의 허가를 받진 않았지만 당국은 이 건에 대한 암묵적 양해는 물론이고 사실상 지원까지 하고 있단다. 이 지앙환페이는 정말 물건이었다. 굳이 비교

하자면 비트코인을 예로 들 수 있겠지만, 약간만 자세히 뜯어 봐도 비트코인과는 아예 차원이 다른 물건 중의 물건이라는 걸 알 수 있다고 했다. 사실 윤 회장은 첨단 기기나 테크놀로지에 약한 편이라 안병지의 설명을 대부분 이해하지 못했다. 그래도 어쨌든 기가 막힌 물건이라는 정도는 금방 감이 왔다.

마침 이 그룹은 그 지앙환폐이망의 지역 거점으로 삼을 도시들을 물색중이었다. 비용은 문제되지 않았다. 다만 자금시장과 금융인프라에 근접해 있으면서도 조금이라도 당국의 감시와 감독망 바깥으로 벗어나 있는 곳, 한마디로 압수수색이 들어와도 서버 하드를 녹이고 장부를 소각할 수 있는 약간의 여유나마 보장되는 외곽 지대를 바라는 듯했다. 윤 회장은 안병지의 요구사항을 금방 알아들었다. 바로 이거다 싶었다.

×　×　×

안병지는 스마트한 사내였다. 굳이 제 입으로 얘기하지 않으면 한국인이 아니라는 걸 알아챌 수 없을 정도로 한국말에 능했다. 설명에 따르면 그는 중국 혈통의 말레이시아 국적과 미국 영주권이 있으며, 실제 미국에서 학업의 대부분을 마치고 사업도 했다고 했다. 미국 이름이 앤서니 안이기는 하지만 지금은 한국을 주무대로 하는 사업가인 만큼 꼭 안병지라고 불러 달라고도 했다. 윤 회장은 이곳 녹둥에서는 앤서니 안이라는 이름이 훨씬 먹힐 것 같다고 생각했지만, 어쨌든 그가 원하는 대로 안병지 사장이라든가 닥터 안이라고 칭하며 그를 치켜세 워줬다. 그는 특히 닥터라는 칭호를 무척 좋아했다.

군이 그의 단점을 꼽자면 소심하다 싶을 정도의 까탈이었 다. 세부사항에 너무 집착했고, 숫자든 계약서 문구든 똑 떨어 지지 않으면 어떻게든 맞춰질 때까지 매달리는 타입이었다. 윤 회장은 이런 문제 정도야 충분히 감수할 수 있었다. 서류의 문구가 원하는 대로 적혀 있지 않거나 장부 숫자가 맞지 않으 면 사후에라도 맞춰내는 게 윤 회장의 타고난 기량 중 하나였 고, 두번째 징역생활 동안 전문 위조범들과 교류하면서 더욱 기술적 정교함을 갖추게 되었다.

문제는, 안병지가 성격적으로 심하게 깔끔을 떤다는 점이었 다. 이건 꽤 심각했다. 윤 회장은 안병지를 녹둥으로 몇 번 초 대한 적이 있었고, 그때마다 닥터 안은 녹둥시의 지정학적 지 위가 지양환페이망의 동북 해역 거점으로 적당하다는 점을 전 적으로 인정했다. 이를테면 그는, 시 동남쪽 외곽에 위치한 거 대한 전력생산 시설, 거저나 다름없게 싸고 안정된 통신망, 움 푹 파인 만 형태의 기다란 해안선과 노후한 항구시설 인프라,

허술하기 짝이 없는 해안 검색검문 체계와 경찰 관행 등을 꼽으며 이 녹둥이 단연 한국 내에서 제1의 적격 후보지 조건을 갖추었다고 단언했다. 그러면서도 안병지는 녹둥의 너저분한 거리를 못마땅해하는 기색을 숨기지 못했다. 특히 윤중정 회장이 애써 검소하게 마련한 부산개발 사무실을 소개한다며 그를 조개골목 초입에 처음 들였을 때, 안병지는 길바닥에 걸레처럼 내던져진 생선 대가리와 내장 뭉치를 보고는 기겁을 하며 숨을 쉬지 못하는 지경까지 갔다.

윤 회장은 자신이 잔뜩 몸을 낮춰 사업 외관을 누추하게 꾸며야 하는 여러 사정을 구차하게 설명하면서, 앞으로는 인천 메리어트나 리츠칼튼 블루스타 같은 5성급 호텔에서 미팅을 가지자고 제안해보았다. 그러나 앤서니 안, 아니 닥터 안은, 시스템이 본격 가동되고 마중물처럼 첫 자금이 순환하기 시작하면 향후 몇 년간은 좋으나 싫으나 자신도 이 녹둥에서 지내야 할 텐데 지금부터라도 적응을 해야 하지 않겠느냐며 딱 잘라 거절했다. 당사자가 그렇게 나오는데 윤 회장도 어쩔 도리가 없었다. 그렇게 말하면서 엄지와 검지로 새침하게 두 콧구멍을 꽉 눌러 막는 안병지의 꼴이 어이가 없긴 했어도 말이다.

×　×　×

그래서 마련한 게 작년 초겨울 즈음의 집들이 자리였다. 윤 중정 회장이 새로 들어간 빌라는 적어도 외관 골조 하나는 번 듯했다. 그거면 됐다 싶었다. 집이라는 건 내부 인테리어로 꾸 미기 나름이고, 윤 회장은 그 일을 동거중인 여자에게 시켰다. 여자는 빌라 내부의 싸구려 건자재를 싹 발라내고 이탈리아에 서 직수입한 자재와 가구, 이름 모를 잡동사니 등으로 집안을 온통 도배했다. 예산을 훨씬 초과하여 며칠간 여자와 심한 말 다툼을 벌였지만, 그럼에도 윤 회장은 여자의 일솜씨 자체는 제법 그럴듯하다는 걸 부인할 수 없었다. 궁전 같다고 하면 조 금 오버고, 중국인 부호들이 휴가용 별장으로 며칠 빌려 묵을 수준은 될 법했다. 윤 회장이 보기에는 그러했다.

안병지가 방문하기로 한 그날, 윤 회장은 여자를 한참이나 얼러 겨우 밖으로 내보냈다. 대신 다른 여자 둘을 불렀다. 집 안 식탁에는 이미 삶거나 저염버터로 튀긴 고베산 흑우 안심 이 산더미처럼 쌓여 있었다. 안병지가 제일 좋아하는 음식이 고베 소고기였다. 거기다가 XXO급 코냑 열 병에, 또 혹시 몰 라 크루그 로제 두어 병도 쟁여두었다. 모두 닥터 안이 미국살 이할 때 즐겨 마셨다는 술이었다.

별일은 없을 터였다. 어디까지나 친목을 위한 자리였다. 거래 협의는, 문서로 작성해놓을 단계까지는 아니지만 그래도 어느 정도 가늠이 될 만큼 꽤 구체적이고 진지하게 진행되고 있었다. 지양환페이 시스템의 게임 서버 관리 부문은 윤 회장이 맡는 걸로 이야기가 되어 있었다. 심지어 한국식 도리짓고땡 서비스를 게임 서버에 올리자는 윤 회장의 아이디어도 거의 받아들여질 분위기였다. 게임 부문을 확보하면 사실 계약은 끝이다. 어쩌면 일이 잘 풀려 오늘밤 계약서에, 아니면 적어도 의향서나 비공개 양해각서쯤 되는 문서에 도장을 찍게 될지도 몰랐다. 그러면 샴페인을 터뜨려야 할 것이고. 크루그 로제도 그래서 준비했다.

윤 회장의 빌라를 찾은 닥터 안은 "집이 조금 좁네요" 하고 입으론 툴툴대면서도 얼굴에는 안심하는 기색이 뚜렷했다. 내장 고린내가 진동하는 환호동 거리를 꿰뚫고 왔을 터이니 이 집의 라임 향 방향제에도 일단 만족할 법했다. 윤 회장이 그에게 코냑부터 한 잔 따랐다. 묵직한 나무 향이 실크 속옷처럼 두 남자를 감싸고 돌았다. 입술에 술이 닿지도 않았는데 벌써 취한 기분이었다. 당장 파격적인 거래 하나를 타결하거나 질펀한 유흥을 즐기기 시작할 만한 분위기가 밀물처럼 차올랐다. 윤 중정은 바지가 흠뻑 젖어드는 느낌이었다. 현관에서 호출 벨이 울렸다. 아직 첫 잔도 안 비웠는데 여자들이 약속보다 조금 일찍 온 모양이었다. 상관없었다. 오히려 딱 좋은 타이밍이었다. 그냥 닥치는 대로 까는 거지, 뭐. 윤 회장은 달려나갔다.

현관문을 열자 한칠규가 서 있었다. 무슨 난민 애새끼처럼 얼굴에는 땟국이 흘렀고 왼쪽 눈두덩은 멍으로 시커멨다. 온몸에서 진동하는 냄새엔 알코올 향과 생선 비린내에 오줌 지린내까지 한 가닥씩 섞여 있었다. 절로 욕이 나왔다.

"이 새끼야. 너, 여기는 어떻게 알았어! 야, 인마, 형 지금 비즈니스중인 거 몰라?"

칠규가 뭐라 대꾸했다. 짐승처럼 웅얼대기만 해서 알아들을 수 없었다.

"뭐라는 거야. 새꺄, 말 똑바로 안 해?"

"야이, 쌍! 가불 좀 해달라고."

칠규가 버럭 소리를 질렀다.

안에서 부스럭거리는 소리가 들렸다. 안병지가 불안해하는 기색이 느껴졌다. 칠규의 앙상한 체구 너머 복도 유리창을 통해 선팅한 검은색 아우디 SUV 한 대가 빌라 주차장으로 슬금슬금 들어서는 게 보였다. 차량에서 여자 둘이 내렸다. 갓 스물을 넘은 듯했고 봉긋한 뺨들이 발그레했다. 둘 다 엄청나게 짧은 반바지를 입고 있었다. 바지 아랫단 밑으로 툭 튀어나온

구릿빛 엉덩이 살점이 작은 연못의 물살처럼 찰랑거렸다. 윤
중정 회장은 침을 크게 삼켰다. 얼른 상황을 수습해야 했다.

"얼마."

"일억."

"……형이 지금 비즈니스 한다지 않았냐. 장난치지 말고 제
대로 금액 대. 삼십이면 되겠어?"

윤중정은 안방 재킷 안주머니에 꽂혀 있을 장지갑에 든 지
폐가 몇 장이었는지 가늠해보면서 낮은 소리로 말했다.

"일억. 일억 달라고. 두당 일억씩 말이야."

"새끼야, 목소리 낮춰. 두당 일억은 또 무슨 개소리야?"

"혜성이, 혜리 유학 보낼 돈 일억씩. 그리고……"

"그리고 또 뭐?" 윤중정이 코웃음을 치며 말했다.

"나도 먹고 쓸 돈으로 일억 필요하고. 퇴직금 같은 것."

윤중정은 칠규가 비틀거리면서 현관문 틀을 잡고 겨우 몸을
지탱하고 선 꼴을 내려다보았다. 그는 윤중정과 눈을 마주치
려 기를 썼지만 술기운 때문에 획획 돌아가는 제 시선을 어쩔
수 없는 듯했다.

"가불로?"

"그래."

"너, 지금 나한테 깔아놓은 가불금이 얼마인지는 아냐?"

"몰라."

"쌓인 원금만 오천이야. 사실 오천이 훨씬 넘지, 이자 포함하면. 그거 언제 다 갚을 거야? 월 구십씩 계산해도 사 년이 넘게 걸려. 너 그때까지 살아 있기는 할 거냐?"

"……"

"그런데 삼억을 또 가불 땡겨달라고?"

"……그러니까 그걸로 퉁치자고."

"뭔 말이야?"

"이자까지 해서, 그 오천만 원인가 뭔가 하고 다 포함해서, 삼억으로 한 방에 퉁쳐서 끝내자고!"

칠규는 컹컹거리면서 고함을 쳐댔다. 1층에서 출발한 엘리베이터가 슬금슬금 올라오기 시작했다.

"야! 내가 너한테서 받아야 할 돈이 있는데, 내가 또 돈을 내주면서 퉁치는 건 또 뭐야?"

윤중정은 이만 한칠규와의 대화를 그만두기로 했다. 말이 안 통하는 상황이라 머리통에 뜨거운 스팀이 올랐다.

"야, 나중에 얘기……"

엘리베이터 문이 열렸다. 그 안에서 나온 여자 둘이 눈을 동그랗게 뜬 채 거침없이 복도를 걸어오기 시작했다.

"그래, 그래, 어서들 와."

윤 회장은 애써 살가운 말투를 짜내며 여자들을 집안으로 들였다. 여자 한 명이 칠규 곁을 지나면서 콧등을 찡그렸다.

"이 아저씨는 아니야. 그냥 잠깐 들른 근처 업자야. 금방 갈 거니까 니들은 신경 안 써도 돼. 안에 VIP 와 계시니까……"

윤 회장은 팔등으로 칠규의 가슴팍을 홱 밀었다. 전적으로 무의식적인 행동이었다.

바로 그때였다. 더이상 안 되겠다, 도저히 이 새끼를 통제할 수 없겠다는 결론을 내린 순간이.

칠규는 "일억!" 하고 무시무시한 고함을 내지르더니 윤 회장을 확 밀치고 집안으로 뛰어들었다. 윤 회장은 몸을 가누지 못하고 비틀대다 현관에서 엉덩방아를 찧고 말았다. 안 된다고 고함을 치려는데 숨이 턱 막혔다. 아무 소리도 나오지 않았다. 칠규는 기다란 복도를 따라 거실로 질주했다. 묘하게 지그재그로 달리는, 평소라면 우스꽝스러워 보이기만 했을 한칠규 특유의 선수 시절 습관이 윤 회장 시야에 가득 들어왔다.

그러고 나서야 거실에서 솔솔 풍겨오는 홍건한 술과 고기 냄새, 팔팔 끓인 버터 향이 윤 회장의 후각을 건드렸다. 칠규가 거실로 이어지는 복도참 끝에서 몸을 돌려 시야에서 사라졌다. 그가 신고 있던 시끄무레한 운동화 밑창에는 어디서 묻혀왔는지 커다란 미역 다발이 걸려 철퍽댔다. 씨발, 웬 미역이……

아뿔싸. 갑자기 정신이 번뜩 들었다. 윤 회장은 몸을 일으켜 거실로 따라 들어갔다. 짐승처럼 뛰어들어가는 저 새끼를 잡아야 했다. 윤 회장은 온 힘을 다해 달렸다. 늦지 않게 거실에 들이닥쳤다고 생각했는데, 안쪽은 이미 난장판이었다. 마개도 뜯지 않은 귀한 코냑 병들이 절반쯤 박살나 있었다. 칠규의 오른손에는 절반쯤 박살이 난 샴페인 병목이, 다른 손에는 버터 기름이 줄줄 떨어지는 벌건 고베 안심이 한 움큼 쥐어져 있었다. 칠규의 버짐 핀 입가에서 시작해 목덜미까지 크루그 로제의 황금빛 거품 방울이 줄줄 흘러내리고 있었다.

그후의 장면은 정확히 기억나지 않는다.

윤 회장이 제정신을 차린 후 몸에 남은 감각은, 오랜만에 누군가를 실컷 두들겨팼다는 것뿐이었다. 온몸에 검은 선지피를 흠뻑 뒤집어쓰긴 했지만 정작 윤 회장에게는 주먹에 난 생채기 몇 개 외에는 거의 상처가 없었다. 칠규는 작정하고 매를 맞기로 한 모양이었다.

아주 한참이 지나서야 윤 회장의 뇌리에 몇 가지 기억의 파편이 떠올랐다. 아귀처럼 와규 덩이를 입에 꾸역꾸역 집어넣던 칠규의 얼굴 같은 것. 그 주둥이에서 흘러나오던 벌건 침이 레어로 살짝 구운 소고기의 육즙인지, 녀석의 피인지가 구분이 가지 않았다. 칠규는 숨이 막힐 때마다 컥컥거리면서도 "그래, 죽여, 죽여! 합의 보자고!" 하고 고래고래 고함을 질렀다.

어쨌든 소동이 끝났다. 결국 수습은 됐다.

경찰이 오기 전 먼저 몸을 피한 닥터 안에게는, 칠규는 정산을 마치지 못한 도급업자라고 나중에야 설명을 했다. 조만간 정산을 끝낼 예정이니 걱정 말라고 머리를 조아리며 변명을 했는데, 안병지는 의외로 윤중정의 얘기를 담담하게 들었다. 윤 회장의 설명을 주욱 듣던 말미에 "정산은 조만간 확실히 끝내시는 거죠?" 하고 밉살맞게 한 번 물었을 뿐이었다. 거래 협의는 계속 진행하기로 했다. 제일 큰 판돈이 오갈 게임 부문의 위탁 방안도 그대로였다. 다만, 수수료 조건만 조금 변경하기로 했다. 윤 회장은 입술을 질끈 깨물었다. 이 짱깨 새끼가.

사실 차분하게 진정하고 생각해보면, 사실 이제는 정말로 한칠규와의 정산을 끝낼 때이긴 했다. 자신도 할 만큼 했다고 생각했다.

미친놈. 삼억이라니. 대체 말이 되냐.

문제는 어떤 방식으로 정산을 할 것인가였다. 윤중정은 몇 가지 셈을 해보기 시작했다.

지욱

올해 나이 딱 서른하나. 이름 민지욱. 현직 교사.

단, 정교사는 아니다.

민 선생이 마음을 다잡으며 산 지가 어언 십오 년이었다. 오랜 시간이 지났지만 아직 인생을 밝힐 빛은 보이지 않았다.

친구들은 속도 모르고 부러워만 했다. 이제 안정된 직장도 있으니 여교사 하나 잡아 결혼하면 인생에 더 바랄 게 없지 않겠냐고들 했다.

민지욱은 정말 그럴 수 있을까 얼마쯤 희망을 갖다가도, 아침 스모그에 가려 누릿한 빛이 흐리게 번지는 시영아파트 독신자 숙소동의 창밖 풍경을 내려다보며 반편짜리 희망마저 내던져버렸다. 친구들의 얘기는 말도 안 되었다.

단 두 명뿐인 민지욱의 친구 중 하나는 성남 모텔촌에서 배달 알바를 뛰고 있었고, 다른 하나는 중국 선양에서 '피시방'을 한다고 했다. 사실 둘 모두 민지욱보다 사정이 나았다. 특히 중국 피시방 친구는 매일 저녁 룸살롱에서 항저우산 최고급 말고기 도시락을 까먹고 돔 페리뇽으로 입가심을 할 정도로 형편이 좋았다. 과장이 아니었다. 민지욱 선생이 실제 중국 현지에 가서 목격한 광경이었다. 그 친구가 정확히 무얼 하고 있는지는 모르겠지만 단순한 피시방은 아닐 터였다. 피시방 친구가 사는 그 인생의 유일한 단점이라면 한국에 다시는 들어오지 못하고, 엄마한테 거는 안부 전화까지도 매번 대포폰을 바꾸어가면서 몹시 주의를 기울여야 한다는 정도였다. 그 정도라면 뭐⋯⋯

민지욱은 지난 1월 방학철에 그 친구를 만나러 선양에 갔었다. 배달 뛰는 그 친구도 함께였다. 아, 그때 진짜 재밌었는데. 민지욱 선생은 한숨을 푹 쉬었다.

그 꿈같던 시간이 끝나고 녹둥으로 돌아오자 다시 시궁창이 펼쳐졌다. 늙다리 선생들은 거무튀튀한 사람 가죽만 뒤집어쓴 꼴이었고, 학생들은 대갈통이 아직 덜 여문 악귀나 다름없었다. 이들 모두가 민지욱 선생을 둘러싼 채 슬금슬금 그물망을 조여오고 있었다. 하루에 5센티미터씩, 슬금슬금.

좁혀오는 거리만큼이나 민지욱 선생의 숨통도 날마다 쪼그라들었다. 중국 피시방 친구한테 나도 거기서 피시방 하면 안 되겠냐, 학교 공금 이천 정도는 어떻게든 티 안 나게 가져갈 수 있다고 운을 떼보기도 했다. 하지만 친구는 코웃음을 쳤다. 요즘 여기도 물가가 많이 올라서 이천으로는 피시방 한 달 인건비에 함바 밥값도 안 나온다고 했다. 그러면서 새끼야, 너는 거기서 행복한 줄 알아라, 부모한테 효도 잘해라, 사고 치고도 너처럼 갱생할 기회 있는 놈이 많은 줄 아느냐면서 꺼이꺼이 울기까지 했다. 그런 상황이니 더이상 말도 붙이기가 어려웠다. 그 새끼가 정말 내 사정을 모르니 그딴 이야기를 하는 것이지 싶어 민지욱은 울화통이 터졌다.

✳ ✳ ✳

학교 공금 이천 이야기는 진짜였다. 재단 부이사장이자 이사장의 배다른 동생, 그리고 여기 환호중학교 교감이기도 한 명수창이 쓰는 한 달 섭외비가 딱 이천만 원이었다. 그 이천을 고스란히 섭외비로 회계처리했다가는 교육청 감사에 작살날 것이 빤하기 때문에 교사들 명의의 계좌에 이런저런 명목의 비용으로 꽂아준 다음 그들 명의로 체크카드를 발급받아 명 교감이 쓰고 있는 것이다.

이를 위해 재단의 경리 직원이 아니라 선생을 부리는 게 명수창의 특이한 점이었다. 대학물 먹어 소심해빠진 인간들이 관리하기도 편하다는 게 명 교감이 내세우는 지론이기는 했지만, 실상은 재단의 임직원들이 이미 힘이 빠지기는 했어도 여전히 단단히 척을 지고 있는 이사장측 사람들인 까닭이었다. 계좌 관리와 장부 기록은 배명선 선생이 맡고 있었다. 경제학과를 졸업했다는 이유를 대긴 했지만, 실은 제일 고분고분한 성격에다 작년 가을 정교사 임용 때 명 교감이 크게 힘을 썼으므로 마음의 빚이 아직 상당할 것이라는 게 실제 이유일 터였다.

교사들 명의의 통장과 금융거래용 막도장, 여기에 연동된 체크카드 일체는 열일곱 명 각자의 명의별로 고무줄에 묶여서 금고에 보관되어 있었다. 금고는 교감 집무실 옆에 붙은 자그마한 부속실 겸 탕비실 싱크대 아래에 붙박이로 설치되어 있었고, 금고 열쇠는 부속실 관리 책임자이자 2학년 영어를 맡고 있는 우지영 선생이 보관중이었다. 명 교감에게 연락이 오면 우 선생은 언제든 즉각 하던 일을 멈추고 잔액이 충분히 남은 계좌를 배 선생한테서 확인한 후 금고를 열고 체크카드를 꺼내 교감에게 갖다 바쳐야 했다. 명 교감의 연락에 우 선생이 수업중에 뛰어나간 게 한두 번이 아니었다. 심지어는 갖고 간

체크카드 잔액이 모자란다고 쌍욕을 들으면서, 한밤중에 콜택시를 불러 타고 명 교감이 진탕 처마시고 있는 논현동 단골 술집 '오야붕'까지 왔다갔다한 적도 몇 번이나 되었다.

"잔액이 부족한 게 아닐 거예요. 괜히 꼬장 부리는 거지. 부당한 대우가 있을 것 같다 싶으면 동영상을 찍어놓으세요. 최소한 녹음이라도요."

논현동에서 녹둥으로 돌아온 어느 날 새벽, 눈물을 질질 짜는 우 선생을 위로하며 민지욱은 그리 말했다. 민지욱은 진심이었다. 우 선생이 논현동에 갔다 온 이야기 전부를 말하지 않았지만, 명수창 그 변태새끼가 스물일곱 살짜리 어린 여선생을 지저분한 술집에 불러다놓고 희롱하려는 수가 분명하다고 여겼다.

그 새끼는 정말 개새끼야. 민지욱 선생은 속으로 중얼대면서 우 선생의 작고 둥근 어깨에 손을 슬쩍 올렸다. 잠깐 침묵이 흘렀다. 우 선생이 어깨를 가늘게 떨면서 민지욱 선생의 손을 떨쳐냈다.

……그래도 잠시나마 가만히 있었어. 한 이삼 초 정도. 민지욱은 속으로 중얼거렸다. 나한테 마음이 없지는 않아.

민지욱 선생은 멋쩍은 티를 내면서 두 손으로 얼굴을 비벼 마른세수를 했다.

× × ×

그래, 솔직해지자. 사실 민지욱 선생에게도 인생의 빛이 있었다. 우지영이 바로 그 빛이었다. 사방에 펼쳐진 이 지옥도를 비추는 한줄기 유일한 빛. 지나치게 잘 울고, 주위 사람들과 관계에서 너무 쉽게 감정적으로 휘감겨버리는 우 선생의 성향이 민지욱은 영 마음에 들지 않았다. 때로는 다혈질인 민지욱 선생의 화를 머리끝까지 돋우는 경우도 있었다. 하지만 민지욱은 이제 그런 우 선생의 면모마저 애교로, 더 나아가 사회생활을 위한 기교의 일종으로 받아들이는 중이었다.

물론 몇 달 전, 지난 2월 정기 인사 당시 민지욱 선생에게는 아무런 말도 없이 우 선생 혼자 덜컥 정교사 임용이 되었을 때 미친듯이 화가 나기는 했다. 열다섯 살 때 벌어진 '그 사건' 이후 꾹꾹 눌러온 민지욱 특유의 고약한 성질머리가 그렇게 폭발한 것도 오랜만이었다. 민지욱 선생은 머리꼭지가 퍽 뜯겨나갈 것만 같은 용암 같은 분노를 다잡기 위해 우 선생이 보는 앞에서 허연 뼈마디가 드러날 때까지 시멘트 벽면을 퍽퍽 쳐댔다. 우 선생은 그 옆에 서서 어쩔 줄 몰라하며 눈물을 흘려대고……

하여튼, 우지영은 빛이었다. 무엇 하나 가지지 못했고 뭔가를 손에 넣을 가능성도 없는, 녹등시 환호중학교 기간제 교사인 민지욱에게 말이다. 철없는 친구들이 여교사 하나 잡아 애도 낳고 지방 아파트도 하나 분양받아 이제는 사람답게 살라고 성화를 부릴 때마다 민지욱 선생은 우 선생을 떠올리곤 했다.

우 선생 정교사 임용 사건도, 순전히 민 선생의 오해였던 것으로 밝혀졌다. 역시나 여기에는 음흉한 명수창의 흉계가 숨겨져 있었다. 명 교감은 지난 3월부터 우 선생에게 금고 열쇠를 맡겼다. 정교사 임용 당시에는 재단 내규상 담임 맡을 자격이 되는 정교사 수가 턱없이 부족하다는 이유를 댔으나, 실은 새로운 금고지기가 필요했을 뿐이었다.

교감의 섭외비가 한 달에 이천만 원이라든가, 교사들 명의 계좌며 체크카드 같은 학교 내부 속사정을 민지욱 선생이 알게 된 것도 우 선생이 금고를 맡게 되면서부터였다. 둘은 잔액이 넉넉한 체크카드를 빼들고 인당 사오십만 원씩은 훌쩍 뛰어넘게 나오는 오마카세 스시집이나 한강변까지 훤히 내려다보이는 청담동 프렌치 파인 다이닝을 몇 번 찾기도 했다. 처음 꼬드긴 쪽은 민지욱 선생이었지만, 배명선 선생과 입을 맞춰 잔액 고르기니 올려치기니 하는 방법으로 사용처와 거래내역을 말끔하게 정리하는 기술을 능숙하게 구사하는 쪽은 우 선생이었다. 배 선생은 이런 식으로 '잔돈'을 모아 지난 연말에 제법 큰직한 백도 하나 마련했다고, 우 선생이 설레하는 말투로 설명해주기도 했다. 민지욱은 덜컥 겁이 났지만 자신보다 훨씬 좋은 대학을 나온 똑똑한 여선생들끼리 알아서 잘 처리하겠지 싶었다. 그녀들을 단죄할 생각은 처음부터 손톱만큼도 없었다. 우 선생 말대로, 정교사가 되는 데 한꺼번에 들인 찬조금 명목의 목돈을 조금씩 회수하는 것에 불과했다. 금고와 계좌관리를 맡긴 명수창 교감이 사실상 그걸 암묵적으로 허용한 것이기도 했고.

"민 선생님도 정교사 되고 나면 금고나 계좌 맡으실 거예요. 저나 배 선생님 다음번 순서로요."

우 선생은 위로한답시고 그리 말했지만 민지욱은 쓴웃음만 나왔다. 물론 금고지기가 될 수도 있었다. 아닐 수도 있었고. 하지만 전제인 정교사가 될 가능성 자체가 민지욱에게는 애초부터 없었다.

* * *

그런 생각을 안 해본 것은 아니었다. 재단 찬조금으로 마련해야 할 돈이 칠천인데, 이자는 제법 부담해야겠지만 어쨌든 중국 피시방 친구로부터 우선 오천은 단번에 빌릴 수 있었다.

술김에 한 막연한 얘기 수준이기는 했지만, 지난 1월 선양에 놀러갔을 때 대충 친구의 의향을 떠본 적도 있었다.

나머지 이천이 문제인데, 우 선생이 이른바 '잔액 고르기'로 대충 육칠 개월 만에 만들어줄 수 있다고 했다. 민지욱은 그 말에 감격하여 우 선생의 두 어깨를 덥석 잡을 뻔했다. 정말 그러지는 않았다. 저번처럼 어깨 위의 두 손을 툭 떨쳐낼까 두렵기도 했지만, 그보다도 민지욱 선생에게는 정교사란 아예 가능성이 없는 얘기이기 때문이었다.

십오 년 전의 일은 여전히 민지욱의 발목을 잡고 있었다.

기간제로 채용되어 출근한 지 얼마 안 됐을 때, 명수창이 민지욱 선생을 호출했다. 재단의 실세 명수창 교감의 집무실은 황당할 정도로 널찍하고 으리으리했다. 세 면으로 벽을 둘러친 책장에는 펴본 적도 없을 세계사상사 전집 백여 권과 동창회 명부만 따위만 잔뜩 꽂혀 있었다. 교감은 방 한가운데에 12미터짜리 녹색 펠트를 깔아놓고 퍼팅을 연습하고 있었다. 퍼터를 들고 허리를 슬쩍 구부린 교감의 몸뚱어리를, 사면으로 둘러싸듯 세워놓은 전신 거울들이 비추고 있었다. 그는 민지욱에게 빈말로라도 앉으라 하질 않더니 대뜸 "소싯적에 사고 좀 쳤다면서?" 하고 내뱉었다.

민지욱은 가만히 서 있었다. 특유의 순진한 눈망울을 평소보다 더욱 크게 부풀리면서 영문을 모르겠다는 표정을 지어 보이기도 했다. 명수창은 세 번 연속 퍼팅을 성공시키고서야 비로소 느긋한 웃음기를 띠면서 민지욱에게로 얼굴을 향했다.

"새끼야. 시치미떼지 말고. 성깔 좀 있나보지? 보니까 애새끼들 턱뼈를 완전 아작내놨던데. 겉은 비리비리해가지고, 전혀 그렇게 안 생겨먹었는데 말이야."

민지욱 선생은 여전히 가만히 서 있기만 했다. 철가면을 씌운 듯 뺨이 딱딱하게 굳는 게 느껴졌다. 교무실에 우두커니 혼자 앉아 있을 때 짓고 다니는, 커다란 외투처럼 자신의 정체를 어둠 속에 숨기려 하는 표정으로 돌아왔다. 우 선생이 질색하며, 마치 친동생이라도 되는 양 민지욱 선생의 팔뚝을 찰싹찰싹 때리게 만드는 음침한 표정.

"뭘 그리 정색하고 그래. 우리가 그래도 명색이 올해로 삼십사 년 짬밥 먹은 교육기관이야. 소년범 기록 정도 들춰볼 재간도 없을까? 이 업계에서 굴러먹으려면 그 정도 영업 노하우는 있어야지."

명 교감은 퍼터를 가죽 소파 위에 내던지고 오른손을 커다란 갈고리 모양으로 만들어 사타구니를 북북 긁었다.

"뭐, 어때? 개과천선했잖아. 맞지? 그럼 기회를 줘야지. 경험 살려서 애들 선도도 잘 좀 해주고, 핏덩어리 새끼들 까불면 아구통도 몇 번 날려주고 말이야. 옛날 실력 발휘는 하되, 너무 심하게는 하지 말라고. 니 자랄 때와 시추에이션이 좀 많이 달라. CCTV며, 애들 폰카 찍는 거 고려해서 시간, 장소, 주위 사람 신경써야 한다 이거야. 그 말 하려고 불렀어."

명수창 교감이 끌끌거리며 웃었다. 그러다가 웃음을 뚝 그치고 진지한 표정을 지었다.

"내가 너를 몇 번 요긴하게 쓸 일이 있을 거야. 어…… 학교 교내 사무 말고, 요 밖에서 사소한 분쟁 건들이 종종 있어. 원래 사학재단이라는 게 재산관리며 이사회 대응, 지원청이나 검경 대관업무 따위로 진드기들 떼어내는 게 일의 절반이야. 그렇다고 너무 부담 갖지는 말고. 여기 한 일이 년 있을 거지? 그때까지 푹 쉬다가 가. 우리 학교가 선생이니 애들이니 죄다 싹수는 노래도 금고 하나는 짱짱해서, 니가 있는 동안 월급은 따박따박 제대로 나갈 테니까."

명 교감은 소리 없이 씩 웃었다. "그렇다고 이 년은 넘기지 마."

결국 민지욱 선생은 아무 말도 꺼내지 않은 채 교감 집무실에서 물러나왔다.

이 년.

그게 여기서 보낼 수 있는 시간이었다.

사실 명 교감의 말이 아니었더라도 민지욱 선생 스스로가 이 지독한 공간에서 이 년을 넘기기는 어려울 것 같았다. 가만히 앉아 있기만 해도 학생들의 악다구니, 교사들의 이전투구가 머릿속에 독물처럼 스며들었다. 교실, 교무실 중 어디도 그에게는 어울리지 않는 공간이었다. 굳이 명수창 교감이 자신을 따로 불러 선도니 실력 발휘니 하는 말로 빈정댈 필요도 없었다. 거의 고의적으로 민 선생의 어깨를 툭툭 부딪치고 지나며 꼽을 주는 중학생 새끼들의 저 새알만한 턱주가리를 보고 있자면 와장창 날려버리고 싶은 게 한두 번이 아니었다. 남학생이든 여학생이든 똑같았다. 학년도, 성품도, 성적도, 잘사는 집안인지 하루살이처럼 허겁지겁 그날 인생을 꾸리는 데 여념이 없는 집안인지도 무관했다. 그냥 깨끗하게 박살내고 싶었다. 새끼들, 쇠뭉치 한 방 휘두르면 유리창처럼 부서져내릴 어린놈 새끼들. 민 선생은 교무실 문가 구석 책상에 앉아 불끈 쥔 주먹을 부르르 떨곤 했다.

민지욱 선생이 그날 그때처럼 멍키스패너를 쥐지 않은 것은 순전히 우지영 선생 때문이었다. 아니 '때문'이라는 문구는 옳지 않다. '덕분'이라 해야겠지. 덕분에, 그녀 덕분에, 니들은 그 쪼끄만 턱들을 까닥거리면서 웃고, 까불고, 처먹거나 마시고, 물어뜯거나 빨아낼 수 있는 것이다. 민지욱 선생은 눈을 비스듬히 내리깔고, 안 그래도 좁다란 어깨를 양쪽으로 푹 접은 채 경찰서 대기실만큼이나 북적이는 학교 복도를 지나쳐가면서 그리 중얼거려왔다.

✗ ✗ ✗

사건은 그런 와중에 벌어졌다.

한혜리는 진작부터 눈에 띄는 애였다. 마음에 들지 않았다. 예쁘장하다기보다는 잘생겼다고 하는 게 어울릴, 까무잡잡하고 시원시원한 이목구비의 여학생이었다. 귀 얇은 아이들을 선동하는 능력이 있어서 반 분위기를 제멋대로 휘몰아가곤 했다.

그 반 담임이 우지영 선생이었다. 한혜리 때문에 우 선생은 담임을 맡은 후 일주일에 두세 번은 울음을 터뜨렸다. 더더욱 간교한 것은, 한혜리가 우 선생을 마냥 몰아세우기만 하지는 않는다는 거였다. 한참 몰아세워 땅바닥에 쓰러뜨렸다가도, 마치 어린아이를 추켜세워 제 발로 일어나게 하듯 가장 먼저 우 선생에게 다가와 다독이는 게 바로 한혜리였다.

시늉일 뿐이었다. 다시 넘어뜨리려는 쾌감을 위한 것이었다. 다리 몇 짝을 떼어버려도 살아 있는 메뚜기를 손아귀에서 풀어

준 후, 엉금엉금 몇 걸음 기어가는 그 곤충을 지켜보다 질끈 밟아 단번에 터뜨리는 쾌감을 노리는 아이들과 같았다. 순수한 악성 그 자체였다. 민지욱 선생은 직감적으로 한혜리를 꿰뚫어 볼 수 있었다. 그런 유의 감정은 잘 알았다. 그 자신이 수없이 당했던 적이 있었고, 민 선생 자신도 그런 감정에 휩싸여 십오 년 전 그날 사고를 쳤던 것이고.

민지욱 선생은 한숨을 쉬었다.

망할 그 사건이 벌어진 날도 민 선생은 복도로 난 유리창 너머로 우지영 선생네 교실을 넘겨다보는 중이었다. 여전히 학생들에게 쩔쩔매는 우 선생과, 교실 맨 뒤에서 거물처럼 양다리를 쩍 벌리고 앉아 심술궂게 웃고 있는 한혜리를 번갈아 쳐다보았다. 위장은 텅 비어 있을 텐데 그 속에서 무언가 끔찍한 것이 발효되어 부글부글 끓어올랐다. 여차하면 교실 뒷문으로 뛰어들어가 머리채를 꽉 휘어잡고 얼굴 한가운데에다 한 방을……

명 교감의 얼굴이 떠올랐다. 결코 그런 짓은 하지 않으리라. 십오 년 동안 잘 참아오지 않았던가.

민지욱이 할 수 있는 일은, 기껏해야 한혜리와 그 일당이 녹등 제3항 네거리 인근의 후미진 골목 소화전을 차지하고 앉아 어디선가 훔쳐왔을 맥주 캔을 홀짝이고 있는 걸 목격할 때마다 파출소에 신고를 넣는 정도였다. 어떤 때는 대범하게 아예 동영상을 찍어 익명으로 녹둥 동부경찰서 소년과에 제보했다. 학교까지 도보로 출퇴근하는 민지욱은 그런 광경을 꽤 빈번히 목격했다. 그때마다 결코 그냥 넘기지 않았다. 아파트 단지 입구 편의점에 남아 있는 을씨년스러운 공중전화 부스 안으로 슬며시 들어가, 땀을 훔친다고 목에 걸고 다니는 흰색 타월 끝자락을 제 입에다 쑤셔넣어 나름 꿀 먹은 목소리를 만든 다음 신고를 하곤 했다.

처음에는 그것만으로 충분했었다. 기분이 탁 트이는 것처럼 시원했다. 하지만 이제 그것만으로 제 성에 차지 않는 게 분명히 느껴지고 있었다.

텅 빈 교무실로 돌아오기 직전의 기분은 그런 상태였다. 아직 점심시간이 시작되기 전이었지만 이미 다른 선생들은 죄다 교무실을 빠져나갔다. 점심 회식이 있다고 들었는데 거기에 다들 몰려간 모양이었다. 심란한 표정으로 홀로 앉아 종이 위에 낙서를 끼적이는데, 등뒤에서 드르륵 문 열리는 소리가 들렸다. 우 선생인가. 평소처럼 학생들에게 시달리다 할말도 못한 채 점심시간까지 한참 놓치고서 힘없이 돌아온 것이리라.

아닌가?

미닫이문을 끄는 소음이 귀에 설었다. 자신감 넘치는, 아니

심지어 무례하다 싶기까지 할 정도로 거침없이 문을 열어젖히는 소리가 우 선생답지 않았다. 문짝 끝머리에 달린 금속 프레임이 콘크리트 벽면을 때렸다. 한혜리, 그 계집애 아니야? 민지욱은 깡깡거리는 신경질적인 금속성 소음에 고개를 돌렸다.

역시나 우 선생이 아니었다. 한혜리도 아니었다.

웬 걸인 남자 하나가 문가에 어깨를 기대고 서 있었다. 금방 쓰러질 듯 비틀거리는 게 위태로웠다. 남자는 음침하게 반쯤 뜬 눈으로 교무실을 죽 훑었다. 어깨까지 늘어뜨린 머리칼은 몇 달은 감지 않은 듯 뒤엉켜 있어 그냥 보고 있기 어려웠다. 걸치고 있는 회색 와이셔츠와 다갈색 모직 바지 전체에 희멀건 곰팡이자국이 번져 있었다. 옷가지는 남자의 몸에 맞지 않아 치렁치렁 흘러내렸다. 중고품 나눔 센터에서 얻어 입었거나 급작스럽게 살이 빠진 모양이었다.

걸인은 그렇게 서서 몇 번이고 교무실 안을 두리번거렸다. 바로 코앞에 앉아 놀란 눈으로 자신을 올려다보는 민지욱 선생은 안중에 없는 눈치였다.

그러다 둘의 눈이 딱 마주쳤다.

남자가 웅얼거렸다. 뭐라고 하는지 민지욱 선생은 전혀 알아듣지 못했다.

"무슨 일이시죠?"

"……애 보러 왔어."

"네?" 민 선생은 자신이 제대로 알아들은 게 맞나 싶었다. 광증이 도진 정신이상자인가도 싶었다. "무슨 애요?"

"내를 똑 닮은 애."

걸인이 내뱉는 발음은 '너'라고 들린 것도 같고, '내'라고 들린 것도 같았다. 걸인은 그리 말해놓고 혼자 키득키득 웃었다. 조금 부끄러워하는 눈치였다. 민지욱 선생은 목덜미가 오싹해졌다.

"이름이?"

"한칠규."

"한칠규요?" 민 선생은 엑셀 파일을 열어 학생 인명부를 검색했다. 없었다. 역시 정신이상자인가 싶었다.

"복서야. 전국체전을 휩쓸고 아주亞洲 퍼시픽 랭킹까지 올랐지. 요새 얼라들이 알란가 모르겠네만."

"아들이세요? 여기 이 학교에는 없는 것 같은데."

"딸이야."

"딸요? 딸 이름이 한칠규예요?"

"뭔 개소리야." 남자가 꺽 하고 트림을 내뱉었다. "한칠규는 내 이름이고."

"어…… 따님 이름은 어떻게 되는데요?"

일단 되묻긴 했지만 민 선생은 왠지 답을 알 것 같았다.

"혜리. 한, 혜, 리." 남자가 주문을 외우듯 외쳤다. "우리 곡성 한씨 집안 막둥이."

민지욱 선생 입에서 신음이 절로 나왔다.

확실히 저 무례하고 막돼먹은 태도는 한혜리를 연상케 하는 데가 있다. 하지만 외관은 전혀 닮은 데가 없었다. 건달같이 구는 꼴은 엇비슷하긴 했지만, 혜리는 윤곽이 뚜렷한 인상이었다. 반면 걸인 남자는 뭉개지다시피 낮은 콧등에 눈도 실금을 그은 것처럼 길게 찢어져 있다. 굳이 닮은 데를 꼽자면 가무잡잡한 피부색과 유난히 기다랗게 뻗은 양팔 정도였다.

닮은 데가 없긴 하지만, 저 남자는 혜리의 이름을 알고 있다. 뭔가 관련은 있을 것이다. 먼 친척이라든가. 계부일 수도 있고.

"네, 지금 혜리는 수업중일 텐데요. 무슨 일로 학생을 보려는 거죠?"

"그냥 보는 거야."

"......"

"친부거든."

"네?" 민지욱은 화들짝 놀랐다. 남자가 속을 읽고 있는 느낌이었다.

"친부라고. 내가."

"어……" 민지욱은 침을 꿀걱 삼켰다. "오늘은 평일인데요. 혜리 학생은 지금 수업을 받는 중이기도 하고요."

"수업 참관을 할 거야."

"네, 그러니까…… 그런데 아버님도 생업이 있으실 테고."

"생업?"

"네, 그러니까 직장에 나가보셔야 하지 않을까요?"

갑자기 걸인 남자는 컹컹거리는 헛기침을 하며 목청을 가다듬었다. 그리고 엄청난 소리로 고함을 질렀다.

"사나이 한칠규, 한 번뿐인 이 인생 살며 남 밑에 무릎 꿇고 빌어먹은 적 단 한 번도 없다!"

남자는 껄껄 웃었다. 과연 저리 고래고래 고함을 지를 만큼 호기로운 웃음이었지만, 연이어 기침이 터져나오자 가슴과 배를 잡아뜯듯 틀어쥐었다.

민 선생은 아연해져서 그 모습을 쳐다만 보았다. 남자의 기침이 그쳤다. 두툼한 입술 가에 침방울이 크게 맺혔다. 침에 피가 섞여 있어 거무죽죽했다. 맙소사. 민 선생은 할말을 잊었다. 남자는 입가를 손등으로 쓱쓱 문질러 닦고는 다시 한번 씨익 웃었다.

"혜리, 데려와."

"……지금은 안 됩니다. 수업중이고요. 곧 점심시간이 되니까 그때 혜리 학생한테 직접 핸드폰으로 연락해보시죠. 그리고 일단은 여기서 나가주세요."

민지욱 선생은 단호하게 말했다. 그렇게 말을 내뱉자, 스스로가 정말 제대로 된 선생답게 대처하고 있다는 자신감이 들었다. 이런 걸인 아저씨 정도는 자기 선에서 내보낼 수 있었다.

남자는 어리둥절해했다.

"여기 교무실에서 나가주셔야 합니다. 이 학교 부지에서도요. 어린 학생들이 있는 학교에 함부로 들락날락하면 안 됩니다!"

"들락날락?"

"네, 들락날락요. 어서 나가주세요." 민지욱 선생은 어깨를 쫙 펴면서 자리에서 일어섰다. 안경을 콧등 위로 밀어올리며 곧장 비쩍 마른 남자 앞으로 다가갔다. 그러다가 멈칫했다. 알코올 냄새가 지독했다. 그제야 남자가 술을 마시고 왔다는 것을 깨달았다. 냄새에는 희미한 지린내까지 섞여 있었다.

"나는…… 친부인데."

남자는 정말로 어리둥절해하는 눈치였다. 어이없다는 표정까지 지었다. "나는…… 혜리……"

교무실 문이 다시 드르륵거리면서 열렸다. 걸인 남자의 어깨 너머로 선생 몇이 그룹을 지어 떠들썩하게 들어오고 있었다. 곰탕이라도 먹었는지 비릿한 고기 냄새가 여기까지 풀풀났다. 이를 쑤시는 선생도 몇 있었다.

곰탕 냄새.

민지욱 선생은 갑자기 욕지기가 났다. 선생들 무리에 우지영 선생도 있었다. 자신은 여지껏 우 선생을 기다렸는데, 이미 나가 저 무리에 끼여 같이 점심을 먹었나 싶었다. 가끔 그랬다. 순하고, 남들에게 이리저리 휘둘리기는 해도 우 선생은 사귐성이 있었다. 민지욱과 달리 식사시간에도 남들과 잘 어울렸다. 더구나 그녀는 명 교감의 현직 금고지기 아닌가. 그래, 따지고 보면 우 선생의 처지는 민지욱 자신과 전혀 달랐다. 다른 선생들도 그녀를 살갑게 받아들이지 않을 이유가 없었다. 그럴 때마다 머리 꼭대기까지 피가 솟구치는 것은, 민 선생 자신의 몫이었다.

질투심인가? 그래, 질투라고 해두자.

선생들이 걸인 남자를 힐끔거렸다. 일부러 걸인과 민 선생이 서 있는 문 앞을 빙 둘러 가는 자도 있었다. 민 선생 앞에 닥친 일에 끼어들지 않으려 하면서도 호기심 때문에 어쩔 수 없이 귀를 쫑긋거리는 게 느껴졌다.

"나가세요." 민지욱은 남자의 어깨를 오른손으로 슬며시 밀었다. 더이상 자신의 소중한 점심시간을 낭비해가면서 이 나이 먹은 거지새끼하고 입씨름하고 싶지는 않았다.

"한혜리 아버지든 할아버지든 상관없으니 학교에서 나가세요. 점심시간이라 한혜리 학생 담임선생님도 여기 없어요." 민지욱은 선생들이, 특히 우 선생이 들을 수 있도록 일부러 크게 소리쳤다. "당장요. 지금 안 나가면 경찰 부를 겁니다."

다시 한번 남자의 어깨를 밀어젖히기 위해 오른손을 들어올렸다.

뒤에서 선생들의 웅성거림이 신경을 긁었다. 기껏 여태까지 기다려줬는데, 저 속물들하고 어울려서 점심을 먹어버리다니. 거기까지 생각이 미치자 우 선생에 대한 원망이 흉벽 안쪽을 타고 밀물처럼 차오르기 시작했다. 위험했다. 위험한 감정이었다. 저번에도 이러지 않았나. 십오 년 전에도 말이다. 그냥 눈앞의 이 거지새끼에게 한 방 갈겨주고 이 등신 같은 학교는 때려치우고 말까보다 싶었다. 위험했다.

순간, 민지욱 선생의 눈앞에 하얀 불꽃이 튀었다. 탄약 터질 때 나는 시큼한 철분 냄새가 코끝을 꽉 감싸쥐었다.

들어올린 민지욱의 오른손이 허공에서 멈췄다. 비명이 귓전을 때렸다. 여자의 새된 음성이었다. 우 선생의 소리인가 싶었다. 뭔가 일이 잘못되어 민 선생의 등뒤에서 내지르는 소리일

지 몰랐다.

민지욱 선생은 얼마쯤 지나서야 비로소 그 비명이 자기 것임을 깨달았다. 민 선생이 디디고 선 교무실 바닥은 이미 사라져버렸다. 그는 허공을 날고 있었다. 비유적인 의미가 아니라, 말 그대로 허공을 날았다.

시간이 흘렀다. 민지욱이 느끼기에는 몇 시간이 훌쩍 지난 것 같은데, 불과 몇 초의 순간이 지났을 뿐이었다. 하얗게 변했던 시야가 다시 돌아오면서 세상이 새빨갛게 비쳤다.

나중에야 의사로부터 세세한 설명을 들으니 남자의 주먹질에 콧등 뼈가 부서져내리면서 피부 아래의 살점과 혈관을 찢어발겼단다. 터진 핏줄기가 콧구멍과 입에서 줄줄 새어나와 두 눈으로 흘러들어왔다. 탄약 냄새가 사라지고 시각도 돌아왔지만 피가 앞을 덮었다. 콧등과 눈가를 더듬었지만 안경이 만져지지 않았다. 이내 세상이 다시 눈앞에서 사라졌다.

허공을 날았던 시간은 잠깐이었다. 이 또한 한참이 지나 선생들끼리 뒤에서 수군대는 소리를 훔쳐들은 것인데, 한혜리의 친부가 얼굴에 날린 주먹질 단 한 방에 민 선생은 투명 끈을 매달아 공중부양을 하는 스턴트맨처럼 공중에서 한참 활공했다 한다. 2미터가량 날았다는 사람도 있었고, 최소한 5미터는 된다고 하는 사람도 있었다. 교권 침해는 분노해야 할 일이지만,

어쨌든 사람은 사람인지라 이 기이한 광경을 눈앞에서 보고 다들 한동안은 흥분을 감추지 못했다.

하지만 그건 그들만의 얘기일 뿐이었다. 얻어맞는 순간 민지욱 선생은 아무것도 느끼지 못했다. 시각도, 청각도, 통각이나 공간 감각도 모두 멈춰버린 상태였다.

남아 있는 것은 감정뿐이었다. 민지욱 선생은 자신을 제어할 수 없었다. 뭉개진 코를 두 손으로 부여잡아 손아귀에 피를 받으면서 일어서려 애를 썼다. 균형 감각이 돌아오지 않아 몸을 가눌 수 없는 팔다리를 휘적대며 교무실 바닥에서 발버둥쳐댔다. 엉엉 울면서 고함을 쳤다. 억울했다. 다 죽이고 싶었다. 저 거지새끼부터 시작해서 명 교감도, 선생들도, 한혜리도, 심지어 우 선생까지 다 가루를 내버리고 싶었다. 그 순간 민지욱 선생은 자신이 무엇을 하는지, 무슨 생각을 하고 무슨 소리를 내뱉고 있는지 의식하지 못했다. 머리를 흔들 때마다 터진 수도관처럼 단발적으로 솟구친 핏줄기가 여기저기 흩뿌려졌다. 경악한 선생들이 그걸 피하느라 아이들처럼 허둥댔다.

그나마 용감하게 행동에 나선 건 우 선생이었다. 그녀는 평소 학생들이나 학부모, 그리고 명 교감 등으로부터 부당한 대우를 받을 때 이렇게 대응하라는 민지욱 선생의 조언에 따라 얼른 핸드폰 카메라를 켰다. 이런 일에 요령이 없는 그녀답게 엉뚱한 버튼을 눌러대면서 허우적댔지만, 그래도 울부짖고 발버둥치며 세상을 저주하는 민지욱 선생의 피해 영상 하나는 살뜰하게 카메라에 담을 수 있었다.

다시, 혜성

혜성은 일찌감치 집에 들어와 하릴없이 거실에 앉아 있었다. 이상하게 자꾸 식은땀이 흘렀다. 세 봉지나 넣어 끓인 라면은 반도 채 먹지 못했다. 혜성은 남은 라면을 음식물 쓰레기 봉투에 밀어넣고 폰을 살폈다. 시내에 약속이 있다고 나간 혜리는 몇 번 카톡을 보내도 답이 없었다.

혜리가 신경쓰였다. 아까 소각장 쪽으로 걸어올 때 머리칼 아랫단을 연분홍 형광빛으로 염색한 게 눈에 거슬렸는데, 그 애가 하는 황당한 아빠 이야기에 혼이 나가는 바람에 한마디 하는 걸 그만 깜빡하고 말았다. 머리칼뿐만이 아니었다. 그 요상한 고글형 안경까지……

적당히 먹고살 궁리만 해낸다면, 그러면서도 마냥 재미있게만 살 수 있다면 그것도 그런대로 나쁘지 않다. 어차피 혜성 자신이나 혜리와 같은 처지에 착한 척만 하며 살 수 없는 노릇인 것도 잘 안다.

하지만 경계를 넘어서는 안 된다. 인생 전체의 균형을 무너져내리게 할 수 있는 유의 경계 말이다. 경기 남부 전역에서 악명이 자자한 이 녹둥이라는 도시에서는, 그 경계를 아느냐 모르느냐의 문제는 대략 열셋에서 열여섯 살 사이에 판가름나는 편이었다.

알면 다행이었다. 어둠의 세계를 걷든, 아니면 버젓한 세상 사람들의 세계에 살든 사실 그건 부차적인 문제였다. 그 경계를 알면 대충은 부대끼면서 살아갈 수가 있다. 반면 모르면 당하고 만다. 팔다리를 잃거나 정신 한 조각이 망가지거나 몸뚱이째로 어디론가 사라져버린다. 녹둥은 그만큼 만만찮은 곳이고 험한 동네였다.

혜성 자신은 그 판가름의 시간이 거의 끝나가고 있다 여겼다. 스스로 그걸 느꼈다. 졸업한 후 군에 입대하게 되면, 얼기설기 얽혀 있는 이 지긋지긋한 동네와의 인연도 알아서 끊어질 터였다.

아빠도 나름의 경로를 잡았다. 어떤 의미에서 테스트를 통과한 것이다. 아빠가 간암 선고를 받은 게 이 년 전이었고, 그

때 이미 벌써 중증이었다. 의사가 통계표를 보고 지껄이는 기대여명은 조금씩 연장되어왔지만, 그런 희망과 기대에도 언젠가는 끝이 닥칠 것이다. 아빠는 자기한테 남은 시간을 그 나름의 방식으로 충실하게 즐기며 소진하는 중이었다. 가까스로 경계를 지켜나가면서. 물론 혜리네 학교를 찾아가 벌이는 소란은 아슬아슬하게 경계선 위에 걸쳐진 뻘짓이긴 하지만 말이다.

문제는 동생, 혜리였다. 누군가가, 이를테면 혜성 자신이 곁에 있어준다고 해결되는 문제가 아니었다. 혜리 스스로가 그걸 바라지도 않을 터였다. 경계의 문제, 이 녹둥에서 기대여명 곡선의 변곡점을 지나서까지 생존하는 이 문제는, 때를 잘 타고나야 하고, 사람을 운좋게 잘 만나야 하며, 무엇보다 타고난 소질이 있어야 해결할 수 있었다. 악운을 견뎌낼 그런 재능과 기질 말이다. 혜리는 과연 어떤가. 모르겠다. 타고난 것 같기도 했지만, 가끔씩 작은 균열 하나로 강건해 보이는 그 해맑은 성격의 골조가 와르르 무너질 것처럼 위태로워 보이기도 했다.

혜성은 설거지를 하다 말고 마루에 벌렁 누웠다. 아빠는 소식이 없었다. 사실 소식이 없는 게 좋은 소식인 양반이다. 아빠가 혜성에게 직접 전화를 걸어오는 경우라고는 119 구급차에 실려가고 있으니 현금 좀 모아 오라거나 지구대에서 합의 보고 오라고 시킬 때 정도다. 일이 좀 커졌을 경우엔 동부서 형사과에서 수갑을 찬 채로 고래고래 고함을 질러대고 있을 때였다.

디딩, 핸드폰에서 진동음이 울렸다.

혜성은 게으르게 몸을 굴려 멀찍이 떨어진 핸드폰 쪽으로 다가갔다. 발신인은 혜리가 아니라 뽕쟁이었다.

주제에, 이 자식은 겉멋에 겨워 항상 텔레그램 보안메신저로만 메시지를 보내왔다.

―얼른 온나. 좋은 만남 갖는 중. 광명 사거리. 3A 블록. 뷰티클럽 화려한 휴가 업장 2층 룸.

뭔 휴가? 병신 자식.

이건 뽕쟁이가 세번째로 보내온 메시지였다. 일곱시 반부터 한 시간 간격으로.

시간이 벌써 이렇게 됐나 싶어진 혜성은 몸을 벌떡 일으켰다. 뽕쟁이에게는 뻥을 쳐서라도 일단 답문을 해야겠다 싶어 적당히 대꾸를 써 보냈다.

―우리 아부지 오늘도 사고 침. 곰까지 출동. 못 갈 듯.

그러고선 곧장 혜리에게 전화를 걸었다. 이번에는 바로 받았다.

"야, 너 인마. 지금 몇시인데."

"시립병원 아래 지난다."

전화는 뚝 끊겼다. 전화 받는 싸가지하고는. 그래도 시립병원 인근이면 십 분 내로 아파트 출입문까지 도달할 수 있었다. 저번처럼 단지 앞 편의점 근처를 배회하면서 지나가는 주정뱅이들한테 맥주 한 캔만 대신 사달라고 징징거리는 헛짓만 하지 않는다면 말이다.

통화 착신음이 울렸다. 이번에는 뽕쟁이.

혜성은 전화를 받았다.

"어이, 한 사장. 왜 이리 바빠." 뽕쟁이는 이미 혀가 꼬여 있었다. 놈은 술이 그리 세지 않았다. 그게 이 녀석을 더욱 위태롭고 위험하게 만들곤 했다.

"봉 사장, 너무 무리해서 달리는 거 아니야?" 혜성은 뽕쟁이의 허세에 대충 장단을 맞춰줬다.

"한 사장이 있어야 제대로 달리는 거지. 우리 친구, 베스트 프렌드 파이터." 뽕쟁이가 계속 주절댔다.

"내가, 서울 딜러 형님들까지 쫘악 모셨는데, 우리 한 사장의…… 그 대단한 킥을 선보이지 못하니 체면이 말이 아니다.

낯이 안 선다고."

혜성은 잠자코 있었다.

"돈 문제도 그래. 아, 씨발, 지금 우리 나이에 무슨 모양빠지게 상하차 알바냐. 우리가 무슨 중학생이냐? 여기 딱 룸에 들어오면 절로 돈이 흐른다니까. 벌써 오늘 저녁에도 거래 하나 트고 왔어. 응? 알아들어?"

"무슨 일인데." 혜성은 조금 짜증이 치밀었지만 대꾸해주었다.

"현 사무장 형님이 맡아주어야 하는 일인데, 그 형님도 요새 경기가 좋은지 굳이 여기 녹둥 따라지까지 와서 일을 안 받겠다고 하시더라고. 기름값에 거마비, 시간당 차지까지 때리면 도저히 단가 안 나온다고. 그래서 대신에 시커먼 외국인 한 명 주선해줬는데, 와아, 이 새끼가…… 진짜 물건이데. 노트북 몇 번 또각거리면 미국 달러 돈이 후두둑 떨어진다니까. 못 먹어도 한 번에 몇천 달러? 보이스피싱도 아니야. 보피는 기계 값에 임대료, 인건비까지 초기 자본이 너무 많이 먹혀. 너무 많이 먹힌다고, 씨발. 이거 무슨 돈 없는 놈 사업도 못하게 만들어놨으니, 나라가 완전 엉망진창이야. 하여튼 그 건 때문에 좀 이따 잠깐 나갔다 와야 하니까, 그전까지, 우리 베스트 프렌드 한 사장. 얼른 와서 이 형님 얼굴 좀 세워주라고."

뽕쟁이는 알 듯 말 듯한 말을 혼자 계속 중얼거렸다. 그러다 혜성의 침묵이 비로소 의식되는지 갑작스레 입을 다물었다.

수 초간 침묵이 흘렀다.

"손을 좀 써볼까?"

"응?"

"우리 한 사장 아부지. 한칠규 형님이라면 남의 일이 아니잖아. 여기 있는 딜러 형님들 중에 녹둥 동부서 쪽하고도 술자리 같이하는 분이 몇 있는데. 동부서 맞지? 한번 애기를 넣어보면……"

"진호야."

"……"

"봉진호. 어차피 단순 폭행이고 고성방가야. 일 복잡하게 만들지 말자."

"……한 사장 생각이 그렇다면야."

"……"

"뭐, 그럼 오늘 못 나온다 이거지?"

"힘들 것 같다."

"쪼금 섭섭한데, 할 수 없지." 그는 느닷없이 웃어젖혔다. "그래, 효자네. 아버지 일 단속 잘하고."

전화가 뚝 끊겼다.

혜성은 한숨을 푹 내쉬었다. 그가 보기에, 뽕쟁이는 경계를 넘어버렸다.

✕ ✕ ✕

다시 전화벨이 울렸다.

이 새끼가, 오늘 왜 이리 질척대? 혜성은 누가 건 전화인지 확인도 않고 바로 받았다.

"야, 뽕……"

"아들아."

"……"

"야, 한혜성! 아들!"

"아버지?"

"아들, 나 죽는다. 아빠 죽게 생겼다."

무슨, 이게 무슨…… 미친…… 혜성은 말문이 막혔다.

그러고 있자니 전화가 끊겼다. 일이 초도 채 지나지 않아 한칠규에게서 다시 전화가 왔다.

"아빠, 어디야. 뭐하고 있는데, 지금."

"아빠, 다구리 당했다."

한칠규가 흐느끼는 소리가 들려왔다. 진심으로 억울한 듯 들렸다. "아으…… 이 나이에!"

"누구한테! 누구한테 다구리를 당했는데!"

만년 2등

소년은 거울을 들여다보았다. 어딘가 형태가 일그러지고, 여드름이 자갈밭처럼 터져 있고, 그것도 모자라 시커멓게 썩어가는 고3 수험생의 평범한 얼굴이 보인다. 그래도 소년은, 성적만은 좋은 편이었다. 그렇다고 결코 만족스럽지도 않았다. 반에서 자신을 '만년 2등'이라고 부른다는 것도 알고 있었다.

사실 만년 2등이란 얼토당토않은 이야기였다. 반에서 2등을 한 것은 지난 중간고사 딱 한 번뿐이었다. 작년까지는 적어도 반 1등은 의문의 여지가 없었다. 당연한 일이었다. 그런데……

오늘 나눠준 기말 성적표에도 소년은 2등이었다. 반에서 2등. 기분이 더러웠다. 그걸 떠나 소년은 진심으로 궁금했다.

대체 누가 1등이냐?

반장은 아니었다. 그 밖에 다른 놈들은 한눈에 봐도 다 쪼다들이었다.

그럼 대체 누가?

오늘 그 궁금증을 기필코 풀 생각이었다. 필요하다면 조금 위험한 영역에까지 발을 들여놓을 각오가 되어 있었다.

뭐, 고급 정보에는 항상 위험이 따르는 법이니까. 소년은 거울에 대고 애써 시크한 표정을 지어 보였다. 아무리 들여다봐도 얼굴 생긴 게 졸라 구렸다. 빨리 누가 이 얼굴을 밀치고 반 1등을 차지한 건지 알아내야 했다.

✕ ✕ ✕

다들 믿기 어려워할 텐데, 사실 소년의 꿈은 인권변호사였다.

딱히 인권에 관심이 있는 것은 아니었다. 법률에 흥미를 느끼는 것도 아니었다. 다만, 뭔가 졸라 멋져 보이고 싶을 뿐이었다.

물론 인권변호사라는 타이틀이 한물간 지 오래인 트렌드라는 건 잘 알고 있었다. 하지만 달리 대안이 없었다. 아주 어린 시절 의사가 되어볼까도 생각했지만 금세 생각을 접었다. 대학에 들어가서도 과정 따라가느라 숨을 헉헉대고 몸을 굴리며 살고 싶진 않았다. 정말 그랬다. 왜들 의사가 되려 하는지 알 수 없었다.

사업을 해서 돈을 벌 생각은 애초부터 없었다. 들창코에 시커먼 외모만 생각해보면 그런 직업이 딱 어울릴지도 모르겠지만 말이다. 소년이 알기로 못생긴 남자들은 사업을 했다. 그리고 사업을 하면 잘생겨진다는 게 소년이 어릴 때부터 봐온 상식이었다.

소년은 방을 나가려다 멈춰 섰다. 방 입구 오른쪽 벽면에 달린 전신 거울을 다시 들여다보았다. 방마다 달린 거울들은 아버지가 해안가 언덕배기에 이 집을 지을 당시 설계를 맡은 건축사무소에 특별히 주문해넣은 사항이었다. 무슨 생각이었는지는 알 수 없었다. 그리하여 2층짜리로 지어올린 '남부 유러피언 스타일 장원형 단독주택' 안에 있는 열일곱 개의 방마다, 바닥에서 천장까지 닿는 전신 거울들이 부착되었다. 심지어 주방과 식당에도 하나씩 붙어 있었다. 같이 밥을 먹을 때면 소년의 아버지 또한 거울 속 커다랗고 부스스한 제 얼굴을 연신 들여다보곤 했다. 요즘 같은 무더운 여름에는 웃통을 다 벗고 축 늘어진 자신의 이두근이나 가슴통을 살피기도 했다.

소년의 아버지는 과묵한 편이었고 식사 자리는 항상 침묵뿐이었다. 거울 속 침울한 세상을 들여다보기만 하는 사십대 후반의 조용한 남자와 그와 똑 닮은 고등학교 3학년생 아들. 그리고 여자 하나. 소년과 나이 차도 얼마 나지 않는 미스 윤 — 아버지는 소년의 새엄마를 여전히 미스 윤이라 불렀다 — 까지 셋이 묵묵히 밥을 입에 넣었다.

가끔 거울도 보면서.

소년의 키는 거울 높이의 딱 절반이었다. 올해 들어 가까스로 160센티미터를 넘겼다.

간발의 차이로 넘지 못했을 수도 있고.

사실 소년은 제 키를 정확히는 몰랐다. 알고 싶다는 생각도 별로 없었다. 몸무게는 알고 있었다. 당뇨 증세가 일찍부터 나타났기 때문에 아주 어릴 적부터 강박적으로 몸무게를 재야 했다. 실 자국처럼 가느다란 눈 밑에는 눈두덩의 두세 배 크기는 될 법한 진갈색 눈 그늘이 항상 드리워져 있었다.

그리고 피곤했다. 소년의 기억이 가닿는 가장 어린 시절부터 언제나 그러했다. 거대한 바다에 빠진 것처럼 몸이 무거웠다. 먹고, 마시고, 잠자리에 드러눕는 것, 다시 말해 모든 움직임이 힘겹지 않은 적이 없었다. 당뇨는 집안 내력이었다. 집에서 밥을 같이 먹을 때 슬쩍 거울을 들여다보면, 똑같이 눈 그늘이 드리워진 얼굴을 한 늙은 남자 둘의 음침한 시선들이 거울 안팎을 헤매다가 서로 마주치곤 했다. 그럴 때면 아버지는 소년에게 "뭐하노, 밥 안 처묵고"라고 면박을 주며 시선을 돌렸다.

소년은 거울 프레임에 팔뚝을 갖다대고 몸을 기댔다. 오늘 아침 재어본 체중은 73킬로그램. 기말고사 스트레스 때문이었다. 주치의, 소년의 주치의이자 아버지의 주치의이기도 한 그 남자는 "야, 애늙은이. 너 65킬로까지 살 못 빼면 이번 여름방학 못 넘긴다"라며 겁을 주고 낄낄댔다. 그러면서 번들거리는 시선으로 소년의 새엄마를 스윽 훑었다. 새엄마는 원래 주치의가 운영하는 병원에서 야간 당직을 맡던 직원이었다. 자격증과 상관없이 수액을 워낙 솜씨 좋게 잘 놓아서 환자들 사이에서 인기가 많은데다 일 처리도 야무져서 주치의는 새엄마에게 경리에 병원 서무까지 맡겼었다. 소년의 아버지도 수액을 맞다 눈까지 맞아 결혼하게 된 것이라 들었다. 그게 소년이 중학교 3학년 때 일이었다.

"미친 새끼, 수액 놔주는 년하고 눈이 맞아?"

주치의는 소년의 집을 찾는 날이면 그리 함부로 지껄였다. 그러면서 술을 입에 대지도 못하는 소년의 아버지를 놀리듯 와인셀러 안을 탈탈 털어 면세가로만 이천 달러를 훌쩍 넘을 나파밸리 와인 여러 병을 까곤 했다.

주치의 아저씨와 소년의 아버지는 의대 동기였다. 둘은 극과 극의 사람들이었다. 어떻게 친해져서 지금까지 인연이 이어졌는지 이해하기 어려웠다. 소년의 아버지는 경상남도 남단에 있는, 지금은 폐치 분합되어 이름도 없는 어느 깡촌 출신이었고 주치의는 서울 성북구의 한 부촌에서 유년기를 보낸 껑충하고 세련된 외모의 사내였다.

주치의는 이리저리 한눈을 팔면서도 의사가 되었고 대학병원 과장직까지 거쳤지만, 정작 아등바등 기를 쓴 소년의 아버지는 대학병원에 남지 못했다. 그러고는 몇 년간 개업의생활을 하다가 엉뚱하게도 부동산 시행업에 뛰어들었다. 물량으로만 따지자면 사업 실적은 그리 좋지 못했다. 자그마한 공업단지 조성 건 하나, 빌라 건물 하나, 그리고 중규모 아파트 단지 하나가 그의 개발 실적 전부였다. 수지타산도 그리 좋지 못했다. 한동안 아버지는 건너건너 알게 된 대학 동기 변호사로부터 개발 사업장 알박기 수법을 배워 와 겨우 생활비를 벌었다. 아버지가 이혼한 것도 아마 이 무렵이라고 소년은 알고 있다. 당뇨를 비롯한 각종 병증도 그 무렵에 심해졌다.

그러다가 그 마지막 아파트 시행 건이, 완공 후 몇 년이 지나서야 뒤늦게 대박을 쳤다. 정확히 어떤 사정인지는 소년도 잘 알지 못하지만, 아무튼 그 건으로 소년의 아버지는 천억 원

가까운 돈을 한꺼번에 벌어들였다. 전부 현금 수입이었고, 심지어 차명 수입이기까지 했다. 수입이 저금되어 있는 수백여 개 통장만 해도 병원차트 보관용 대형박스 세 개를 꽉꽉 채울 정도였다. 박스는 주방에 있는 전신 거울 뒤편 붙박이 금고에 보관되어 있었다. 금고는 겉에서 보면 공기조절기처럼 생긴 제품이었다. 천장 가까이에 높다랗게 설치되어 있어서, 소년의 아버지도 의자를 놓고 올라서지 않으면 개폐용 비밀번호 입력 패드에 손이 닿지도 않았다. 새엄마만 거기에 손이 닿았다.

반면 주치의는 어느 순간부터 돈이 없었다. 변명하기로는 세 번이나 이혼을 하는 와중에 몽땅 뜯겼다는 것이다. 하지만 소년이 아는 것만 해도 주치의는 두 번이나 파산신청을 한 전력이 있었다. 개업의생활 내내 고질적으로 껴안고 있던 도박 빚에, 의료보험 부정 수급 환수 문제는 아직도 해결되지 않았다. 지금 운영하는 사당 인근의 내과병원도 실은 소년의 아버지가 경영을 하면서 비용을 대주는 것으로 알고 있다. 주치의가 투덜거리면서 매월 빠뜨리지 않고 받아가는 돈이 세금을 떼고도 이천만 원가량이었다. 그 돈을 소년의 새엄마가 현금으로 마련하여 직접 건네주었다. 돈을 받아 갈 때마다 주치의는 으스대면서 걸쭉한 농담을 지껄이곤 했지만 왠지 속으로는 잔뜩 주눅이 들었을 것 같았다. 당연한 일이었다. 서로의 처지가 저리 뒤바뀌었으니 말이다.

어쨌든 소년은 의사가 될 마음도 없었고, 사업 생각도 없었다. 돈에는 관심이 없었다.

× × ×

굳이 따지자면 소년이 원하는 것은 존경이었다. 명예나 권위, 허영이나 허세. 뭐, 어떻게 표현하든 좋았다. 그는 남들이 자신에게 머리를 조아리기를 바랐다. 어차피 얼굴 못난 건 자신도 잘 알고 있으니 굳이 남들 앞에 나설 생각은 없었다. 밀실이나 커튼 뒤 음습하고 비좁은 공간에 몸을 숨기고, 이것저것 지시하고 거래와 돈을 중개하며 권력을 휘두르는 막후의 해결사 노릇이 자신에게 어울릴 듯했다. 굳이 피곤하게시리 몸을 많이 움직이지 않아도 될 것 같고 말이다.

단순히 소년 시절의 헛된 망상이 아니었다. 현실 세계에 분명한 롤모델도 존재했다. 바로 '사토 신이치'라는 일본인 변호사였다.

소년이 고등학교에 진학하기 직전 겨울, 염증이 크게 도지는 바람에 크게 고생한 적이 있었다. 말이 염증이지 실제로는 꽤 희귀한 병증이었고, 그 때문에 사실상 고등학교 첫 학기 학교생활은 포기하고 일본까지 치료를 받으러 건너갔다. 그곳 국립대 병원에 소년이 앓고 있던 병에 관한 한 세계적인, 사실상 유일무이한 전문가 한 명이 있다고 해서였다. 그 의사를 소개하고, 입원 수속을 밟는 데 소년의 주치의 아저씨가 다리를 놓아주었다.

치료는 기대 이하로 지지부진했다. 염증 또한 딱히 예후가 좋지도 나쁘지도 않은 상태에서 소년은 지루한 시간을 때울 거리를 찾아내는 데 골몰했다. 그러던 중 입원한 병동의 휴게 코너에 꽂힌 그 책을 발견하게 된다.

이 일본어 문고본은 1989년 말에 터진 이른바 '사토 신이치 스캔들'을 다룬 논픽션이었다. 빈번하게 등장하는 가타카나가 곤혹스럽기는 했지만, 그래도 당시 한창 '망가まんが'[1]를 탐독하던 소년이 떠듬떠듬 겨우 읽을 수는 있을 정도였다. 일본어 독해의 한계에도 불구하고 소년은 금방 이 음모론 서적에 흠뻑 빠져들었다.

이 사건은 1980년대 내내 오사카 일대에서 인권변호사로서, 그리고 윤리적 가치의 화신이자 사회적 약자들의 수호자로서 명성을 다져왔던 사토 신이치 변호사가, 사실 '좌익 브로

1 일본 만화.

커'임이 밝혀지게 된 일련의 에피소드를 지칭하는 것이었다. 정파 불문하고 좌우익의 정당들과 그 소속 거물 정치가들, 인접국으로부터 파견된 밀사들과 스파이들이 죄다 이 사토 신이치 변호사의 손아귀에서 십 년 가까이 놀아났고, 그 과정에서 유통된 거액의 자금이 온데간데없이 증발해버렸다.

사토 신이치 변호사의 이 같은 정체는 오사카 지검이 한 지역 보수계 정치인의 독직 사건을 조사하던 와중에 드러나게 된다. 그 직후 사토 신이치는 잠적했고, 삼 개월가량 지난 어느 늦가을 날 시 외곽의 을씨년스러운 산업폐기물처리장 인근 공중화장실에서 난자당한 시신으로 발견되었다.

병원에 있는 내내 소년은 깨알 같은 글씨로 쓰인 그 550페이지 분량의 책을 잠시도 손에서 내려놓을 수 없었고, 마지막 장을 넘긴 후에도 책을 가슴에 품은 채 두근거리는 심장을 진정시키느라 잠을 이룰 수 없었다. 이미 사망한 지 삼십 년이 지난 사토 신이치라는 인물의 망령은 당장 소년을 사로잡았다. 그 죽음이 비극적이기는 했지만, 파란만장했던 사토 신이치의 인생에 어울리는 결말인 것도 부인할 수 없었다.

그 전문가라는 국립대 의사는 결국 소년의 병증이 완치가 불가능한 것이고, 평생을 달고 사면서 대증요법으로 관리해나가는 방법밖에 없다고 결론을 내렸다. 소년은 그리 실망하지 않았다. 이미 예상하고 있었다. 오히려 소년은 사토 신이치의 존재를 알아차리는 계기가 된 이번 입원이 고마웠다. 한국으로 돌아가는 짐짝 안에 슬쩍 챙겨넣은, 책등에 병원 장서인이 큼지막하게 찍힌 그 낡은 문고본을 생각할 때마다 가슴이 부풀어올랐다. 인권변호사. 사토 신이치 같은 브로커 스타일의 인권변호사가 되는 것이다.

소년의 삶에 처음으로 피로와 무기력감이 아닌, 어떤 이질적인 감각이 검은 먹물처럼 스며들었다.

✕ ✕ ✕

일본에서 돌아온 소년은 이미 개학한 지 오래인 학교를 그만두고 서울 서남쪽 경계 바로 너머에 자리잡은 녹둥시의 고등학교로 전학을 갔다. 환호고등학교는 노쇠한 지방 도시의 그저 그런 학교였다. 시 승격을 경축하는 플래카드가 찢어진 채 사방에서 펄럭이고 짜고 비린 냄새가 진동하는 거리를 지나 처음 등교를 하던 날, 잔뜩 주눅이 들었던 소년은 의외로 평온하고 느긋한 학교 분위기에 놀랐다. 분명 학생들은 거칠었고 학교는 세상만사에 무심한 듯했지만, 그 허약한 규율 아래 묘한 균형이 잡혀 있었다. 학생들은 밖을 나돌며 나쁜 짓거리를 하느라 여념이 없는 덕에 가끔 들르는 학교 안까지 바깥 세상의 폭력과 협잡을 가져올 일이 없었다. 교실 뒤편의 절반을 장악한 이 어린 건달패는 모자랐던 잠을 보충하거나 잡담과 유튜브 시청을 즐기며 오랜만의 여유를 만끽하곤 했다.

소년에게도 편리한 점이 많았다. 출결 처리를 유연하게 해주는 덕분으로, 소년은 시험 기간, 학기가 시작될 때와 마칠 무렵만 출석을 하면 별문제가 없었다. 소년은 어차피 학교에서 공부하는 타입이 아니었고, 아버지가 손수 신경을 써서 붙여주는 서울대 출신 독선생들이 제법 살뜰하게 공부를 이끌어주었다.

무엇보다 소년은 새 학교에서 의욕이 샘솟았다. 일본에서 싸들고 온 그 책에 따르면, 사토 신이치는 도쿄대 진학 전 일본 관서 지역의 전설적인 명문사립학교인 난바중고교에서도 톱을 차지했다고 했다. 환호고가 난바고등학교에 비할 바는 전혀 못 되지만, 어쨌든 이 환호고에서라도 우선 톱을 차지하는 것은 당연히 거쳐야 할 관문의 첫 단계였다. 중학생 시절, 그러니까 아버지가 여기 녹동에 집을 지어 내려오기 전 다녔던 서울 강동구의 한 공립중학교에서 소년은 그리 힘들이지 않고도 반에서 1등을 놓치지 않았다. 전교 석차 또한 항상 10등 안쪽이었다. 환호고 톱은 별문제가 없어 보였다. 교실이라기보다는 목가적인 외양간을 연상케 하는 이 시골 학교의 광경을 둘러보면서 소년은 자신감을 듬뿍 얻었다. 오히려 문제는 환호고 톱을 차지한 이후인데……

그런데 그게 쉽지 않았다. 소년은 이 새 학교에서 손쉽게 반 1등을 차지할 수 있었지만, 전교 등수는 여전히 10등 안을 겨우 맴도는 수준이었다. 최고 성적은 작년 2학년 기말에서 가까스로 얻은 전교 3등이었다. 당시 소년은 스트레스로 체중이 80킬로그램에 육박했고 이마와 허벅지의 실핏줄이 온통 터지는 바람에 붉고 푸른 물감을 뒤집어쓴 듯한 꼴로 돌아다녀야 할 지경이었다. 주치의 아저씨는 연신 인슐린과 혈압강하제를 거의 치사량 수준으로 놔주며, "너, 그러다 이번 겨울 못 넘긴다. 장가도 못 가고 니 아버지 재산 상속도 물 건너간다"고 반쯤 놀리는 투로 말했다. 정작 소년의 아버지는 아직 신혼이라 소년에게 그리 관심을 두지 않던 때였다.

정녕 환호고는 이상한 곳이었다. 학생들 대부분은 시험지에 이름만 써놓고 잠을 청했고, 심지어 제 이름도 제대로 쓰지 못하고 맞춤법을 틀리는 경우가 허다했는데, 학생들 중 극소수의 학습력은 또 대단했다. 하지만 이 극소수의 정체는 알 수 없었다. 학생들 사이에서는 물론 선생들 사이에서도, 환호고 전체에서 성적 이야기는 금기였다. 그런 얘기를 입 밖에 냈

다가는 병신, 낀따 취급을 받을 게 분명했다. 이 학교는 일종
의……

소년으로서는 뭐라고 정확히 표현하기 어려웠다. 하지만 일
종의 '쉼터'에 제일 가깝다는 게 그의 생각이었다. 전투에서
돌아온 병사들이 멍한 눈을 뜬 채 PTSD에 시달리며 백일몽을
꾸고 술과 마약, 섹스와 실체 없는 전우애에 탐닉하는 쉼터 같
은 곳. 실제로 학생들은 수시로 카페 로고가 찍힌 텀블러에 소
주를 넣어와 잠들지 못하는 시간마다 홀짝거렸고, 중국제 캡
슐로 포장한 정체불명의 약물을 서로에게 건네며 눈을 희번덕
거렸는데…… 아, 물론 소년은 그 이상은, 동급생들의 섹스 라
이프나 우정에 대해서는 잘 알지 못하였다. 그는 결코 환호고
의 주류가 아니었기 때문이다.

어쨌든 그런 곳에서 대학 진학이니 장래 희망이니 하는 얘
기를 떠들다가는 정신 나간 개자식 취급을 받게 될 것이다. 물
론 그런 말을 터놓고 나눌 상대도 학교에 없었다. 어디에도 없
었다.

드디어 고3이 되었다. 소년은 마음을 단단히 다잡았다. 그
럼에도 충격적인 일이 벌어졌다. 급기야 반에서까지 1등을 놓
쳐버린 것이다.

반장인가? 반장은 제법 반반한 얼굴과 몸가짐에 뭐든 열심

인 녀석으로, 제3항 네거리의 건어물 도매상 집 아들이었다. 집안에 큰 빚은 없지만 그렇다고 기울어가는 가업을 되돌려 일으킬 여력도 없는 듯했다. 노후한 단독주택 하나를 자가로 갖고 있었고, 환호시영으로 올라가는 언덕배기 중턱에 제법 널찍한 텃밭 하나도 보유하고 있는데 그게 바다 전망이 딱 잡히는 별장용 택지로 안성맞춤이라고들 했다. 최근에는 지역의 늙은 깡패들에게 꽤 거액의 중개료 따위를 뜯기고 있다는 소문도 들렸다. 소년은 이런 정보를 건넛방에서 새어나오는 대화를 통해 얻어듣곤 했다. 아버지를 찾아오곤 하는 상고머리에 검붉은 얼굴을 한 사내들이 과묵한 아버지 앞에서 늘 이런저런 거리의 소문을 늘어놓으면서 금일봉을 기대하기 때문이었다.

소년은 중간고사 성적표가 나온 지난 늦봄부터 안 나와도 될 학교를 꾸준히 나오기 시작했다. 소년이 너무도 싫어하는 습하고 더운 날씨가 본격적으로 시작되었지만 그게 문제가 아니었다. 성적이나 애들 등수를 수소문한답시고 친하지도 않은 동급생들을 들들 볶으며 난리법석을 피운 일도 있었다. 그즈음 소년에게 붙여진 별명이 '만년 2등'이었다. 기껏해야 딱 한 번 반에서 2등으로 떨어졌는데, 그런 불명예스러운 호칭이 붙어버린 것이다.

그렇게 학교를 오가며 교실에 죽치고 있는 동안 드디어 기회가 왔다.

6월 초 어느 날, 열두시 사십분경. 오후 교외 체험학습 시간을 앞둔 터라 일찌감치 점심을 먹어치운 학생들은 괜히 들떠서 죄다 교실을 비운 상태였다. 소년은 반장의 사물함을 뒤졌다.

번호판을 돌려 비밀번호를 맞추게 되어 있는 손톱 크기의 자물쇠가 걸려 있었지만 이미 소년은 반장의 어깨 너머로 번호를 훔쳐봐두었다. 기대한 대로 중간시험 성적표는 사물함 제일 밑바닥에 깔린 사무용 폴더에 정리되어 있었다. 하나하나 들추어볼 여유는 없었다. 소년은 폴더 맨 뒷장의 중간고사 성적표를 찾아 핸드폰으로 얼른 사진을 찍고는 사물함을 닫아 잠갔다.

자리로 돌아온 소년의 얼굴이 구겨졌다. 반장이 아니었다. 반에서 3등, 전교권 성적은 한참 아래였다. 이 성적 가지고는 경기도 외곽의 사립대 정도나 노려볼 수준일 텐데, 요새 쪼들리는 건어물집 사정으로는 사립대 한 학기 등록금도 대기 어려울 터였다. 어쨌든 반장은 아니었다. 그 새끼가 아니라면 대체 누구라는 말인가.

소년은 며칠간 더 끙끙 앓았다. 눈 깜짝할 사이에 기말고사 시즌이 돌아왔다. 체중이 늘고, 혈압이 치솟고, 염증이 도지는 패턴이 반복되는 지옥 같은 시간이 지나자, 다시 방학식이 닥쳤다. 고3 여름방학이 시작된 것이다.

주치의 아저씨는 청춘의 마지막 여름 운운하며 소년의 귀에 대고 정체불명의 노래를 흥얼거렸다. 자기는 고3 여름에 처음으로 여자 가슴을 만졌다고 으스대기도 했다. 소년은 그런 개소리에 일절 관심이 없었다.

성적, 성적.

드디어 방학식 날, 기말고사 결과가 배포되었다.

전교 성적 3등. 이건 좋다. 반에서는 또 2등이었다.

대체 어떤 새끼가!

✗ ✗ ✗

소년은 특단의 수단을 쓰기로 했다.

방학식을 마친 후 일찌감치 집으로 돌아온 소년은 반 톡방의 참여자 명단을 찬찬히 훑었다. 이름의 행렬을 두어 번 올리고 내리며 스크롤하던 소년은 저도 모르게 한숨을 내쉬었다.

쭉정이 같은 인생들. 제대로 나쁜 짓을 하는 것도 아니고, 그렇다고 착하게 살거나 상식적인 탐욕에 충실한 것도 아닌, 대부분 눈가림이나 하는 어중간한 삶들을 사는 애들이었다.

소년은 사실 이 일을 직접 처리하고 싶었다. 할 수만 있다면 말이다. 소년이 염두에 두고 있는 것은 아주 직접적인 방법이었다. 학교 데이터베이스를 해킹하기로 마음먹은 것이다.

하지만 소년은 그 정도로 대담하지 못했다. 게다가 컴퓨터나 네트워크 기술도 필요한 작업일 텐데, 소년은 기술반에서나 배우는 분야에는 아예 관심이 없었다. 그 흔한 노트북 하나 없었고, 집에도 아버지가 쓰던, 소년이 태어나기도 전에 제작된 구형 워크스테이션만 하나 덩그러니 놓여 있을 뿐이었다. 소년이 가끔 시청하는 수학 보충 인강이나 애니메이션, 저화질의 옛날 소프트 포르노에는 그것만으로 충분했다.

결국 소년은 하나를 찍었다.

별명이 '뽕쟁이'인 놈으로, 특히 못생기고 불량하기 그지없는 개자식들 중 하나였다. 키가 무척이나 작은 게 특징이었다. 키가 작기로 반에서 1, 2등을 다투었다. 체구가 작은 편인 소년마저도 뽕쟁이의 얼굴을 보기 위해서는 슬쩍 눈을 내리깔아야 할 정도였다.

물론 소년은 눈을 내리깔며 뽕쟁이를 처다본 적이 결코 없었다. 말을 붙여본 적도 없었다. 아마 학교의 다른 녀석들도 뽕쟁이를 내려다보지 못할 것이었다. 뽕쟁이는 힘이 장사였다. 그를 보고 있으면 추상적인 무언가가, 이를테면 강철 재질의 무기질 육방체가 떠올랐다. 신장에 비해 팔은 쭉 뻗은 통나무처럼 굵고 길쭉했다. 아마 그 팔로 소년 정도의 체구를 들어올려 교실 뒷벽에다 집어던지는 것은 일도 아닐 터였다. 실제로 소년은 그 비슷한 광경을 목격하기도 했다. 당시 던져진 것은, 교실 바닥에 담뱃재 털지 말라며 괜히 뽕쟁이한테 개기던 반장이었다. 소년은 그 순간 반장 목이 부러진 줄 알았다. 뽕쟁이는 그냥 장난친 거라면서 실실 웃기만 했다.

그렇다고 뽕쟁이는 이리저리 힘자랑만 하고 돌아다니는 미치광이 타입은 아니었다. 어, 아니, 사실 미치광이 타입이 맞기는 했다. 집요하고, 한번 뚜껑 열리면 물불 안 가리고……매일 하루도 빠지지 않고 늦은 오후부터 시작해 밤새 뽕을 때린다고 제 입으로 거들먹거리기까지 했다.

어쨌든 놈은 학교에 자주 나왔고, 수업시간에도 먼 산이나 기다란 서해 수평선을 건너다보면서 잠자코 앉아 있기까지 했다. 그렇게 뻔질나게 학교를 나오는 데는 이유가 있었다. 뽕쟁이는 기본적으로 장사꾼이었다. 돈을 무진장 좋아했고, 그런 습성 때문에 온갖 것을 거래하려 들었다. 구찌 블랙진이나 슈프림 셔츠, 신형 아이폰, 랑콤 파운데이션까지 온갖 장물 거래는 기본이었고, 기괴한 뜬소문이나 문서까지 팔아치우곤 했다.

작년 초, 그러니까 고2 중간고사를 사흘 정도 앞두고 뽕쟁이가 '시험지 일체'를 판다는 소문이 학교 전체에 돌았다. 살 수 있는 것은 딱 세 세트였는데, 한 명이 세 세트를 모두 사면 할인이 아니라 독점 프리미엄이 붙는다고 했다. 소년은 꽤 솔깃해서 한참을 망설이다가 결국 구입을 포기했다. 그 흉측한 얼굴에 대고 말 붙이기가 무서웠기 때문이다. 괜히 구입하겠다고 했다가 그걸로 빌미를 잡혀 계속 돈을 뜯기지 않을까 걱정되기도 했다. 하지만 그 이후로 그런 소문이 돌지 않은 것을 보면, 뽕쟁이의 거래 품목에서 시험지는 제외된 모양이었다.

하기야 이 학교에서 그런 수요는 거의 없을 것이다. 장사꾼 뽕쟁이가 잠깐 착각을 한 것이다.

✳ ✳ ✳

소년은 거실 소파에 누워 핸드폰 화면을 한참 뚫어지게 쳐다보다 무겁게 몸을 일으켰다. 집에는 혼자뿐이었다. 아버지는 사업 미팅 때문에 청담동에 올라갔고, 새엄마는 그 인근 어디에선가 느긋하게 쇼핑을 하고 있거나 호스트를 끼고 샴페인을 홀짝이고 있을 터였다. 괜한 이야기는 아니라, 실제로 소년은 새엄마의 실크 원피스 속주머니에서 '사랑이'라는 이름의 호

스트 명함을 발견하기도 했다. 물론 소년이 신경쓸 일은 아니었다. 그는 우선 제 방으로 들어가 책상을 뒤지기 시작했다.

소년이 쓸 수 있는 것은 새엄마 명의의 신용카드 한 장과 사십삼만 원 남은 현금 봉투 하나였다. 사실 소년은 평소 돈을 쓸일이 거의 없었다. 따라서 현금으로 비상금이나 비자금 따위를 비축해둘 이유가 없었다. 새엄마 신용카드로 현금서비스를 받을까도 생각했지만 괜히 새엄마와의 평화롭고 서로 간섭 않는 관계에서 책잡힐 일은 하고 싶지 않았다.

돈을 얼마나 요구해올지 감이 전혀 안 잡혔다. 반에서 뽕쟁이와 어울리는 무리는 넷이었다. 그중 셋은 할 줄 아는 게 전혀 없는 꼴통이었다. 한마디로 완전 양아치였다. 뽕쟁이가 그 애들하고 같이 일을 하지는 않을 것 같았다.

다른 하나가 문제였다. 덩치가 엄청나고 눈매가 쫙 찢어진 얼굴로, 쳐다보고 있으면 뽕쟁이와 다른 의미에서 사람 기를 죽여놓는 타입이었다. 싸움 실력도 굉장하다고 들었다. 단순히 학생들끼리 치고받는 수준이 아니라, 뒷골목 내기 격투기장에서 선수로 뛸 정도라는 얘기까지 돌았다. 그리고……

솔직히 말하면, 그 새끼는 잘생기기까지 했다. 이름은 한혜성.

소년이 그 덩치의 이름을 기억하고 있는 것은 사실 혜성의 여동생 때문이었다. 이름은 혜리. 환호고 옆에 붙은, 같은 재단

중학교에 다니는 아이였다. 얼굴은 볕에 그을려 좀 시커멓기는 해도 역시나 그 오빠처럼 몸이 길쭉길쭉하고 이목구비 윤곽도 또렷하게 도드라진 타입이었다. 성격은 장난이 아니라고들 했다. 한마디로 망아지, 아니 호랑이 새끼 성깔이나 다름없다는 거였다. 언제나 한 벌짜리 검은 트레이닝복을 입거나, 명치까지 추켜올린 펑퍼짐한 청바지에 메탈리카나 너바나 같은 구식 록밴드 프린팅이 되어 있는 낡은 라운드넥 셔츠 따위를 입고 다녔다. 언제나 어딘가를 향해 바삐 달려가거나, 누군가를 쥐어패고 있었다. 녹동 제3항 네거리에서 환호시영아파트가 있는 언덕으로 이어지는 편의점 앞 공터에서 가끔 맥주 캔을 홀짝이는 모습도 몇 번 목격한 적이 있었다. 소년은 혜리가 멀찌감치 있어도 항상 눈에 꽉 차게 들어왔다. 좀 멋있다고 생각했다. 자신도 혜리 옆에 쪼그려앉아 맥주 캔을 홀짝이고 싶었다. 하지만 그랬다가는 혈압이 아작날 것이다.

하지만 그 오빠 한혜성은……

겁이 났다. 뽕쟁이 일에 한혜성까지 한몫 달라고 끼어들면 돈이 적지 않게 깨질 터였다.

소년은 결국 새엄마 방으로 들어갔다. 새엄마가 별도로 혼자 쓰는 방이었다. 이곳에 들어오면 언제나 짓눌리는 느낌이 들었다. 위화감이라 해야 하나. 방은 제법 큼직한 육각 모양이었다. 각 벽면마다 전신 거울이 부착되어 있어 소년은 머릿속 한구석이 우겨지는 것 같은 현기증을 견뎌내야 했다. 집안 곳곳에 붙어 있는 평범한 거울이 아니었다. 거울 모서리마다 LED등의 분홍색 불빛이 작은 분수처럼 흘러나왔다. 테두리에는 어린아이 머리통 크기의 양귀비 꽃송이 장식이 수십 개 달려 있었다. 꽃송이 역시 분홍색이었다. 새엄마는 핑크 마니아였고, 거울 마니아이기도 했다.

소년은 보석과 패물, 화장품들과 용도를 알 수 없는 각종 소품들 따위로 어수선한 방을 쭉 둘러보다가 네번째 벽면에 붙은 거울일 거라 짐작했다. 그 거울 모서리에 스냅 사진 한 장이 비스듬하게 꽂혀 있었다.

여자의 길쭉한 손과 바게트, 레드와인이 반쯤 담긴 글라스, 늙어서 벌게진 눈이 어둡게 빛나는 콜리 종 개 한 마리가 사진 한 장에 몽땅 담겨 있었다. 전형적인 SNS용 사진이군. 소년은 과시용 SNS 사용자들을 경멸했다. 개도 키우지 않았고 키울 생각도 없었다. 어쩌면 '사랑이'라는 호스트가 저 사진을 찍은 카메라 렌즈의 사각에서 비열하게 웃고 있었는지도 모른다. 소년은 거울 테두리를 잡고 몇 번 잡아당겨보았다. 거울을 여는 데는 약간 압력을 가하면서 모서리에 숨겨진 버튼을 지그시 누르는 기술이 필요했는데, 소년은 단번에 요령을 알아냈다.

거울이 문짝처럼 홱 열어젖혀지자, 그 뒤편 벽장에 숨겨진 장이 나타났다. 거기에도 온갖 잡동사니뿐이었다. 형태가 망가지기 시작한 여성용 가죽 토트백들이 수북했다. 방치한 가죽이 뿜어내는 죽은 짐승의 기름 냄새가 지독했다. 만나는 김에 뽕쟁이한테 이 가방 몇 개도 같이 팔아버릴까. 그러면 수수료를 좀 깎을 수 있지 않을까. 소년은 속으로 몇 가지 계산을 해보면서 가방 하나하나를 뒤지기 시작했다. 백 속에는 대부분 독한 민트 향이 풀썩대는 담뱃갑이나 말라붙은 물티슈 같은 것만 나뒹굴었다. 소년은 한참을 뒤적거리고 나서야 원하는 것을 찾아냈다.

가장 아래쪽 칸에 무심하게 박혀 있는 제법 큼직한 가죽 브리프케이스 두 개에 현금이 가득했다. 하나에는 띠지로 빳빳하게 묶인 만 원권 다발이 가득이었고 다른 가방에 가득 든 건 백 달러짜리 미국 돈이었다. 역시 다갈색 기름종이로 만든 띠지가 둘려 있었다. 한국 돈이든 미국 돈이든 할 것 없이 지폐에는 윤활유 냄새 같은 게 흠뻑 배어 있었다. 달러가 들어 있던 가방에는 여권도 들어 있었다. 유효기간이 이미 지난 것이었다. 새엄마의 사진이 붙어 있었는데, 그 아래 적힌 이름은 소년이 알고 있는 그 이름이 아니었다.

이거…… 난감하네. 신고해야 하나.

결국 소년은 신경쓰지 않기로 했다. 우선 급한 건부터 해결해야 했다. 뽕쟁이가 달러도 받을지 고민이 되었으나, 나중에 생각해보기로 하고 우선 빼내기로 했다. 만 원권 다섯 다발. 미국 돈은, 음, 세 다발.

전부 합하면 못해도 천만 원은 훌쩍 넘을 듯했다. 지폐 다발을 빼내니 만 원권이 들어 있던 가방은 눈에 띄게 홀쭉해져 보였다. 걱정 많은 소년의 눈에나 그리 보이는 것인지도 모르고. 소년은 엉거주춤한 자세로 지폐 다발을 품에 안고서 방을 나왔다. 가방 몇 개를 집어 나오려던 것은 까맣게 잊어버렸지만 방문을 원래대로 잠가두는 것만은 잊지 않았다.

✗ ✗ ✗

소년은 제 방 침대에 지폐를 내던진 후 거칠게 숨을 들이마셨다. 피가 발바닥 아래로 빠져나가는 듯 어지러웠고 눈에 들어오는 물건들은 탈색된 것처럼 희끄무레하게 보였다. 그는 지폐 더미 위에 몸을 던지고 얼굴을 지저분한 담요에 파묻었다.

한참이 지나서야 몸을 일으켰다. 소년은 텔레그램으로 뽕쟁이의 계정에 접속했다. 흔적 없는 돈도 생겼겠다, 이제 더이상 망설일 이유가 없었다. 뽕쟁이 계정 프로필에는 다이아몬드알

열두 개가 촘촘히 박힌 오메가 시계를 두른 남자 팔목 사진이 걸려 있었다. 큼직한 시계판 아래에서 타투로 그려넣은 남청색 전갈 꼬리가 핏줄기처럼 뻗어나오고 있었다.

　—안녕. 난 같은 반 학생인데. 잠깐 시간 되니?

　메시지를 보냈다. '같은 반 학생' 대신 '같은 반 친구'라고 보낼까도 생각했으나, 역시 그건 너무 오버인 것 같았다.
　반시간 가까이 지나서야 답장이 왔다.

　—짭새냐? 꺼져라.
　—짭새는 아니고…… 좀 구할 게 있어서.
　—꺼져라 개놈아.

　예상한 반응이었다. 소년은 뱃속에서 신물이 올라왔지만 꺾이지 않고 계속 메시지를 보냈다.

　—예전에 시험지 구할 수 있다고 했었지. 그거 얼마나 들까?

　한참 답장이 없었다.

소년은 벽돌쌓기 놀이를 하듯 침대 위에서 지폐 다발을 쌓아올렸다가 다시 무너뜨리기를 반복했다.

핸드폰이 가볍게 울렸다. 텔레그램 앱으로 음성통화가 걸려왔다. 뽕쟁이였다. 소년은 침을 크게 한 번 삼키고는 전화를 받았다.

"너, 이름이 뭐냐."

소년은 제 이름을 말했다.

"담임 이름은?"

역시 대답했다.

"우리 반 교실, 몇 층?"

소년이 그 질문 역시 막힘없이 넘기자 뽕쟁이가 대뜸 물었다.

"무슨 시험지? 기말은 진작 끝났는데."

"……사실 시험지 말고."

"말해봐."

"대충 돈이 얼마나 드는지 알고 싶어서. 시험지 비슷한 건데."

"야잇, 미친 새끼야. 뭘 구하는지 똑바로 말을 해야 견적을 내지. 장사 한두 번 해보나."

"……어…… 성적."

"성적이 뭐? 조작해달라고?"

"아…… 그것도 가능한가?"

"증명서 발급용으로는 가능하지. 외국 학교 같은 데 보내는 용도로 말이야. 알지? 증명서 위변조는 오케이. 디비 변조까지는 어렵고. 불가능한 건 아닌데 돈이 많이 깨져. 뭘 원하는데?"

"디비가 뭔데?"

"데이터베이스. 자이즈 시스템 모르나?"

"자지 시스템?"

잠시 침묵이 흐르던 끝에 전화기 저편에서 껄껄 웃는 소리가 들렸다.

"이런 미친 새끼. 선생이나 학교에서 성적 입력, 관리하는 시스템. 자이즈라고, 주니어…… 뭐시기라 하는."

소년은 바로 핸드폰으로 검색해보았다.

뽕쟁이가 말한 것은 'Junior Assessment Information System'의 약자인 '자이즈JAIS'였다. 뽕쟁이가 말을 이었다.

"기본이 백오십, 특수 퀄 들어가는 것 따라 비용 추가될 수도 있고. 성적증명서 기준으로 이백 정도 잡으면 돼."

"디비…… 그러니까 자이즈 조작은?"

"어…… 그거는 사람을 좀 써야 하는 거라서. 따로 견적을 내야 하는데. 대충 오백 정도 들지 않을까. 왜, 그거 하려고?"

"아, 아니. 조작까지는 아니고."

"그럼?"

저편에서 뽕쟁이가 입맛 다시는 소리가 들리는 듯했다. 소년은 그냥 전화를 끊고 싶었지만 이제는 그럴 수도 없는 노릇이었다.

"그냥 성적 좀 알아보려고."

"다른 새끼 성적?"

"엉."

"몇 명이나?"

"한…… 열 명."

휘파람 소리가 들렸다. "두당 사십."

"사십? 어, 사십만 원?"

"얀마. 그럼 사십 원이겠냐? 조작이든 조회든 일단 디비를 건드리는 게 쉬운 일이 아니다. 고도의 테크…… 그, 뭔가가 필요하다니까."

"그럼…… 합해서 사백만 원인가?"

"그렇지, 뭐. 열 명 하면 좀 깎아줄 수는 있지. 아니면 서비스로 한두 명 더 해줄 수도 있고, 뭐 다른 레어 영상 같은 걸로 원하면…… 하여튼 그건 말하기 나름이야."

"누구하고 말을 해야 하는데?"

"우리하고 항상 거래하는 해킹팀이 있어. '현 사무장 팀'이라고. 우리 형님들 중 한 분하고 선이 닿는 데라 내 얼굴, 말빨다 통하거든. 대신 우리 형님한테도 뭘 좀 올려드려야 하고. 뭐, 이리저리 챙겨야 할 게 많아. 거래하면 세금 떼는 거, 니도 알잖아."

"······"

"어쩔 건데."

"어······"

"아이, 씨발. 그래, 좋다. 내가 딱 잘라서 삼백오십에 해줄게."

"그 현 사장 팀이라는 데하고?"

"현 사장이 아니라, 현 사무장. 그 팀 수수료하고, 우리 형님 몫까지 해서 삼백오십으로 합의하고 니가 원하는 그 열 명 성적 다 까준다 이거야. 이런 씨발, 나한테 떨어질 커미션은 한 푼도 안 남게 생겼네."

"······"

"어쩔 건데, 친구. 나 지금 주요 미팅 들어가야 해. 오늘 녹 둥이 한번 크게 들썩일 거란 말이야. 오늘밤에 들어가면 연락 두절될 건데, 니하고 이리 노가리나 까고 있을 시간 없어. 할 거야, 말 거야?"

"어…… 그래, 할게."

"나이스. 열 명이라고 했지? 이름 불러봐."

"아…… 이름은 모르고."

"몰라? 우리 학교 새끼들 아니야?"

"맞는데. 이름이 아니라 등수로 알아보려고. 그러니까 전교 1등에서 10등까지."

"그건……" 뽕쟁이가 뭔가 머리를 굴리는 눈치였다. "좀더 들겠는데."

"……"

"좋다. 화끈하게 삼백팔십에 정리하자."

"……삼백팔십?"

"딴 데 가서 알아보든지."

"아니…… 할게."

"코인 계정 불러줄게 그리로 보내라. 선불인 거는 알지?"

"코인?"

"그래, 코인. 왜? 무슨 버스 카드로 결제할라 했냐."

"……현금밖에 없는데."

"현금?"

"어……"

"아, 씨발 것. 품 많이 들게 하네. 어디야? 그리로 갈게."

"제3항 네거리 인근이긴 한데……"

"그러면 네거리 로담치킨 앞에서 보자. 지금 몇시냐. 어, 씨발. 벌써 시간이 이리 됐나. 거래처 연락 때려야 하는데. 두 시간 뒤에. 열한시 반. 오케이?"

"어…… 근데……"

"또 뭔데."

"혹시 달러도 받나?"

"뭐? 미국 돈 말이냐?"

"어."

"……잠깐만."

앱이 끊겼다가 삼십 초 정도 지나 다시 신호가 울렸다.

"된다네. 대신, 환사촌? 환차손? 뭐, 그런 수수료가 있어서…… 아무튼 미국 돈으로 주려면 사천오백 줘야 한단다. 잘 들었냐? 사천오백."

"어, 그래."

"액수 똑 떨어져야 하고, 거기서 일 원이라도 모자라면 그거 채워질 때까지 우린 작업 안 들어간다. 알지?"

"……그래."

통화 앱이 완전히 끊어졌다.

× × ×

집에서 네거리까지는 걸어서 대충 삼십 분 거리였다. 또래
들보다 한참 느릿한 소년의 걸음걸이를 감안하면 그러했다.
소년은 백 달러 마흔다섯 장을 세어 은박 포일 안에 돌돌 말아
감은 다음 부엌 찬장에서 찾은 길쭉한 플라스틱 도시락통에 넣
었다. 언뜻 보면 말린 김을 포장한 것처럼 보였다. 소년은 도
시락통과 2리터들이 새 물통 하나를 백팩에 챙겨넣고는 엉거
주춤한 걸음으로 로담치킨으로 향했다. 소년의 마음은 겉보기
보다 가볍게 들떠 있었다. 뽕쟁이와의 거래는 생각보다 돈이
덜 들었다. 약간의 고민 끝에 남은 돈은 새엄마 가방에 되돌려
두지 않고 책장에 꽂힌 책들의 갈피에 나눠서 끼워넣었다.

소년은 로담치킨 간판 등 아래에서 열한시 사십오분까지 기
다렸다.

술꾼 몇몇이 거리를 오갈 뿐 뽕쟁이는 보이지 않았다. 거리
자체가 거의 비어 있다시피 했다. 네거리 동편 초입에 '사천양
산향토연합회'라 적힌 정체 모를 간판에 노란 조명을 밝힌 가
건물 하나와 침울한 호프집 몇 곳 외에는 문을 연 데도 없었
다. 길 건너편에 엄청 낡은 구식 각 그랜저 한 대가 서 있었다.
누가 버리고 간 폐차 같아 보였다.

소년은 아까 뽕쟁이가 말한, "녹둥이 한번 크게 들썩일 일"이 무엇일지 곰곰이 생각해보았다. 물론 알 길이 없었다. 괜한 흰소리일 것이다. 소년은 어깨를 으쓱했다. 그렇게 서 있는데 로담치킨 사장 아줌마가 얼굴을 빼꼼 내밀고는, "치킨 처먹을 거 아니면 꺼져라" 하고 쏘아붙이며 매섭게 노려보았다.

주눅이 든 소년은 비스듬하게 게걸음을 쳐서 로담치킨 옆 어둑한 철거 부지로 자리를 옮겼다. 시간은 거의 밤 열두시에 가까워졌다. 입이 탔고, 야밤의 열기로 머릿속이 녹아내리는 느낌이었다. 가져온 물도 절반 가까이 마셔 없앴다. 바다에서 곧잘 불어오는 밤바람도 오늘은 전혀 기대할 수 없는 모양이었다. 거리는 여전히 고요했다. 항구 방향에서 가래를 뱉는 듯한 준설선 돌아가는 소리만 음울하게 들려왔다. 소년은 수북이 쌓인 폐타이어를 발로 퉁퉁 차대다 그마저 힘들어서 주저앉아버렸다. 그때 길 건너편 낡은 그랜저 운전석 문이 덜컹 열렸다. 사람이 타고 있는 줄 몰랐다. 운전석에서 나온 난쟁이 같은 형체가 뒤뚱거리면서 다가왔다. 뽕쟁이였다.

오늘따라 뽕쟁이는 유독 키도 작고 얼굴도 험상궂어 보였다. 호피 문양이 박힌 실크 셔츠를 명치 부분까지 열어젖히고 있어서 산처럼 두툼하게 솟은 가슴팍에 종기 모양으로 송골송골 맺힌 땀방울 하나하나가 훤히 들여다보였다.

"갖고 왔냐."

"어." 소년이 백팩을 풀어 지퍼를 열려 하자, 뽕쟁이의 손이 획 날아들었다. 뒤통수를 한 대 세게 맞은 소년은 다리가 풀려 주저앉을 뻔했다.

"미쳤냐, 씨뱅아. 여기서 무슨…… 따라와, 새끼야."

뽕쟁이가 앞장서서 그랜저로 돌아갔다. 그랜저의 차체는 실버그레이에 뚜껑은 다갈색 도색을 입힌 투톤이었다. 소년이 태어나기도 전에 출시된, 엄청 오래된 모델이었지만 이 도시에서는 종종 보이기도 했다.

소년은 뽕쟁이의 뒷모습을 쳐다보며 한참 망설였다. 뽕쟁이가 운전석 문을 다시 열어젖히며 소년을 노려보았다. 눈가에 파란빛이 도는 게 공격 직전의 멧돼지 같았다. 소년은 눈을 내리깔며 차량 쪽으로 잽싸게 발걸음을 놀렸다. 뽕쟁이가 검지를 들어 조수석 쪽을 가리켜 보였다.

선팅된 차량 안은 다른 세상이었다. 소년은 조금 놀랐다. 짐작과 달랐다. 어두컴컴한 공간은 선선한 에어컨 바람과 레몬향으로 그득했다. 차량 안은 깨끗했고 방향제의 청량함으로 코가 뻥 뚫렸다. 애프터스쿨인가 하는 수년 전 아이돌 노래가 잔잔히 흘러나오는 카오디오와 그 옆의 기기판에서는 붉고 푸른 LED 버튼들이 화사하게 빛났다. 수족관 밑바닥을 훑으며 헤엄치는 느낌이었다. 거기서 소년에게 거슬리는 것이라고는 가까이 앉은 뽕쟁이한테서 풍기는 지독한 술냄새뿐이었다.

LED 불빛은 뒷좌석에서도 흘러나오고 있었다. 커다란 티타늄 커버 프레임 안에 든 노트북 불빛이었다. 노트북을 조작하고 있는 이는 거무스름한 피부에 눈썹이 진한 자그마한 남자로, 외국인이었다. 턱수염을 기르고 있었지만 얼굴 윤곽을 봐서는 몹시 어려 보였다. 외국인은 조수석 뒤쪽 자리에 몸을 파묻고 앉아 그 옆으로 노트북에 연결되는 갖가지 기기를 쌓아둔 채 조작하고 있었다. 그 기기들에서도 퍼런 점멸등 불빛이 깜박였다.

"돈."

뽕쟁이가 발로 바닥을 탁탁 퉁기며 말했다. 은회색 뾰족한 구두 발등이 어스름 속에서 번득거렸다. 소년이 보기에도 아주 비싼 명품 구두 같았다.

소년은 도시락통을 건넸다.

뽕쟁이는 눈썹을 찌부러뜨리면서 통을 열고 포일을 풀었다. 지폐 한 장, 한 장을 살펴보는 모습이 그럴듯해 보였다. 뽕쟁이는 마흔다섯 장을 다 살핀 후 지폐 다발을 외국인에게 건넸다. 외국인은 돋보기 렌즈 같은 게 달린 기계로 지폐를 한 장씩 스캔해갔다. 능숙하고 재빨랐다. 기계에서 쏟아져나오는 초록색 형광빛이 스치고 지날 때마다 지폐 위에 그려진 대머리 남자 얼굴에서 푸른 스파크가 딱, 딱 튀는 것처럼 보였다. 작업을 끝낸 외국인이 씨익 웃어 보였다.

"돈은 맞네."

"어…… 그럼 언제까지 되는데."

"뭘 언제까지. 좀만 기다려. 여기서 끝내고 가야지."

"지금? 그렇게 금방 돼?"

"우리 기술자 형님이 실력자니까."

뽕쟁이가 외국인을 향해 고개를 끄덕였다. 외국인이 노트북 키패드를 조작하기 시작했다. 소년은 차량 기기판의 시계를 흘끔 쳐다보았다. 열두시를 막 넘기고 있었다. 음악이 바뀌었다. 소년에게 생소한, 아이돌풍의 일본 노래였다. 정확히 그음악이 끝나는 순간 뒷좌석 기기들 중 하나가 인쇄물을 토해내기 시작했다. 깨알 크기의 글씨와 숫자들이 빽빽하게 들어찬 스무 장가량의 문서였다. 사 분도 채 걸리지 않았다.

"이건 그 1등부터 10등까지 새끼들 성적이고."

뽕쟁이는 출력물 한 뭉치를 손으로 탁탁 쳐서 추린 후 소년에게 건넸다. 출력물에는 지난 삼 년간 학년별 상위 10등 학생들의 과목별 성적과 수행평가, 인성평가 기록까지 빼곡하게 기록되어 있었다. 소년은 경이감이 들 정도였다. 비싼 값을 치르기는 했지만, 여차하면 그 돈을 몽땅 잃을 수도 있다고도 각오하고 있었다. 그런데 이 정도로 정보를 빼낼 수 있을 줄은 몰랐다.

"그리고, 요거는 거 뭣이냐. 아, 그거네. 이번 시험 전교 1등부터 10등까지 명단."

뽕쟁이가 거물처럼 눈을 내리깔며 한 장짜리 명단을 주욱 훑어보았다.

"니 이름도 여기 있네. 오, 씨발. 니가 3등이야? 이 새끼 공부 졸라 잘하네. 그럼 인서울 대학 가는 거냐, 너?"

뽕쟁이는 기분좋게 웃으면서 소년에게 종이를 건네려다 멈칫했다. 그의 시선이 명단 한 곳에 고정되었다. 웃음이 싹 사라졌다.

"씨발, 이게 뭐야."

소년도 뽕쟁이가 눈을 처박고 있는 종이를 넘겨다보았다. 얼른 확인하고 싶었다. 소년에게 제1의 관심사인, 전교 3등인 자신 위에 누가 1, 2등을 차지하고 있는지를. 그리고 반 2등인 자신 위에 누가 있는지도.

소년은 빽빽한 표에 적힌 이번 기말고사 등수 명단에서 겨우 자신의 이름을 찾았다. 전교 1등은 역시 정원석이었다. 1반 반장으로, 이곳 관할 지청장 아들이었다. 어차피 그애는 뭐 거의

1등을 놓치지 않으니까. 타고나기를 잘난 놈이었다. 지네 아빠는 인사 물먹어서 여기 왔다고들 하는데, 정원석 그놈의 성적에는 걸림돌이 없는 모양이었다. 그리고 문제의 전교 2등. 그러니까 소년의 반 1등은……

나지막한 신음소리가 절로 나왔다. 뭐냐 이게. 잘못된 거 아니야?

소년은 고개를 들었다. 제 것이 아닌 신음소리가 들렸다. 뽕쟁이가 무시무시한 표정을 지으면서 씩씩대고 있었다. 그 또한 뚫어져라 소년이 들여다보는 부분을 쳐다보고 있었다.

기말고사 전체 석차 2등.

한혜성.

뽕쟁이의 동료이자, 소년이 흠모해 마지않는 한혜리의 그 무시무시한 오빠였다.

뽕쟁이가 검지로 문짝을 가리켰다. 소년은 아무 말 없이 빈손으로 차에서 내렸다. 그 정도의 눈치는 있었다. 차창 너머로 뽕쟁이의 눈에서 퍼런 불이 번득이는 게 보이는 듯했다.

혜리

혜리는 새벽 세시 조금 넘은 시간에 잠을 깼다. 목이 탔다.

방학 기념이라고 애들이랑 맥주 몇 잔 나눠 마셨는데 맛이
이상했다. 술을 사다준 오빠들이 이상한 걸 탔을지도 모른다.
혜성이 하도 닦달하기에 그걸 핑계로 자리에서 일찍 나오기는
했는데, 어차피 마음이 뒤숭숭해서 오래 있고 싶지도 않았다.
페이스북 메시지에는 특별한 게 없었다. 애들이 사진 올린 것
도 아직 없었다. 정말로 신나게 노는 모양이었다. 아까 얘기 나
온 대로 정말 콜택시를 불러 강남까지 올라갔을 수도 있다.

좀더 잠을 청하려는데 가슴 한구석을 짓누르는 엊저녁 묵직
함이 되살아났다.

혜리는 집안을 한 바퀴 빙 돌았다. 그래봤자 좁아터진 집이

라 삼십 초도 안 걸리는 산보에 불과했다.

혜리와 혜성이 각각 쓰는 방 두 칸과 아빠가 집에 들어오는 날이면 누워 자는 거실을 둘러보다가, 이유 없이 화장실 불을 켰다가 꺼보았다. 그러고선 있으나 마나 한 어중간한 크기의 거실에 맞붙은 시커먼 부엌으로 들어갔다.

원래 부엌 벽면은 흰색 합성수지 벽지로 도배되어 있었다. 그런데 몇 년 전 술을 마시고 떡이 되어 들어온 아빠가 부엌에서 비엔나소시지 직화 구이를 만들어준답시고 가스 토치를 들고 설치다 벽면을 다 그을려 먹는 바람에 시커메진 것이었다. 오빠가 그을음을 닦아내고 다이소에서 사 온 접착용 시트지 여러 장을 처발랐지만, 접착력도 별로인데다 웬일인지 검은 곰팡이가 자꾸 생기는 바람에 결국 포기하고 말았다.

"시커먼 부엌이라. 조선시대 서민들 가옥 스타일이네."

지난해 말 견학을 간 민속촌 움집의 그을린 아궁이 터를 떠올리면서 혜리는 혼자 중얼거렸다. 나쁘지 않았다. 그 누구의 집도 아닌, 딱 우리집 같았다.

그래도 집안이 너무 고요했다.

열어놓은 거실 큰 창으로 고성방가하는 애새끼들의 목청이 넘어들어왔다. 자세히 들어보면 아는 남자애 목소리일 수도 있을 것 같은데, 굳이 그럴 것 없다 싶어 창을 닫고 에어컨을 틀었다. 밤귀가 유독 밝은 혜성이 집에 있었으면 용케 알아채고 잠자리에서 일어나 잔소리를 해댔을 텐데, 오빠는 아직 돌아오지 않았다. 아빠도 마찬가지지만, 그거야 항상 있는 일이고.

어젯밤 귀가할 때 아파트 입구에서 혜성과 마주쳤다. 저편에서 헐레벌떡 뛰어나오고 있기에 혜리는 팔을 턱 쪽으로 비스듬하게 뻗어 술냄새를 가렸다. 경황이 없어 보이는 오빠는, 직전까지 전화질을 해댈 때는 언제고 혜리가 아예 안중에 없는 눈치였다.

"아빠, 또 사고 쳤다. 집 잘 봐라."

혜성은 그 한마디만 남기고 위태롭게 경사진 아파트 동 사이를 뛰어내려가버렸다.

"뭐냐, 저거."

혜리는 투덜대며, 한편으로는 안심하며 집으로 돌아왔다. 하지만 텅 빈 집에 들어오자마자 가슴팍의 돌멩이 같은 묵직함이 손에 만져질 듯 느껴졌다.

유튜브를 틀어놓고 보는 둥 마는 둥 하는데 앱으로 영상전화가 걸려왔다. 오빠일 거라고 생각했는데 모르는 계정이었다.

받을까, 말까.

평소 같으면 과감하게 무시해버렸을 텐데, 왠지 오늘은 받아야 할 것 같았다. 영상 기능을 끄고 전화를 받았다.

"어이, 동생."

술 취한 남자였다. 알 듯 말 듯 귀에 익은 목소리였다.

"내가 동생한테 찬스 한번 주려고 전화했지. 지금 시간 되지? 클럽인가? 다크레이블? 아니면 청담동 포니탭까지 올라갔나?"

남자가 혀를 잔뜩 굴려 억세게 발음하는 '찬스'라는 말이 '빤스'처럼 들렸다. 그 발음을 들으니 누구인지 알 것 같았다.

오빠 친구였다. 일명 뽕쟁이. 별명만 알았고 이름은 들은 적 없다. 어제 점심때 환호고 소각장에서 오빠와 같이 서 있던 그 뚱보였다.

"어."

"오호, 우리 동생이 경기가 좋네. 오빠가 그리로 갈까?"

"됐어요. 뭔 일이에요?"

"으흠. 사는 게 쉽지가 않지?" 뽕쟁이가 갑자기 목소리를 깔며 분위기를 잡았다. "촬영은 잘돼가고?"

"그럭저럭."

"나는 너희 자매들이 참 좋아. 언제든, 뭐라도 해주고 싶거든. 뭐, 내가 지금은 현금 잔고가 딸려서 돈으로는 못 해주지만, 그래도 인생 찬스는 줄 수 있다 이거지."

"자매? 남매 말하는 거예요?"

"남매? 아…… 그러니까 너희 오빠하고 너하고……"

"그건 남매. 여자 형제 둘이 있는 게 자매고."

"아……"

"무슨 찬스요?"

"……아버지 상태가 위중하다는 거야 내가 잘 알지. 하지만 그 양반 걱정하면서 병시중하는 것도 중요하지만, 너도 살길을 찾아야 하지 않겠냐. 무작정 촬영하고 방송 타면서 사진만 올린다고 인플루언서 되는 것은 아니니까……"

뽕쟁이는 갈수록 횡설수설이었다. 아버지가 위중하다는 이야기는 또 뭔가. 몇 년째 앓고 있는 간암 얘기인가? 뭐, 병시중?

"결국 초기 자본이 필요하다는 거지. 엠디들 확 풀어서 마케팅으로 끌어모을 수 있는 만큼 최대한 모은 다음에, 그때부터 본실력을 보여줄 필요가 있다는 거지."

"그래서요?"

"자본 끌어오려면, 사람을 알아둬야 해. 투자자들 말이야."

"흐음."

"내가 아는 서울 딜러 형들이 있어. 오늘 만났는데, 아 지금도 만나는 중이긴 하지. 니 얘기가 나왔거든. 니 인스타 사진을 보더니, 즉시 반응이 오더라고. 포텐이 있대. 포텐 알지? 포텐! 포텐샬!"

"그러니까 어쩌라는 거예요?"

"그래서, 혜리야. 내 동생아. 지금 한번 보자. 우리가 거기 청담동으로 날아가도 되고, 아니면 니가 집에 오는 길에 잠깐 광명 사거리 쪽으로 들러도 되고."

"……다음에 보죠."

"야, 내가 한 사장도, 그니까 니 오빠도 우리 형님들한테 소개하려 했는데……"

"오빠 얘기는 오빠하고 해요. 그리고 아빠가 위중하다는 이야기는 뭐예요?"

"위중……?"

뽕쟁이는 한참 뭐라고 웅얼댔다. 자기가 방금 내뱉은 말도 기억 못하는 눈치였다. 마침내 뭔가 떠오른 듯 말을 이었다.

"아, 그 어제저녁에 뭐, 우리 아버님이, 그니까 우리 한칠규 형님이 사고 한번 거하게 치셨다면서? 처음에 뭐 경찰에서 연락도 오고, 119 구급대 출동하고 난리 치다가 지금 병원에……"

"전화 끊을게요."

"어이, 그래서 내가 지금 바로 청담……"

혜리는 뽕쟁이와 통화를 끝내고 바로 혜성에게 전화를 걸었다. 전화를 받지 않았다. 다섯 번의 통화 시도 끝에 겨우 혜성과 연결되었다.

"뭔데."

퉁명스러운 말투는 여느 때와 같았지만 목소리는 영혼이 죄다 빠져나간 듯 들렸다. 텅 빈 껍질 안에서 텅, 텅 공허하게 울리는 금속성 소리. 혜리는 갑자기 머릿속이 하얘졌다. 할말이 잘 떠오르지 않았다.

"……집에 안 오나?"

"바쁘다. 할일 있어."

"뭔 일."

"알 거 없고."

"……지금 병원이가?"

"……"

"아빠는."

"……누구한테 들었어."

"뽕쟁인가 뭔가 하는 그 뚱보. 좀전에 전화 왔어."

"왜?"

"무슨 딜러인가 투자자인가 소개한다고."

"그 미친 새끼가……"

"아빠는?"

"……여기 올 때부터 심정지야."

"그게 무슨 말인데."

"……"

"야!"

"……"

"야……! 야, 이 개새끼야. 니, 아빠 살려놓고 있어. 내가 지금 가니까……"

전화가 끊겼다.

혜리는 그대로 핸드폰만 들고서 현관문으로 뛰어가다 다리가 풀리면서 마룻바닥에 구르고 말았다.

심정지라니. 뭔 말이야, 그게.

손끝에 전기가 통하는 듯 저릿해지면서 핸드폰을 움켜쥐고 있던 힘도 풀렸다. 양손이 춤을 추듯 제멋대로 움직여댔다.

혜리는 울고 싶었다. 새된 소리로 고함을 치거나 누군가한테 욕이라도 퍼붓고 싶었다. 그러나 혜리는 입술 한쪽, 눈가의 주름 하나 꿈쩍할 수가 없었다. 드럼통 안 공업용 본드에 푹 빠져버린 것처럼 온몸이 딱딱하게 얽히고 굳어버렸다. 두려웠다. 병원으로, 아빠가 있는 곳으로 빨리 가야 하는데 이렇게 멍청하게 앉아 시간만 보낼 수밖에 없는 이 상황이, 혜리는 무서웠다.

2부

Drama,

혹은 범죄 수사에 관하여

1

어젯밤 녹둥시 동부경찰서 관할 지구는 비교적 평온한 편이었다. 후끈하고 짜증을 치솟게 하는 여름밤의 열기를 감안하면 그렇다는 얘기였다.

단순폭행 마흔다섯 건, 음주 등 교통사범 여든두 건, 상해 등 가중폭력이 스물세 건이었고, 절도, 강도, 강간 등 강력범행은 열두 건에 그쳤다. 그리고 변사통보 두 건. 그 외 사망 관련 사건사고는 보고된 게 없었다.

통보된 변사자 수도 사실 중복으로 계수된 것이었다. 119 구급대에서 이송중 통보를 했고, 이송되어 간 녹둥시립병원측에서도 재차 신고를 해왔다. 첨부된 구급대의 구급일지와 병원 당직의의 검안서 모두에 대상자가 병원 이송 당시 이미 사망

상태였다고 기술하고 있었다.

변사자 이름은 한칠규였다.

성 경감은 나직하게 한숨을 내쉬었다. 익히 아는 자였다. 아마 녹둥 동부서에서 그를 모르는 경관은 없을 터였다.

한마디로 한물간 주먹패. 어울리는 자들 중 몇몇은 저멀리 부산에서 계보에 올라 있는 조직생활을 실제로 했다고 하고, 그중 한둘은 아직 범단(범죄단체)관리장부에 올라 있기도 했다. 하지만 한칠규 자신은 그들 주위를 맴돌기만 할 뿐, 두드러지게 나쁜 짓을 한 적은 없었다. 이미 이른 나이부터 술에 절어 사는 바람에 무리들 사이에서 그럴듯한 역할을 맡기가 어려웠을 것이다. 복싱을 했다고 하고, 아주 젊은 시절 인근 녹둥교도소에서 범행이나 나이에 비하여 꽤 중형을 산 적이 있었다. 지금은 간암 말기라는 이야기를 들은 기억도 언뜻 떠올랐다. 기소 전 구금된 걸 빼면 녹둥 지역에 살면서 실형 산 게 한 육개월이나 될까. 혐의의 대부분이 행인이나 상인들에게 일부러 시비를 걸어 공갈하는 수준의 잡범이었다.

범행만 보면 그리 악질까지는 아닌데, 성격 하나는 대단했지. 성 경감은 한칠규가 여기 동부서까지 압송되어 올 때의 몇몇 장면을 떠올렸다. 이미 청년기를 한참 지난 그 술꾼 하나를, 혈기왕성한 순경과 경장 몇이 달려들어도 감당하기 어려워 성 경감이 직접 나서서 팔을 꺾어 죄어야 했던 것도 두어 번은 되었다. 성 경감은 짤막한 손가락을 좍 펴고서 두툼한 손바닥으로 세수를 하듯 눈두덩을 마구 문지른 후 검안서를 다시 살폈다. 검안의가 기재한 사인死因은 간단했다. 직접사인은 '신부전(추정)'이었고 이에 대한 선행사인은 '횡문근융해증(추정)'이었다. 반면 근원사인은 불명, 내인성·외인성 사망 여부도 마찬가지로 불명이라 기재되어 있었다.

성 경감은 근육 손상으로 근육 안의 혈색소가 혈관 속으로 터져들어가면서 발생하는 병증이 횡문근융해증이라 알고 있었다. 그 혈색소 성분이 혈관을 돌면서 철분으로 변하고 결국 오줌을 걸러내는 신장의 세뇨관까지 망가뜨리게 된다. 그리하여 이른바 간장색 오줌을 흘리며 극심한 통증에 휩싸이는 것이다. 비유하자면 고무호스에 잘게 조각난 쇳조각들을 흘려넣는 것과 다름없었다. 어찌어찌 흘러들어가더라도 호스에 이어진 펌프에 이르러서는 그 쇠붙이들이 모터 부품들을 갈가리 찢어버리게 될 터였다.

예전엔 술을 말로 마시면서 서로 치고받기를 일삼는 전문 깡패들 사이에서 빈번하던 병변이었고, 또 '융증'이라 줄여 부를 정도로 그런 부류 사이에선 가장 흔한 사망 원인 중 하나이기도 했다. 요즘에는 그런 일이 잘 없다. 요새는 다들 약아가지고. 성 경감은 텁텁해진 입맛을 다셨다.

아무래도 좋다. 이 동네에서 한칠규의 패악질이야 유명했으니까. 시비를 걸어 푼돈 뜯는 일을 직업으로 삼다시피 하고 있던 그는 때리기도 많이 때렸고 잘못 걸리면 상대한테 실컷 얻어맞기도 했다. 때리든 맞든 상관 않는 부류였다. 놈은 시꺼멓게 멍이 들거나 잘못하여 어디가 크게 찢어져도 독한 중국술 한 병이면 금방 아문다고 생각하는 구식 깡패였으니.

분명 어젯밤에도 누군가한테 시비를 걸다가 흠씬 두들겨맞았을 것이다. 수입 차량을 몰고 여기 바닷가까지 한밤중 질펀한 나들이를 기대하며 나온 젊은 서울 아이들한테 걸렸을지 모른다. 이종격투기가 유행한 이후로 요새는 주짓수라든지 브라질리언 유술 같은 요상한 기술을 몇 년씩 배운 이들이 상당했다. 왜소해 보인다고 만만하게 여긴 상대에게 괜한 시비를 걸었다가 관절을 꽉 붙들린 채로 두들겨맞았을 게 뻔했다.

정작 성 경감의 눈길을 끈 것은 의사가 사인 기재란 한구석에 괄호까지 쳐가며 깨알 같은 글씨로 부기해넣은 흘림체 글귀였다. 성 경감은 서랍을 열어 돋보기안경을 꺼내고는 안경다리도 펴지 않은 채 렌즈만 두 눈에 갖다대었다.

변사자의 子, 변사자가 지인에게 심한 구타를 당했다고 주장.

子의 강력한 요구로 이를 기재함.

예상대로 구타 운운하는 얘기가 적혀 있었다. 성 경감에게 의외인 것은 그에게 아들이 있다는 사실이었다.

성 경감은 막연하게 한칠규가 가족 하나 없는 혈혈단신 낭인 같은 건달이라 여겨왔다. 옛날식으로 표현하자면 부평초 같은 인생 말이다.

"어이."

"네, 계장님." 언제나처럼 이진석이 냉큼 달려왔다.

경위 계급의 이진석은 형사과 1계장인 성 경감의 부관 격이었다. 눈치를 보면서 빤질대는 순경 시절의 옛 버릇을 여태 완전히 벗지 못했지만 수사원들이 사냥개처럼 목표를 향해 달려들어야 하는 상황에서, 피 끓는 사내들과 여성 형사 몇몇을 을러대고 다독여서 제 방향으로 몰아가는 방법을 본능적으로 잘 아는 자였다. 그리하여 성 경감은 그를 양치기 개처럼 운용해왔다. 좀 느리고 게으르기는 했지만 어쨌든 유능한 양치기 개였다.

"한칠규한테 애가 있었어?"

"아, 네. 아들 하나하고 딸 하나. 각각 고3, 중2일 겁니다. 아들내미는 계장님도 보셨을 거고요. 한칠규가 형사과까지 끌려올 일 있으면 항상 지 아들한테 전화해서 데려가라고 하거든요."

이진석의 긴 설명을 듣자 비로소 기억이 났다.

쭉 뻗은 신장에 여느 바닷가 아이들처럼 피부가 검붉게 터진 얼굴. 길게 찢어진 그 눈매가 인상에 남았다. 어깨가 커다란 날갯죽지처럼 단단하게 자리잡은 것이 운동깨나 했을 법하다고 눈여겨봤던 것도 기억이 났다. 쇳소리를 내지르면서 헉헉대고 발버둥을 쳐대는 그 아버지와 달리, 형사과를 찾은 녀석은 단 한 마디도 내뱉은 적이 없었다.

"걔가 고3이라고?"

"체구가 장난 아니죠? 그런 놈을 잡아와서 경찰을 시켜야 하는데."

"아이 성정은 어때?"

"성…… 뭐요?"

"사고 치고 다니는 타입 아니냐는 얘기야."

"요새는 딱히 잘 모르겠는데요. 뒷골목에서 한창 잘나갔다는 이야기도 있었고…… 아마 여청과에서 들은 얘기가 있을 것 같은데, 슬쩍 한번 떠볼까요? 근데 왜요, 뭔가 일이 있었던가요? 한칠규가 어젯밤에 또 사고라도 친……"

"여청과는 내가 직접 물어보지. 그리고 자네. 요새 야간당

7분

직지 똑바로 안 챙기지."

"……대충은 훑어보는데."

이 자식. 성 경감은 눈을 잠시 감았다. 갑작스레 주변이 누렇게 둥둥 떠 보이는 기분은 금세 사라졌다. 눈을 뜨고 이진석을 바라봤다.

"한칠규 변사 사건은 자네가 맡아. 자네가 주임수사원. 내가 부수사원으로."

"변사요? 한칠규가 죽었어요? 결국…… 간암 말기라더니."

"아들은 사망 직전 구타를 주장하는 모양이던데. 사정 좀 꼼꼼하게 챙겨보라고."

"몇 대 맞았다고 죽기까지 했겠습니까? 그 맷집 좋은 인간이. 복서였다잖아요. 결국 술 때문이겠죠."

"유족이 그리 주장하면 부검까지 가야겠지. 딴소리 말고 일단 시신 상태부터 확인하고, 검찰청에도 검시 요청 넣어. 그리고……"

"사건 인지서 꾸밀까요?"

"우선 걔를, 그 아들이라는 애를 만나. 다른 유족들도 챙겨보고. 어떤 정황이 있었는지 듣고 판단하지."

"근데, 계장님. 제가 '주'인데, 계장님이 '부'를 맡으시면 면이 좀 안 서지 않겠습니까? 제가 살짝 송구스러워서요. 윤 경장 배당 건수가 요새 좀 딸리는데 걔를 제 부로 붙이겠습니다."

"그럴 것 없이 내가 주임을 맡을 테니, 자네가 부수사원으로 내 지시를 받아가며 운동화 고무창에 불이 나도록 달려볼 텐가?"

"아니, 그런 말이 아니라요……"

"어서 나가봐."

이진석은 식은 지 한참인 믹스 커피 한 잔을 들고 터덜거리면서 사무실을 나섰다.

2

관할 지청 검사는 생각보다 일찍 시립병원 영안실에 도착했다.

이진석 경위는 영안실 입구에 놓인 소파에 드러눕다시피 자리를 잡고서 핸드폰을 들여다보고 있었다. '배틀 포 더 엠페러' 3단계의 최종 관문을 막 통과하는 중이었다.

영안실 직원이 검사까지 참관하는 정식 검시 이전에는 변사자 시신을 보여줄 수 없다고 하기에 이진석은 그러라 했다. 누가 공무원 아니랄까봐. 시립병원 중에는 종종 그렇게 빡빡하게 절차를 따지고 드는 데가 있었다. 그렇게 본의 아니게 게임에 골몰하던 중 갑자기 영안실 입구 분위기가 싸하게 바뀌는 게 느껴졌다. 뒤통수를 긁적여 간질대는 소름을 내쫓으며 뒤를 돌아봤더니 역시나 담당 검사가 들어오는 중이었다.

아는 사람이었다. 이름이 원지만이었던가.

이진석은 자신보다 대충 대여섯 살 정도 많을 둔중한 체구의 남자를 쳐다보며 이유 없이 움찔했다. 불그스레 달아오른 두툼한 목덜미 살이 쑥색 고급 모직 양복지 안에 말려 있는 걸로 보아 땀에 흠뻑 젖은 상태여야 자연스러울 텐데 검사는 이상스레 땀 한 방울 흘리지 않았다. 원 검사는 위로 열 살가량 차이가 나는 성 경감과 무슨 인연이 있는 건지 은근히 막역한 관계였다. 이래저래 이 경위는 원 검사가 무서웠다. 물론 무섭기는 성 경감도 막상막하이기는 했다. 무서운 뚱보와 무서운 너구리로 이루어진 듀오.

이진석은 저도 모르게 입 밖으로 튀어나오려는 말을 집어삼키며 소파에서 일어섰다. 원 검사에게 목례를 하고 알은체를 했다.

검사는 그런 체구에서 흘러나올 거라고는 도무지 상상이 안 가는 가늘고 섬세한 목소리로 인사를 해왔다. 그는 이진석 경위의 이름과 계급, 직책까지 기억하고 있었고, 부담스럽게 성 경감의 안부까지 물어왔다. 둘은 안치실의 냉동고로 통하는 미닫이문을 익숙하게 옆으로 밀고 들어갔다.

그 아들내미 말대로였다.

벌거벗은 채 푸르스름하게 얼음이 오른 한칠규의 시신에는 까만색 자국들이 선명했다. 왼쪽 두부와 대퇴부 양쪽, 하복부 아랫단에서부터 명치 인근까지, 그리고 양측 옆구리와 등짝 한가운데까지……

하나하나 세어보니 총 열일곱 군데였다. 자국들은 대부분 어른 손바닥 크기로, 까만 기름이 마구잡이로 스며들어 착색된 것처럼 보였다. 의학적으로 사망 원인이 되었든 되지 않았든 간에, 죽기 직전 한칠규가 마구 얻어맞은 사실에는 의문의 여지가 없었다. 이진석은 보이는 대로, 그리고 머리에 떠오르는 대로 스프링 수첩에 휘갈겨 썼다. 성 경감은 사실과 짐작을 섞어대는 그 버릇을 아직 왜 못 버리느냐고 항상 타박했지만, 이 계급, 이 짬밥에 수사 메모 하나 내 스타일대로 못 하겠나 싶어 버티는 중이었다. 아직까지는.

일이 분간 시신을 들여다보던 원 검사가 나지막하게 말했다. "부검 가야겠네요."

이진석은 고개를 끄덕였다.

"그 아이는 아직 안 만나봤죠?"

"네. 통화는 한 번 했습니다. 시신 안치되고 나서, 집에서 옷 갈아입고 물건 챙겨 온다고 해서……"

"고3이라고 했나요."

"네."

"애는 괜찮고?"

"네, 충격은 받았겠지만 일단 겉으로는 티를 잘 안⋯⋯"

"아니, 내 말은, 개한테 사람을 붙이지 않아도 되겠느냐, 도주나 증적 인멸 우려는 없겠느냐 이 말이에요."

"⋯⋯네?" 이진석은 입을 헤벌렸다. "아니, 무슨 그런 말씀을⋯⋯"

"장담할 수 있나요?"

"⋯⋯"

이진석이 입을 다물고 있자 원 검사는 화제를 돌렸다.

"구타했다는 자가 경찰 장부에 올라 있는 자라고요?"

"네, 윤중정이라고. 소위 '녹둥사천동식구파' 소속입니다. 부산 출신 나이 먹은 주먹 몇이 어울리는 수준이기는 한데⋯⋯ 요새 중국인들하고도 어울리면서 자기들끼리 '아중협화단'이니 뭐니 하며 부르며 다니기도 하고요."

"범단으로 기소된 적이 있나요?"

"네, 그중 한 명이 꽤 오래전에 범단 관련자로 기소된 적이 한 번 있습니다. 그래서 저희 장부에 계속 남아 있는 거고요. 그 이후로는 좀처럼⋯⋯ 잘 아시겠지만 요새 갈수록 법원 판례 입장이 하도 엄격하게 따져보려 하는지라. 그래도 광역대에서는 계속 첩보 수집하고 있고, 저희도 나름 모니터링은 하고 있습니다."

"수입원은 주로 시행 쪽인 건가."

"네, 그렇죠. 얼마 전까지 부동산 경기가 좋았지 않습니까. 시행업 외에도 마약류도 좀 취급하고 있고. 아주 최근에는 마약류 비중이 크답니다. 부수되는 자금 거래도 활발하고요. 상급 딜러 몇을 스카우트했다는 얘기도 들리고, 태국에 무슨 짝퉁, 뭐라고 하는 해안가 도시에서 서울 강남까지 직통으로 이어지는 루트를 개발했다는 흉흉한 소문까지 나돌기도 하고요."

"동부서에서는 특수계가 담당하는 건가요?"

"뭐, 그렇죠."

특수계는 공식 편제된 조직이 아니었다. 녹둥 동부경찰서 형사과 내 강력 담당인 1계와 마약 담당인 3계가 각 인원 일부를 차출하여 이른바 '신 조직폭력'에 대응하기 위해 구성한 일종의 태스크포스였을 뿐이다. 이진석도 여기 참여하고 있었지만, 세상의 수많은 태스크포스가 그러하듯 이 특수계도 그리 원활하게 굴러가고 있진 않았다. 주 1회 열리는 회의는 본래 업무를 하던 도중 주워들은 풍문이나 뉴스 기사 따위를 서로에게 던져주는 정도의 형식치레로 끝났다. 사건으로 인지할 정도의 범죄첩보를 수집했다면 각자가 속한 공식 라인 안에서 처리하려 하지, 괜히 태스크포스에서 공유해 남 좋은 일을 할 이유가 없었다.

"사업하고 관련된 것일까요."

말꼬리의 어조에 변화가 없어, 이진석은 원 검사가 혼잣말을 하는 건지 자신에게 묻는 건지 짐작이 잘 가지 않았다.

"아직 그런 정황은 안 보이고요. 이 한칠규라는 자도 그냥 동네 치기배 수준이라 무슨 복잡한 사업을 맡기기는 힘들었을 겁니다."

"윤중정의 포지션은요?"

"사실 그자는 독고다이 타입입니다. 요새는 그 사천동파인지 협화회인지 하는 단체 멤버들하고도 좀 거리를 두려고 하는 것 같고. 그래도 여기서 차명 사업체를 제법 굴리는 모양이니, 만약 단체에 관여하는 바가 있다면 아무래도 자금 담당이겠지요."

"세탁?"

"네, 환전이나 세탁 등등요."

원 검사의 눈빛이 살짝 변했다. 뭔가 다른 생각을 떠올린 눈치였다. 그는 이진석이 사체 위에 덮어둔 천을 다시 열어젖혔다.

"윤중정하고 원한 관계가 있을까."

"네?"

"여기……"

원 검사가 상처 하나를 가리켰다.

눈여겨보니 입 큰 개한테 물린 듯한 모양의 구두 자국이 꽤 선명했다. 다만 다른 검은색 자국에 겹쳐 있어 못 보고 놓치기 십상일 뿐이었다. 테두리 안쪽의 물결 패턴 문양이 없었다면 깨물린 상처나 단순한 피부 변색처럼 보일 정도였다. 자세히 보니 다른 상처 자국과 조금 달랐다. 이진석은 시신에 코끝을 갖다대다시피 하면서 상처들을 비교했다. 처음 발견했던 여러 큼지막한 멍자국에는 실낱 굵기의 핏자국이 가로선으로 나 있었다. 신발 밑창의 문양이 찍힌 것으로 보였다. 그렇게 비교해보니 나중에 발견한 물결 패턴은, 구두 자국이라기보다는 우레탄 밑창을 깐 등산화나 트레킹화를 신고 질끈 밟아서 남은 자국이라 보는 게 더 정확할 듯했다.

이진석은 그걸 한참 들여다보고 있다가 원 검사가 무슨 말을 하고 있는지 깨달았다. 자세히 살펴보니 혈흔이 전혀 없었다. 저 정도로 한 군데를 짓이겼다면 분명 혈관이 터졌을 텐데, 출혈은커녕 피하에 비친 핏자국의 흔적도 없었다. 사망 후 계속 밟아댄 것이다. 이진석은 원 검사의 도움을 받아 시신을 다시 이리저리 움직이며 상처 수를 세었다. 감식반이 손을 대기 전이라는 게 좀 꺼림칙했지만 아직은 사건 인지 전이니 뭐 어쩌랴 싶었다. 다름 아닌 검사도 바로 옆에 있고 말이다. 총 열아홉 개. 아까 발견하지 못했던 거무스레한 상처 두 개가 추가되었다. 이 두 개의 추가 상처에는 모두 핏자국이 없었다. 이것들을 남긴 누군가는 한칠규가 죽은지도 모를 정도로 흥분해 있었거나, 죽은 것을 알면서도 뭔가에 열이 잔뜩 받아 멈출 수가 없었던 모양이다.

"부검을 해봐야겠지만 꼭 원한 관계라곤 단정할 수 없을 겁니다. 이미 죽은지도 모르고 두들겨패다가……"

"그럴 수도 있겠지요." 원 검사의 대답은 시큰둥했다. 벌써 다른 사건으로 마음이 떠난 듯한 표정이었다.

이진석이 근질거리는 코 밑을 손가락으로 마구 문질렀다. 냄새를 막는답시고 콧구멍 안쪽에 발라둔 소염제 연고를 깜빡하는 바람에 손가락 끝에 끈적끈적한 액이 지저분하게 묻어나왔다.

"누구든, 구금영장을 치려면 서둘러야 할 겁니다."

원 검사는 여전히 어조가 거의 없는 부드러운 목소리로 말을 이어나갔다. 말투만 들으면 '오늘 날씨가 무덥기는 해도 공기는 참 맑군요' 따위의 이야길 하는 듯했다.

"증거인멸 정도가 아니라 갖은 수로 교활하게 놀아보려 할 테니까."

　"네. 그렇겠죠." 이진석은 코를 쿵쿵거리며 답했다. "서두르도록 하죠. 최대한으로."

3

혜성은 테이블 건너편에 앉은 중년 남자가 그리 마음에 들
지 않았다.

나이는 아빠뻘이나, 몸 관리에 꽤 신경을 쓰는지 뺨과 이마
도 훨씬 뽀얗고 머리도 여자들처럼 잘 다듬었다. 입고 있는 옅
은 파란색 여름용 캐주얼 재킷도 마트 상설할인 매대에서 집
어 왔을 만한 브랜드였지만 구겨진 데 하나 없이 빳빳하게 다
려진 상태였다. 외모, 옷차림, 묘하게 신경을 긁는 나긋나긋한
행동거지까지 아빠와는 전혀 달랐다.

무엇보다, 남자의 눈은 흐리멍덩할지언정 살아 있는 사람의
눈이었다.

"동부서 형사과 이진석 경위야. 나, 자주 봤지? 그냥 형이라

고 불러."

"……"

"아버지가 그렇게 되셔서…… 마음이 안 좋겠네."

"딱히 상관은 없어요."

"……어허, 상관이 없을 리가 있나. 돌봐줄 사람은 있나?"

"누가 누굴 돌봐요."

"동생 있잖아. 혜지라고 했나?"

"……혜리요."

"엄마는?"

"연락은 넣어놨어요."

"그쪽에 가 있어야 하지 않겠어?"

"어딜요? 새로 시집가서 애까지 둘 딸린 집에요?"

"……"

이진석은 상황이 복잡해지겠다 싶었다. 하지만 미성년자 처우 문제는 시청이나 여청과에서 알아서 할 일이다. 자신은 나중에 그쪽에다 간단히 언질만 해주면 되는 것이다. 지금 괜히 신경이 잔뜩 곤두서 있을 이 아이를 건드릴 필요는 없을 터였다. 다행히 혜성은 탄탄한 덩치답게 아버지의 급사에 크게 충격을 받은 모습은 아니었다. 적어도 겉으로는 그러했다.

"그래, 어젯밤에…… 아니 오늘 새벽이지. 그 얘기 좀 자세히 해봐."

"간단해요. 아까 통화하면서 다 말했잖아요. 아빠한테 전화가 왔고, 다구리 맞았다고 숨넘어가는 소리로 고함을 쳐대서 향토회 사무실로 튀어갔죠. 갔더니……"

"갔더니?"

"이미 숨을 안 쉬고 있었고……"

"……전화가 왔을 때 구체적으로 뭐라고 했지, 아빠가?"

"다구리 맞고 있다고요."

"그렇게만 말했어?"

"……윤 회장 아저씨한테 맞았다고도 했어요."

"윤 회장이, 윤중정 맞지?" 이진석은 재차 확인했다.

"아마도요. 이름 부르는 걸 들은 적이 몇 번 없어서."

"아빠가 너한테 전화를 세 번 했던데."

이진석은 병원에서 수거해 온 한칠규의 구형 피처폰을 떠올렸다. 전화기에 찍혀 있던 통화목록 중 가장 마지막 발신 통화기록은 아들 한혜성에게 건 것들이었다. 그 앞의 통화내역에는 119 구급대에 두 통, 윤중정에게 스물일곱 통의 발신기록이 남아 있었다. 그중 윤중정측에서 전화를 받은 게 절반가량. 통화는 어제 오후 네시가 조금 넘어서부터 계속되었다.

"마지막 거는 못 받았어요. 향토회 사무실로 뛰어가느라."

"향토회 사무실이라는 데가……?"

"제3항 네거리 앞에 있는 거요."

"'사천양산향토연합회'라고 노란 간판 붙은 거기 말하는 거지?"

"네."

"처음 통화는 바로 끊기고 다시 걸었던데, 그때 무슨 소리가 들리지 않았어?"

"……"

"윤중정이나, 다른 사람 고함 소리 같은 거 말이야."

"조용하던데요. 아빠만 소리질렀죠."

"처음 통화는 왜 끊겼을까."

"원래 잘 그래요. 지 할말만 하고, 그냥 툭 끊어버리고, 또 생각나면 다시 걸고."

"처음 통화에서 한 말이……"

"나, 죽는다, 이 말만 하고 끊었어요."

"그럼 두번째 걸어왔을 때는?"

"아까 말했잖아요. 다구리 맞았다고. 이 나이에 다구리 맞았다고 서러워서 좀 우는 것 같기도 했고."

"그리고 다구리 놓은 게 윤중정이라고 얘기를 했고?"

"네, 윤 회장 아저씨."

"윤 회장 혼자 그랬대?"

혜성은 고개를 갸웃거렸다.

"제가 들은 건 일단 윤 회장 아저씨뿐이에요."

"다구리라는 게 여러 명이 달려들어 패는 걸 말하는 거 아니야?"

"그렇긴 하죠."

"음. 그렇게 통화한 게 이십삼시, 그러니까 밤 열한시 오십오분이고."

"그쯤 될걸요?"

"119 구급대는 혜성이 니가 불렀지?"

"네."

어젯밤 119 구급대는 향토회 사무실에 총 세 번 출동했다. 처음 두 번은 한칠규 자신이 신고를 했지만 한칠규가 진료를 거부하고 오히려 구급대원들과 멱살잡이를 하는 바람에 응급조치는 취해지지 못했다. 제출된 조치결과 보고서에 기재된 바에 따르면, 구급대원들이 사무실에 진입한 십구시 이십사분과 이십일시 삼분경 한칠규는 술냄새가 사방에 진동할 정도로 심한 주취 상태이긴 했어도, 발음이나 보행, 외관, 호흡 등 모든 징후에 큰 이상이 없어 보였다. 그냥 야밤이 되면 제3항 인근에 많이 나타나는 평범한 주정뱅이로 보였다는 이야기다.

무엇보다 그 유명한 한칠규 아닌가. 이 동네 최고의 불사조 주정뱅이 말이다.

자정이 조금 넘어 다시 불려 들어온 구급대는 몇 시간 전까지 멀쩡하던 사내가 심정지 혹은 그 직전 상태에 들어갔다고 판단하고 급히 시립병원으로 실어날랐다. 결국 살아 있는 상태에서는 응급조치 한번 해보지 못한 채 그냥 시체만 이동시킨 꼴이 되고 말았다.

"아버지가 향토회 사무실을 자주 가시나?"

"제3항 접안대 방죽, 조개골목 그리고 향토회 사무실. 딱이 세 군데예요. 아빠가 가는 데는."

"아빠한테서 연락 왔을 때 향토회 사무실에 있다고 하셨고?"

"아뇨. 그런 얘기는 없었어요. 그래서 일단 접안대 방죽에 아빠가 있나 보러 들렀다가 향토회 사무실로 갔죠."

"향토회 사무실 가서는 보통 뭐하시나?"

"그냥 술 마시죠." 혜성은 뭘 당연한 걸 묻느냐는 눈빛으로 이진석을 쳐다보았다.

"윤중정하고?"

"그 아저씨는 술 끊었어요. 젊은 여자하고 살림 차린 후로는."

"……아버지가 그러시더냐?"

"아니요."

혜성은 더이상 설명하지 않았다. 애들 사이에 그런 소문까지 도나 싶어 이진석은 고개를 절레절레 흔들었다.

"술을 혼자 마시지는 않을 거 아니야."

"혼자 마셔요. 누가 아빠하고 같이 마시고 싶겠어요. 향토회 회원이기는 하니까 사무실에 들여보내주기는 하는데, 그냥 혼자 술 마시고, 혼자 화투점이나 쳐보고, 혼자 주정하는 거지."

"흐음. 아버지가 어제는 윤중정하고 통화를 왜 이렇게 많이 했지? 혹시 알아?"

"모르죠, 나는. 근데 원래 통화는 자주 하는 사이예요."

"아버지하고 윤중정, 친했어?"

"그나마. 옛날에 같이 큰일 몇 번 했대요."

이진석은 반사적으로 눈을 내리깔았다. 시선을 숨겨야겠다는 생각이 들었다. 윤중정과 한칠규가 관련된 '큰일'이라는 단어에 자기도 모르게 어떤 반응을 보일지 몰랐다.

"요즘에는 일 같이 안 하셨고?"

"요새는 안 할걸요. 윤 회장 아저씨는 뭐 부동산 일 한다고 바빠서. 외지 사람들도 자주 만나고 다니고."

"이전에 윤중정하고 같이한 일은 뭔지 알아?"

"……뭐, 다 알잖아요. 방죽하고 조개골목에서 관광객들 어깨빵 먹이고 시비 털어서 돈 뜯어내는 거."

"윤중정이 그런 일도 했어?"

"아빠가 시비 털어 붙으면, 윤 회장 아저씨가 나타나서 합의금 중재해주고, 그랬죠. 그 돈에서 얼마쯤 떼어가고."

의외였다. 마흔이 훨씬 넘은 나이가 무색하게 열여덟, 열아홉 살짜리들이나 입을 법한 슈프림 반팔 티를 입고 다니며 툭툭 불거진 가슴 근육을 과시하고 다니던 윤중정이, 막장 용돈벌이에도 관여한다는 사실이 말이다.

"예전에 말이야." 이진석은 일부러 느긋하게 말끝을 끌며 말했다. "아버지하고 윤 회장이 같이했다는 '큰일'이 뭔지는 모르고?"

"잘은 몰라요. 근데 별거 아닐걸요. 옛날에 아빠 복싱하던 시절 얘기하고 관련된 건가 싶기도 하고."

"아버지도 윤중정이 하는 부동산 일에 좀 끼고 싶어하시지는 않았니?"

"딱히. 오히려 그냥 몇 번 욕만 했죠. 괜히 조선족들하고 죽이 맞아서 동네 물 흐리고 다닌다고."

"다른 건? 윤중정하고 사이가 안 좋아질 이유가 특별히 있을까?"

"……내가 아는 건 없어요."

대답하기까지 약간의 간극이 느껴졌다.

이진석은 수첩에 "유족인 아들은 달리 다툼 원인 알지 못한다고 함"이라고 갈겨쓴 후 문장 끝에 꺾쇠 표시를 했다. 이는 추후 확인이 필요한 사항, 다시 말하면 방금 보고 들은 이야기 겉면에 드러나지 않는 무언가가 있을지 모른다는 감을 기록해 두는 이진석만의 표기법이었다.

수첩에서 고개를 들었더니 혜성이 제 수첩을 빤히 들여다보고 있었다. 왠지 꺾쇠 표시를 주목하는 느낌이 들어 찜찜했다.

"시청에서 한 번 올 거야. 아니면 전화를 하든지."

"……"

"좀 불편하긴 해도 서에 한두 번 와서 조사를 받기도 해야 할 거고. 아마 그때는 엄마하고 같이 와야 할 거다."

"……"

"혹시 보호 필요하니?"

"뭔 보호요?"

"윤중정이나, 그쪽이 또 중국 애들하고 친하다잖니."

혜성은 무서운 표정을 지으면서 픽 웃었다.

"어차피 다들 나이든 영감이에요. 로킥으로 한 번만 슬슬 감아 차도 영감들 정강이뼈 정도는 두 동강이 날걸요."

혜성에게 명함을 건네려고 재킷 안주머니를 헤집던 이진석 경위는 멈칫했다. 저도 모르게 혜성이 말한 장면이 머릿속에 그려져 몸서리를 쳤다. 전혀 과장처럼 들리지가 않았다.

어쨌든 명함은 건네줬다.

4

그날 오후, 이진석은 윤중정을 동부서로 불렀다. 사실 '부른다'는 말은 약간 형식이나 절차에 치우친 말이기는 했다. 실제로는 좀더 복잡하게 일이 진행되었다.

일단 이진석 경위는 윤중정의 사무실이라는 데를 직접 찾아갔다. 막내 김철과 함께였다.

조개골목 동쪽 초입에 붙어 있는 사무실은 '부산개발'이라는 상호의 간판을 달고 있었다. 하지만 사무실 안쪽에는 옛날 잡어 횟집 시절의 벽면 메뉴판과 수족관, 그 밖에 횟집 인테리어 따위가 그대로 남아 있었다. 물씬한 비린내 또한 그대로였다. 여기에서 학교를 모두 졸업한 이진석은 이 사무실의 구조가 여전히 익숙했다.

출입문도 두 군데로 나 있었다. 이진석은 방금 지나온 출입문 바로 옆, 바짝 붙은 벽에 기대섰다. 윤중정이 앉은 목제 책상 뒤편, 개구멍 크기의 작은 여닫이 문 앞에는 김철이 등지고 섰다.

김철은 순경이 되기 전 유도 헤비급 도 대표로 몇 년을 지냈다. 어깨를 일부러 쫙 펴고 앉은 윤중정의 풍채 또한 결코 그에 뒤져 보이진 않았다. 내심 이진석은 김철을 데려온 게 천만다행이라고 생각했다.

"같이 가서 얘기 좀 합시다."

"형사님." 윤중정이 붙임성 좋은 웃음을 씨익 지으며 말했다. "임의동행입니까?"

윤중정은 경기 서남 지방 방언을 흉내내고 있었지만, 남쪽 바닷가의 투박한 억양이 그대로 남아 있었다.

"그라시는 거라면, 제가 굳이 안 가도 되지 않겠습니까."

"그래보시든가, 윤 회장."

윤중정은 과장된 투로 껄껄 웃으며 일어났다. 의자 목받이에 걸쳐놓은 새까만 실크 재킷을 오른쪽 어깨에 휙 두르며 이진석이 서 있는 출입문 쪽으로 다가왔다. 이진석은 '윤 회장'이라는 말에 순간 눈매가 칼처럼 날카로워지는 윤중정의 표정을 놓치지 않았다.

어쨌든 그렇게 임의동행이 이루어졌다. 윤중정에게 자신의 차를 몰고 직접 동부서로 가도록 했다. 그가 운전석에 올라탄 번질번질한 제네시스는 처음 보는 차량이었다. 이진석은 비표식 관용차로 윤중정을 뒤따르면서 김철에게 차적을 조회하도록 했다. 예상대로 차량 명의는 윤중정의 것도 부산개발이나 그 엇비슷한 사업체의 것도 아니었다.

"어, 저거 외교 차량 같은데요."

"웅? 번호판이 그게 아닌데."

"일단 조회는 그렇게 돼요."

놀랍게도 제네시스는 A공화국 서울 주재 영사관이 보유 및 운행하는 차량으로 등록되어 있었다. A국은 서아시아 변경 한 귀퉁이에 자리한 국가였다. 최근 내란에 버금가는 정쟁이 벌어진데다, 심심하면 국경으로 밀고 들어오는 쿠데타군 때문에 난리도 그런 난리가 없다는 기사가 종종 뉴스에 등장하곤 했다. 이진석이 알고 있는 시사 상식은 그 정도였다. 업무적으로는, A국이 최근 떠오르는 아편 밀재배 지역 중 하나라고 알고 있었다. 여름마다 청에서 회람하는 성수기방범단속요령에서 본 적이 있는 정보였다.

"외교 차량을 중고로 매입해놓고 아직 제 명의로 등록을 안 바꾼 거겠지."

"왜요?"

"신용불량이거나, 아니면 어쭙잖게 면책특권 내세우려는 게 아닐까."

이진석은 저 자신이 뱉어놓은 짐작에 덜컥 겁이 났다. 젠장, 진짜 면책특권 운운하는 것 아니야?

비슷한 사례가 있었다.

녹동 동부서 관할인 동안東岸 유락특별지구 내에서 크게 사고를 친 젊은 애 하나가 간밤에 거주지가 있는 서울 강동구로 내뺀 적이 있었다. 이 바닥에 알려지기로는 서울 강남과 경기 서남부 지역에서 클럽 영업 몇 개를 맡아 '치프 마케터'라고 자처하는 녀석이었다. 어이없는 일은, 즉각 긴급체포를 나선 수사관들에게 자신이 모 국가 외교관의 개인 운전사이고, 몰고 다니던 롤스로이스 팬텀도 외교 차량이니 수색할 수 없다고 박박 우겨댄 것이었다. 서류까지 척 내놓았다.

서 내에서는 크게 논란이 일었다. 관할 지검에서도 '적법한 절차 범위 내에서 대체 수사방안을 강구하라'는 무성의한 수사지휘만 해놓고는 나 몰라라 하는 식이었다.

결국 그 녀석의 신병을 확보해 서로 압송해 오면서도 담당 경관들은 트렁크 안에 십대 여자아이가 일곱 시간 가까이 갇혀 있는 것으로 의심되는 그 외제 차량에 손을 댈 수가 없었다. 대신 애꿎은 순경 둘을 교대로 돌려가면서 공휴일 밤이 끝나고 업무시간이 시작되기까지 만 하루 동안 차량을 지켜보도록 해야 했다. 나중에 밝혀진 바로는, 대사관 명의 차량 등록부는 전부 허위였고, 해당국에서도 전혀 모르는 일이라고 나왔다. 아예 통으로 가짜 서류를 만들어 등록을 해두었던 것이다.

윤중정의 경우도 한칠규 사망 관련 책임을 일체 부인하고 새빨간 거짓말을 해댄다면, 일단 긴급체포하고 차량도 뒤져볼 생각이었다. 그러면 별건이라 해도 사천동식구파니 뭐니 하는 데서 벌이는 사업과 관련된 자료들, 예를 들어 장비나 제품, 못 해도 서류 몇 장이라도 쏟아져나올 것이라는 기대가 있었다.

차량 수색은 나중으로 미뤄야 할지 모르겠군. 이진석은 입맛을 다셨다. 코앞의 제네시스를 뚫어지게 쳐다보며 운전에 몰두하고 있는 김철을 흘끔 쳐다보았다. 열심이군. 그래, 좋았어.

윤중정은 동부서 뒤편의 주차장 공터를 능숙하게 한 바퀴 돌더니 간부용 주차구역에 차를 척 세웠다. 운전석에서 나오더니 마치 제 집인 양 망설임 없이 어깨를 으쓱대며 청사 안으로 걸어들어갔다. 이진석과 김철은 제네시스의 트렁크를 쓱 쳐다보고는 어슬렁거리면서 그 뒤를 따랐다.

5

"네, 제가 몇 대 치기는 했습니다."

처음 시작은 참고인 진술 형식이었다. 인적사항을 확인하고 "윤 회장 사무실은 왜 아직껏 비린내가 안 빠져요? 사업 잘된다고 요즘 소문이 자자하던데 좋은 데로 이전 안 하나?"라며 딴청을 부리는 식의 몇 가지 두루뭉술한 질문을 한 다음, 한칠규의 사망 사실을 언급하자 윤중정은 즉각 그렇게 대답했다.

"그러니까, 두세 대 정도? 칠규 걔가 제 한참 후배예요. 인연이 아주 오래⋯⋯"

"어, 잠깐, 잠깐."

이진석은 표가 나게 당황했다. 으음, 이거 어떻게 해야 하더라.

이진석은 얼른 정신을 차렸다. 원칙대로 하기로 했다. 윤중정에게 피의자 권리를 읽어주고 권리고지 확인서에 서명도 받았다. 참고인 진술이 갑자기 피의자 신문으로 바뀌었다. 이론적으로는 반길 일이지만, 주도권과 신문의 흐름을 저쪽에다 뺏긴 꼴이라 그리 좋지만은 않은 상황이었다. 어쨌든 때렸다, 이거지.

"뭐, 이리 심각하게 나오실 일입니까, 이거." 윤중정이 씩 웃었다.

"내 말이. 왜 이리 번거로운 절차를 매번 진행해야 하는지 나도 모르겠어요. 언제 기회가 되면 국회의원들하고 판검사들한테 한번 물어보쇼."

"말씀 전해드리죠. 요즘 종종 그런 기회가 있거든요."

윤중정은 잔뜩 으스대는 꼴로 이야기를 풀어놓았다.

그날, 그러니까 어제인 7월 24일 오후경부터 한칠규는 윤중정에게 계속 전화를 걸어오기 시작했다. 제 말로 '필'을 받으면 종종 그러했다. 당시 자신은 부산개발 사무실에서 접대를 하는 중이었다. 어디까지나 비즈니스 미팅이었다. 상대방은 오랜 친구이고, 현재 유력한 사업 하나를 공동으로 추진중인 사내였다. 그런 이유로 한칠규가 걸어온 처음 두어 번의 전화는 받지 않고 그냥 넘겼다. 어차피 통화를 해봤자 신세 한탄에 죽도록 술이나 마시며 세상 원망하는 노가리나 까자는 영양가 없는 얘기일 것이라는 짐작도 있었다.

"미팅중이었다는 그 사람 이름은?"

"안병지. 서울 반포 사는 친구입니다. 사업체 등록도 거기 세무서에 냈고요."

결국 윤중정은 한칠규의 전화를 받고 말았다. 전화에, 문자로까지 하도 닦달을 해대서 어쩔 수 없었다. 통화가 연결되자마자 한칠규는 욕설질이었다. 선배고 뭐고 없이, 길거리에서 시비가 붙어 악다구니로 싸울 때 내뱉는 그런 욕설을 느닷없이 퍼부어댔다.

윤중정은 '당황'했다.

어쨌든 그의 표현에 따르면 그랬다. 손님도 와 있으니 딱히 내색하지 않으려 하며 전화를 끊어버렸다. 그 이후로 계속 전화가 왔고, 욕설 반, 읍소 반이 섞인 문자도 폭풍처럼 밀어닥쳤다. 읍소하는 문자들은 형님 사랑한다든가, 이번 여름 끝나기 전에 애들 미국 유학 보내야 하니 목돈을 만들어달라는 등 종잡을 수 없는 내용이었다.

"문자? 한칠규 폰에는 없던데?"

"아, 사실…… 이거, 제가 좀 당황스럽네요."

윤중정은 전혀 당황스러워 보이지 않는 능글맞은 표정으로 느릿하게 말을 이었다.

"한칠규 폰에 있던 문자들은 제가 삭제해버렸습니다."

"왜요?"

"괜한 오해를 사기 싫어서요."

"오해는 아니잖아요. 윤 회장이 몇 대 쳤고, 그 직후에 한칠규가 죽었는데."

"그게…… 그리 간단한 문제는 아니지요."

"그다음에 문자를 지워서 증거인멸까지 하셨고……"

"하지만 처벌 대상은 아니지요."

"뭐?"

"자기 범죄 혐의에 대해서는 증거인멸죄가 성립하지 않는 거, 아시지요?"

이진석은 황당해서 말문이 막혔다. 뭐 이런 개새……

"뭐, 어차피 문자는 복구하면 되니까."

"안 될 겁니다."

"……뭔 말이에요."

"비즈니스를 하다가 보니까 보안 문제가 신경쓰여서요. 그래서 뭘 지워야겠다 싶을 때는 프로그램을 사용해서 아예 싹싹 지우는 편입니다."

이진석은 윤중정을 오랫동안 노려보다 입을 열었다. "윤 회장 폰으로 받은 한칠규 문자도 지웠어요?"

"아니요. 그건 아직 남아 있습니다."

"거 좀 봅시다."

"허허, 그게……"

"왜, 영장 받아 와야 보여줄 거예요?"

"……그 말이 아니라요. 한칠규하고는 무관한 내용들이 많아서요. 사업상 기밀들 말입니다. 말씀드렸듯이 지금 추진중인 사업이……"

"아, 거 괜한 소리 하시네. 어제 한칠규가 보낸 거만 보여줘봐요."

윤중정은 어쩔 수 없다는 태도로 핸드폰 메신저 앱을 켰다. 이진석은 재빨리 눈알을 굴리면서 휙휙 지나가는 메시지 목록을 살폈다. 무슨 이미지 파일들이 많았는데, 그중에는 벌거벗은 여자들 사진들도 눈에 띄었다. 일단 저 사진들은 나중에. 이진석은 어제 한칠규와의 문자메시지를 발견했다.

한칠규가 보낸 문자들은 윤중정이 조금 전 설명한 것들과 크게 다르지 않았다. "빚은 받아내야겠다" "원금, 이자 퉁쳐서 삼억으로 하자" 따위의 내용들이었다. 윤중정이 한칠규에게 돈을 빌려줬으면 줬지 그 반대일 리는 없을 터였다. 그렇다고 문자 내용만 봐서는 딱히 한칠규가 윤중정의 어떤 약점을 잡았다는 정황도 없었다. 그냥 무작정 욕을 해대고, 징징거리면서 돈을 뜯어내려는 것에 불과해 보였다.

"그래서 어떻게 되었나요."

윤중정이 아무런 반응을 보이지 않자 결국 한칠규는 직접 부산개발 사무실을 찾았다. 유독 거하게 마신 술 때문에 사무실 출입문을 열어젖힐 당시 이미 제대로 서 있을 수도 없을 지경이었다.

"체면을 구겼죠. 아주 심하게요. 그 사업 파트너, 반포 사는 이 친구가 남자치고 깔끔을 떠는 타입인데, 갑자기 반쯤 산송장이 된 주정뱅이가 사무실에 들이닥쳐 돈 내놓으라고 욕을 해대니 기겁을 하지 않겠습니까. 아, 이거 잘못하다가는 추진하는 사업이 파토나겠다 싶더라고요. 그러면서 꽉 열이 받았습니다. 그때. 솔직히요."

"그래서 몇 대 친 거고."

"아니요. 그런 전개가 아닙니다, 형사님."

윤중정은 차오르는 화를 억누르면서 한칠규를 밖으로 데리고 나갔다. 워낙 분위기 흉흉한 게 느껴졌는지, 같이 따라 나온 그 반포 친구도 일단 귀가하고 나중에 다시 논의를 하자며 자리를 떴다. 윤중정은 제 목덜미가 벌겋게 달아오르는 것을 느끼면서도 한칠규를 부축하는 한편 그를 다독였다. '보상 문제'는 나중에 얘기하자고 설득했다.

"보상 문제?"

"아하, 그냥 둘러댄 말입니다. 칠규 이놈이 또 단순한 데가 있어서요. 그런 법률 용어 하나를 써주면 손에 잡힐 듯한 뭔가가 금세 굴러들어올 것처럼 생각하는 경향이 있거든요. 거칠고 험하게 인생을 살아오기는 했어도 착하고 순진한 구석이 남은 놈이지요."

이진석은 윤중정이 무슨 말을 하는지 잘 이해가 되지 않았지만 어쨌든 다음 얘기를 재촉했다.

윤중정과 한칠규는 150미터쯤 떨어진 향토회 사무실로 갔다. 향토회 사무실은 회원들이나 그 친우들 몇이 재미삼아 늘 들락거리는 사랑방이지만, 한칠규가 떴다 하면 오 분 이내로 회원들이 사방으로 흩어져버려 불난 벌집처럼 텅 비어버리곤 했다. 향토회 회원들 사이에 한칠규가 외지인을 상대로 저질러오던 공갈질을 요즘에는 이 지역 사람들에게까지 벌이고 있다는 소문이 퍼져 있었다. 그뿐만이 아니었다. 이제 그의 술주정은, 향토회 회원이자 고향의 까마득한 막내 후배라고 무심하게 넘어가주기에는 정도를 벗어나 있던 것이다. 그나마 한칠규를 감당할 수 있는 사람은, 술에 떡이 되었더라도 한칠규가 감히 함부로 대할 수 없는 향토회 회장 직위의 명상구 노인

과, '오랜 전우 사이'라 일컬어지는 윤중정 자신뿐이었다. 한
칠규가 나타나도 끝까지 향토회 자리를 지키는 건 이들 둘뿐
이었다.

"윤 회장이 거기 향토회 회장 아니었어요?"

"아휴, 저는 아직 피붙이지요. 향토회 안에 전설 같은 선배
들이 워낙 수두룩해서."

향토회 사무실 안에서도 그는 한칠규를 계속 다독였다. 회
와 소주를 시켜달라고 하기에 모둠회 대자 하나와 소주 세 병
을 주문해주기도 했다. 회와 술이 도착하자 광어 한 점씩을 입
에 넣은 회원들이 슬금슬금 눈치를 보며 사라져갔다. 결국 평
소처럼 윤중정과 한칠규, 향토회 사무실 붙박이인 명상구 회
장 셋이서 회를 나눠 먹었다. 술은 거의 대부분 한칠규가 마셨
다. 한동안은 분위기가 좋았다.

"술이 더 들어간 게 잘못이지요. 술기운이 다시 오르니까
이자가 드잡이질을 또 하는 겁니다. 돈 내놓으라고, 뭐, 일억
이니, 삼억이니 하는 돈을 안 주면 다 까발려서 죽여버리겠다
면서요."

"한칠규한테 까발릴 게 있었어요?"

"그냥 하는 이야기입니다. 항상 하는 짓이죠." 윤중정은 픽
웃었다. "그래도 그날은 이건 도를 넘었다 싶더라고요."

윤중정은 벌떡 일어서서 한칠규에게 처신, 처세 똑바로 해라, 자꾸 이리 나오면 너를 다시는 안 보겠다는 취지로 따끔하게 얘기했다. 따끔하게, 그냥 말로만 말이다.

"그때 칠규 이놈이 저한테 달려들더라고요. 이십 년도 훨씬 넘게 인연을 이어오는 동안, 걔가 열아홉, 제가 이십대 중반에 서로 알게 되어 의형제를 맺은 이후로 처음 있는 일이었습니다."

윤중정은 먼저 가슴팍을 주먹으로 한 대 맞았다고 했다. 한칠규의 스텝이 지그재그로 꼬이는 바람에 살짝 빗맞기는 했어도 여전히 무게가 실린 매서운 주먹이었다. 윤중정은 거의 반사적으로 구두 뒷굽으로 한칠규의 아랫배를 차올렸다.

"뒷굽으로?"

"네, 사실 걷어찬다기보다는 멧돼지처럼 달려드는 놈을 툭 밀어낸다는 느낌이었지요."

"그랬는데 이렇게 된다고요?"

이진석은 파일을 열어 카드 패 떼듯 사진들을 좌르륵 펼쳐보았다. 한칠규의 아랫배와 명치 부분에 남은 검은 좌상 자국들을 근접 촬영한 사진들이었다.

"……"

"꽤 힘을 실었던 모양인데."

6

"순식간의 일이었습니다. 게다가."

윤중정이 혀로 입술을 살짝 적셨다. 두툼한 얼굴짝에 어울리지 않게 유난히 얇고 긴 혀가 눈에 띄었다.

"사실 칠규 얘가 엄청 아팠습니다. 투병중이었죠. 간암 4기였던가? 제가 병원비도 몇 번이나 대납해주고, 병원 갈 때는 차도 태워주고 그랬습니다. 칠규네 애들 둘까지 태워서요. 이 날 생긴 것도 아마 살짝 스쳐도 생기는 피멍이었을 겁니다. 몸이 아주 안 좋았던 거지요."

"애들이라면, 혜성이하고 혜지?"

"혜리입니다. 한, 혜, 리."

"아."

"네, 그런 거죠." 윤중정이 고개를 끄덕였다.

"그렇게 몇 대 때렸죠?"

"두 대요."

"……두 대 때려서 이렇게?"

"아마…… 두세 대 정도일 겁니다. 정확히는 저도 기억나지가 않고요, 형사님. 사실 저도 술 몇 잔 마셨고요."

"술을 마셨어요?"

"아, 예. 주문한 회에다 소주 두어 잔, 원래는 잘 안 마시는데 칠규 이놈이 하도 소란을 피우면서 술잔을 들이밀기에……"

"당시에 향토회 사무실에 같이 있던 사람이……"

"명 회장님 하나뿐이지요. 그 선배는 늘상 계시니까. 대충 열시까지는 계셨을 겁니다."

"명 회장이라는 사람, 윤 회장이 발차기 날리는 장면을 봤어요?"

"……어, 아마 못 봤을 겁니다. 사실 처음에 향토회 회원들 몇이 사무실에 남아 있을 당시부터 칠규하고 제가 멱살잡이를 좀 했었습니다. 그때는 명 회장님이 보셨을 거고. 칠규 이놈 새끼가 저한테 본격적으로 달려들어서 제가 어쩔 수 없이 따끔하게, 몇 대 정도 살짝만 손을 댈 때는 이미 명 회장님은 퇴근을 하셨을 거고요."

"윤 회장, 명 회장, 둘이서 같이 한칠규 팬 거 아니에요?"

"어허, 그럴 리가요. 명 회장님은 휠체어 탑니다. 왼쪽 발목 아래가 없어서. 예전에 그 베트남……"

"처음 향토회 사무실 들어갔을 때, 그러니까 멱살잡이하기 직전에 한칠규씨 상태는 어땠어요?"

"괜찮았습니다. 칠규가 오늘 술 받는 날이라고 호언장담도 늘어놓고, 심지어 저한테 애교를 부린다고 젓가락으로 회도 몇 점 집어서 입에다 넣어주고 하면서 호들갑을 떨었지요."

"전화로 불러낼 때 분위기가 그리 좋지는 않았다고 하지 않았어요?"

"이놈이……" 윤중정은 과장되게 한숨을 푹 내쉬었다. "오락가락합니다. 직전까지 세상 전부를 줄 것처럼 굴다가도, 갑자기 돌변해서 무슨 철천지원수처럼 굴고 그래요. 일단 술 마실때는 그전에 욕하던 거 지도 잊고 저도 잊은 척해주었죠."

"그래서, 다시 한번 말해봐요. 정확히 몇 대 때렸죠?"

"……세 대 정도."

"한번 세어볼까요." 이진석은 사진들을 일직선으로 좍 정리했다. 상체에서 복부를 지나 하체로 내려오는 순서로 상처들을 짚었다. 등짝에 한 군데와 양쪽 옆구리, 아랫배에 심이 박힌 듯 찍혀 있는 좌상 자국. 양쪽 넓적다리의 바깥 부위와 한

7분

쪽 둔부까지.

"최소한 열아홉 대는 때린 것 같은데?"

"……정확히 기억나지는 않습니다. 그래도 이렇게까지 때린 기억은 없는데. 아마 지가 몸부림치다가 난 상처도 있을 거고."

"이보쇼, 윤 회장. 등짝에도 멍이 져 있잖아. 배 깔고 쓰러져 있을 때도 밟았댄 거 아니에요?"

"……그때 드잡이질을 하다가……" 윤중정은 한숨을 내쉬었다. "칠규가 비틀대며 일어나 회장님 책상 모서리에 등을 찍은 기억은 있습니다. 그래, 이제야 생각나네요. 그건 사람들 다 있을 때 벌어진 일이라 다들 기억하고 있을 겁니다. 특히 명 회장님이……"

"최소한 열아홉 대는 때린 걸 인정하는 거죠?" 이진석이 윤중정의 눈을 빤히 들여다보며 물었다.

"예…… 아니요. 등에 진 자국은 빼야 하니까 열여덟…… 아니, 저는 세 대만……"

"열여덟 대라. 간암 걸려 해롱대는 사람한테 너무한 것 아닌가." 이진석은 의자 등받이에 길게 몸을 기댔다. "담배 태우세요?"

"네?" 윤중정이 움찔했다. "아니요. 전엔 피우다가 지금은 끊었습니다."

"건전하게 사시네요. 술도 잘 안 자시고."

윤중정은 대답하지 않았다.

이진석도 딱히 대답을 기대하고 물은 것은 아니었다. 그는 살짝 고개를 숙이면서 생각에 깊이 빠진 얼굴을 했다.

사실은 아무 생각도 하지 않는 중이었다. 달리 더 물어볼 게 없었다. 물증을 충분히 확보한 후 불렀어야 했는데. 당초부터 선수를 빼앗긴 이상 어쩔 수 없는 일이었다. 젠장, 계장한테 깨지겠다 싶었다. 그래도 부검 결과가 나오고 탐문조를 하루 정도 돌리면 좀더 추궁을 할 수 있을 터였다. 입이 무겁기로 유명한 동네라 과연 탐문에서 뭐가 나올까 싶었지만.

그래도 이렇게 심각한 표정으로 입을 다물고 있으면 나름 효과는 있었다. 신문을 받는 상대방들은 예외 없이 숨이 막힐 정도로 긴장하곤 했다. 나중에는 수사관의 호흡 리듬까지 따라 하면서 눈치를 살피게 된다. 반강제적으로 일종의 라포를 조성하는 것이다. 성 경감에게 어깨너머로 배운 기술이었다. 물론 성 경감은 골똘한 표정으로 정말 뭔가를 생각하고 있을지도 모르겠지만.

그러다가 이진석 경위의 머릿속에도 뭔가 하나가 떠올랐다.

썩 중요해 보이지는 않았다. 하지만 왠지 조서에 남겨둬야 할 것 같은 아주 사소한 디테일이었다. 기록해두지 않으면 성 경감한테 혼날 것 같다는 감이 오는 세부사항.

"어젯밤 한칠규하고 같이 먹은 회가 뭐라고요?"

"네?" 윤중정은 의아한 표정을 지으며 기억을 더듬는 시늉을 했다.

"아마, 그냥 모둠회였을 건데요. 잡어 모둠회. 광어, 도다리 좀 섞여 있고. 그리 비싼 것은 아니었습니다."

"누가 가서 사 왔어요? 아니면 배달앱 같은 것으로 주문한 건가?"

"배달앱은 제가 잘 모르고요. 제가…… 아니, 명 회장님이나 거기 있던 누군가가 전화로 주문을 했을 겁니다."

"어디에다가요?"

"당연히 환호동에 있는 녹등형제수산이지요."

"왜 당연한 건데요?"

"거기가 우리 향토회 단골집입니다. 무슨 행사 치를 때도 항상 거기서 회 떠다 먹곤 해요."

"그날도 그 집인 것은 확실하고요?"

"그렇죠…… 네, 확실합니다. 그날도 지구가 배달을 왔었거든요."

"지구?"

"그 집 둘째요. 상호대로 형제가 하는 횟집입니다. 가끔 일도와주는 중국인 아가씨 하나 두고서요."

"지구라…… 형제 중 첫째 이름이 뭔데요?"

"지철이요. 권지철, 권지구, 이렇게 형제죠."

"그 사람들도 향토회 사람이에요?"

"향토회 출신은 아니고요, 그냥 친해요. 특히 지철이 이놈이
완전히 사내답죠."

"지구는 사내답지 않고?"

"……아니, 말이 그렇다는 얘기지요."

이진석은 키보드의 문서 저장 단축키를 누르면서 몸을 비스
듬히 기울였다. 윤중정의 머리끝에서 발끝까지 한 번 훑었다.

"마지막으로, 신발은 뭐 신었어요?"

"네? 아, 이 신발." 윤중정은 바닥으로 눈을 내리깔았다.

그가 신고 있는 것은 붉은빛이 살짝 도는 갈색 가죽 로퍼였
다. 이진석 경위도 아는 고급 브랜드였다. 화려한 매듭 끈이
달려 있지만 발등을 조이는 용도가 아니라 그냥 장식용인 것
같았다. 이진석은 느닷없이 테이블 아래에서 거칠게 윤중정의
구두 밑창을 들어 차올렸다. 다리 한쪽이 들린 윤중정이 기우
뚱하다 겨우 균형을 잡았다.

"신발 좋네."

윤중정의 표정이 굳었다. 그는 본능적으로 이진석을 노려보

다가 시선을 돌렸다. 밑창에는 작은 다이아몬드 문양이 빽빽
했다. 한눈에 보아도 상처 자국들과 달랐다.

  피 묻은 신발을 그대로 신고 있을 리가 없지. 이진석은 조그
맣게 한숨을 내쉬었다.

7

윤중정과의 신문은 예상외로 시간을 오래 잡아먹었다. 그는 조서를 꼼꼼하게 살피고 몇 군데나 수정을 요구하기도 했다. 윤중정은 저녁 시간이 된 직후에야 조금 초췌한 모습으로 동부서 청사를 빠져나갔다.

힘이 빠지는 건 이진석도 마찬가지였다. 당초 이 경위가 그린 큰 그림은 이런 게 아니었다.

이진석은 우선 윤중정이 혐의를 전면 부인하도록 내버려둘 생각이었다. 그런 후 사진을 들이밀어 당황시키고, 그 기세를 몰아 멘털을 마구 흔들어 자백을 받아낸다는 구상이었다. 윤중정이 한칠규에게 약간이라도 손을 댔다는 정도만 인정하도록 하면 충분했다. 관건은 진술 내용이 아니라, 거짓말을 하다 뒷덜미를 잡히게 상황을 설정하는 것이었다. 그걸 기회로 긴급체포를 하고 영장 없는 부대附帶 수색을 시도한다. 목표는 동부서 뒷마당에 뻔뻔스럽게 주차해놓은 제네시스 차량. 트렁크를 열면 선혈이 낭자하게 말라붙은 알루미늄 배트나 출처 불명의 중국 위안화 지폐가 그득한 비닐 가방이 놓여 있을 것이라 반쯤 확신했다. 운이 좋으면 밀봉 포장된 묵직한 필로폰 분말 몇 팩도 덤으로 발견할 수 있을 테고.

이진석의 이런 전략은 첫 단추부터 틀어져버렸다. 증거인멸이든, 도주 우려든 긴급체포를 위한 명분이 없었다. 이 상태에서 체포를 감행하면 사후적으로 불법 구금이라 판명될 가능성이 있었고, 제네시스 수색은 더더욱 문제가 될 터였다. 결정적인 증거물을 거기서 발견해내더라도 아예 증거로 쓸 수가 없을 테니 말이다.

이게 미국 형사 드라마의 폐해라고 생각하며 이진석은 진저리를 쳤다.

형사 1계 사무실로 돌아와보니 성 경감은 이미 퇴근을 했다. 무슨 일인지 성 경감은 요새 퇴근이 일렀다.

보고는 내일 하기로 마음먹고 이진석 경위도 퇴근 준비를 했다. 부검의는 부검 결과를 내일모레 오후쯤 우선 구두로라도 알려주겠다고 통보해왔다. 단순한 폭행치사상인지, 다 아니면 정말로 알코올이 해독되지 않은 검은색 혈류가 꽉 막히는 바람에 재수없게 비명횡사해버린 것인지도 그때쯤 밝혀질 것이다. 혹은 정말로, 윤 회장이 영위한다는 정체불명의 지하 사업을 배경으로 한 어떤 검은 음모가 한칠규의 죽음에 얽혀 있지 않은지도 말이다. 수사 방향은 그 무렵 결정되는 게 맞았다.

아닐 수도 있고.

나름 중견이 되어가는 이진석은 꽤 많은 부검 보고서를 받아보았고, 그 몇 장의 서류가 기대만큼 유용하지 못하다는 것을 충분히 알고 있었다.

어쨌든 윤중정은 그 트렁크 속에 뭐가 담겨 있을지도 모를 제네시스를 몰고 떠났다. 이 경위는 김철을 불렀다. 오늘밤 '야밤 나들이'를 하듯 개인 차량을 슬슬 운전해 윤중정의 제네시스에 따라붙으라 지시했다. 동시에 그의 부산개발 사무실과 자택에도 이따금 들러 동태를 살피는 것도 필요했다. 거의 불가능한 임무였지만, 사정이 어찌 돌아가는지를 아직 충분히 배우지 못한 김철은 의욕이 넘쳤다. 피로나 의심 따위에 단 한 점의 흠집도 나지 않은 이 스물두 살의 젊은 경관은, 눈가의 근육을 팽팽하게 당기는 모양이 곧 연쇄살인마 일당을 맨손으로 때려잡기라도 할 기세였다.

　나도 저러던 때가…… 이진석 경위는 별 근거도 없이 경찰에 막 입문했을 당시 자기의 모습을 미화하면서 빙긋 웃음을 지었다. 그리고 혹시라도 성 경감이 마음을 바꾸어 사무실로 들어오기 전에 서둘러 청사를 나섰다.

8

다음날 아침.

동부서 형사1계장 성해명 경감이 청사 3층의 창가를 등진 계장석에 착석하여 그날 자 당직일지를 편 시각은 일곱시 사십오분이었다. 평소 습관대로였다. 여덟시가 조금 넘어 이진석 경위가 성 경감의 눈총을 받으며 사무실로 슬금슬금 들어왔다.

윤중정은 그보다 조금 이른 정확히 여덟시 정각, 이미 형사과에 들어와 별다른 안내를 받지 않고도 익숙하게 대기용 의자에 자리를 잡고 있었다.

자기 자리에서 안도의 한숨을 쉬던 이진석이 윤중정을 발견했다. 동시에 뭔가 잘못되었다고 직감했다. 결코 좋은 일이 벌

7분

어질 것 같진 않았다.

윤 회장에게 오늘 오전에 다시 출석할 것을 요구한 적은 없었다. 아니 출석 자체를 언급한 적이 없었고, 그냥 녹둥시 관할 밖으로 뜨지 마라 엄포를 놓았을 뿐이었다.

그렇다면 둘 중 하나였다. 한칠규 사망 사건의 '자칭 부수사원'인 성 경감이 직접 그를 소환했거나, 윤중정 자신이 이른아침부터 제 발로 형사과에 걸어들어온 것이다. 어느 경우나 좋지 않은 상황이었다.

윤중정은 어제 청사를 빠져나갈 때의 표정과는 전혀 다르게 얼굴에 웃음기를 함빡 띠고 있었다. 선크림을 희멀겋게 펴 바른 커다란 얼굴짝 위로 여유가 흘러넘쳤다.

아마도 후자인 모양이었다. 윤중정은 제 발로 걸어들어왔다.

이 경위는 성 경감도, 윤중정이도 못 본 체하며 등을 돌리고 믹스 커피를 탔다. 잠깐 고민한 끝에 결국 윤중정부터 면담하기로 마음을 먹었다. 저치는 분명 경찰의 뒤통수를 칠 자료를 들이밀러 온 것일 터였다. 커피는 믹스 봉지 내용물을 탈탈 털어넣고 큼지막하게 설탕 두 스푼까지 추가했는데도 양잿물처럼 씁쓸하게 입안으로 번져나갔다. 그래도 뜨끈한 액체가 식도를 타고 들어가자 기운은 좀 났다. 어찌되었든, 이 늙수그레한 건달이 오늘 아침 늘어놓을 너절한 변명까지 종합하여 대책을 세운 다음 성 경감에게 보고를 해야 했다.

이진석은 윤중정을 조사실로 안내했다. 피의자로 신문하는 것이니 오늘 아침에도 조서를 남겨야 했지만, 일단 가벼운 스파링식으로 시작해보기로 하고 조사실 컴퓨터 전원도 켜지 않았다. 무슨 수를 가지고 왔는지 들여다만 볼 요량이었다. 아주 살짝만.

그리고 이번에도 선수를 빼앗겼다.

이진석이 입을 채 열기도 전에 윤중정은 서류봉투 하나를 테이블 위에 툭 던져올렸다. 밀랍칠을 해 미끌미끌해 보이는 널찍한 갈색 봉투였다. 겉봉이 잔뜩 구겨져 있었지만 길이 30, 40센티미터가량의 길쭉한 물건이 안에 들어 있는 태가 났다. 무게감도 제법 있어 보였다. 이진석은 봉투에 손을 대지 않고 일단 물었다.

"이게 뭔가요?"

"형사님, 이제 솔직히 말씀드리려고요."

"어제는 솔직하지 않았던 건가요?"

"어제도 솔직하긴 했지요. 그런데 빼먹고 말씀드리지 않은 부분이 있어서요."

"……말씀하세요."

"제가 칠규하고는 정말 오래된 인연입니다. 스무 살 갓 넘었을 때부터 걔를 봐왔고요. 그때는 이놈도 정말 잘나갔죠. 저는 그냥 일식집 시다 노릇이나 하고 있었는데 걔는 요샛말로 핫하고 힙한 프로복서였거든요. 칠규가 마구로라면 환장을 했는데, 제가 VIP룸에 들어갈 참치 오토로 살코기 몇 점 슬쩍 빼돌려두었다가 개한테 한 접시씩 먹으라 내주면서 친해졌습니다. 당시 칠규는 웰터급에서 아주 퍼시픽 권역 랭킹 1위는 따 놓은 것이나 다름없었고, 세계 랭킹권도 노릴 수 있다고들 했으니까. 그렇게 랭킹전 치른 다음에, 서른 중반 너머쯤 이종격투기로 돌렸으면 초창기에 돈도 엄청 벌고 했을 텐데……"

"그래서요?"

"실은 유족 문제가 있었습니다. 칠규 여편네야, 뭐, 형편없는 여자인 걸 이 동네 사람들 다 아는 사실이고. 그래도, 그, 애들이 있지 않습니까. 지금 사는 임대아파트만 해도 칠규 장애등급하고 기초수급자 자격으로 얻어 사는 것일 텐데, 까딱 잘못해서 그 어린 애들이 집에서 쫓겨나기라도 한다면……"

"허, 참. 그래서요!" 이진석은 저도 모르게 언성을 높였다.

"어제 사건 전부를 말씀드리지 않았던 이유가, 네, 그런 겁니다. 사실 제가 칠규를 한두 대 친 게, 단순히 선배로서 훈계할 의도만은 아니었다는 거죠."

윤중정은 검지로 서류봉투를 이진석이 앉아 있는 쪽을 향해 슬쩍 밀었다. 이진석은 봉투 안에 뭐가 들어 있는지 미친듯이 궁금했지만, 초인적인 자제력으로 호기심을 억누르고 시선을 윤중정의 두 눈썹 사이에 맞추었다.

결국 이진석은 자그마한 승리 하나를 겨우 거머쥘 수 있었다. 윤중정은 여며놓은 봉투 주둥이 부분을 부스럭대며 열어 젖히고 안에 든 물건을 꺼냈다. 물건은 다시 지저분한 공업용 비닐 팩으로 포장되어 있었지만, 반투명한 비닐 막 안에 든 물건은 훤히 들여다보였다.

이진석은 대충 그런 유의 물건일 것이라고 짐작은 했다. 하지만 실제 두 눈으로 목격하고 보니, 그 노골적인 흉측함과 뻔뻔스러움에 기가 막혔다.

그건 손도끼였다.

날 길이 약 15센티미터, 폭도 딱 그 정도 되었다. 목재 손잡이까지 포함해도 전체 길이는 30센티미터에 못 미칠 듯했으나, 유독 날붙이가 크고 굵직한 물건이었다.

도끼는 날붙이에 바짝 올려붙은 손잡이를 움켜쥐고 작은 반원을 그리면서 휘둘러야 하는 타입이었다. 손잡이는 손으로 깎아 만든 듯 윤곽이 거칠었고 표면은 오랜 세월을 보여주는 생채기로 빼곡하게 뒤덮여 있었다. 아마 농가나 작은 어선에서 단단하게 말라붙은 썩은 나무 둥치나 큼지막한 활어의 뼈

대를 마구잡이로 부수는 데 이용했을 법했다. 이진석도 건어물 취급을 하던 어린 시절 집에서 저런 물건이 나뒹구는 것을 본 기억이 나는 듯했다.

혈흔이나 그 엇비슷한 액체는 보이지 않았다. 적어도 육안으로는 그랬다. 날 몸체에 칠해놓은 검은색 방청防鏽 코팅이 군데군데 벗어져 있는 것 말고는, 도끼는 방금 목욕을 마치고 나온 노파처럼 깔끔하게 세척되어 있었다.

유한락스 같은 걸로 박박 닦았겠지. 이진석 경위는 터지는 한숨을 삼켰다.

"윤 회장…… 이걸로 뭐, 어쩌라고."

"칠규가 그날 사실 좀 오버했습니다."

"……"

"명 회장님이 향토회 사무실에서 퇴근한 다음, 칠규 녀석이 계속해서 저한테 시비를 걸어오다가 느닷없이 이 도끼를 꺼내서 휘둘러대는 게 아니겠습니까."

"……"

"저도 나름 산전수전 다 겪은 놈입니다. 그런데 평생지기나 다름없는 후배가 갑자기 그러니 깜짝 놀랄 수밖에요. 칠규 이 새끼의 장점이자 단점이 뭔지 아십니까? 뻥이 없다는 겁니다. 단 한 점 허세가 없어요. 뭐라도 하나 빼들어 휘두르기 시작하

면, 막말로 호박 배때기 하나라도 쑤셔 후벼야 직성이 풀리는
놈이라 이겁니다. 그냥 겁주려고 하는 짓이 아니라는 거지요.
솔직히 저도 찔끔했습니다. 요새 아이들 쓰는 말로, 빡이 치기
도 했고요."

윤중정은 눈을 휘둥그레 뜨며 침을 크게 삼켰다.

"그래, 물론 지가 나한테 섭섭한 거는 있을 수 있겠지요. 같
이 밑바닥에서 시작했는데, 하나는 제네시스 타고 다른 하나
는 동사무소에서 꽁으로 빌려주는 휠체어나 타게 생겼으니까.
이유 불문하고 시기심이 일긴 했겠지. 하지만 그렇다고 갑자
기 도끼를 말이야……"

"무슨 산신령 금도끼도 아니고, 갑자기 도끼가 어디서 나타
난다는 겁니까!"

"사무실 안에……"

윤 회장이 입술에 침을 바르며 숨을 골랐다. 장광설을 물 흐
르듯 내뱉는 윤중정의 태도에는 이제 여유가 넘쳐흘렀다.

"사무실 안에 철제 캐비닛이 하나 있습니다. 6단짜리인데,
왜, 옛날 관공서에서 쓰는 못생긴 쑥회색 물건 있잖습니까. 예
전에 향토회 사정이 안 좋던 시절에 누가 고물상에서 주워 온
것인데, 저는 아직 그게 남아 있는지도 몰랐어요. 그런데 칠규
이놈이 그 캐비닛 서랍을 열더니 도끼를 쓱 꺼내들더라 이겁

니다."

"그럼, 도끼를 한참 찾는 눈치던가요, 아니면 서랍을 열고 단번에 꺼내던가요." 약간 정신을 차린 이진석이 물었다. 하지만 스스로가 느끼기에도 제 목소리에는 기운이 쏙 빠져 있었다.

역시나 준비를 해둔 듯 윤중정은 단박에 대답했다.

"단번에 찾던데요. 캐비닛 3층 서랍. 지가, 칠규 그놈이 직접 거기다가 도끼를 준비해 넣어둔 것인지는 모르겠습니다. 어쨌든 거기에 이 물건이 들어 있다는 것을 확실히 아는 눈치더라고요."

이 경위는 대놓고 한숨을 푹 내쉬었다.

"그죠, 형사님. 저도 골치가 아픕니다. 하필 친동생이나 다름없는 후배가……"

"윤중정씨. 그런데 도끼는 왜 이제 내놓는 겁니까."

"저도 그냥 묻고 가려고 했지요. 친동생이나 다름없는 후배가……"

"아, 그 후배, 후배 하는 이야기는 그만 좀 하시고." 이진석은 버럭 신경질을 냈다.

윤 회장이 짐짓 목을 움츠리는 시늉을 하면서 능글맞게 실실거렸다.

"좋은 게 좋은 거라고, 칠규가 도끼를 휘두른 일은 없던 것으로 하려 했다, 이 말씀입니다. 그게 고인에 대한 마지막 추모의 정이라고······ 사실 저는 그냥 개가 지병으로 급사한 것이라고만 생각했기도 했고요."

윤중정이 잠깐 말을 멈추고 이진석 경위의 두 눈을 똑바로 들여다보았다.

"저는 설마 형사님이 저를 의심할 거라고는 생각도 못했습니다."

"뭘 의심해요?"

"제가 칠규를 죽였다고 생각하시는 거 아닙니까?"

"······죽인 거 아니에요?"

"죽인 거 아닙니다, 결코."

당당하게 단언을 한 윤중정은 잠시 뜸을 들이다 입을 열었다.

"설령 죽였다고 하더라도, 엄연한 정당방위고요."

윤중정은 도끼가 담긴 비닐 팩 겉면을 쓰윽 쓰다듬었다.

9

"계장님, 정당방위라는데요."

성 경감은 읽고 있던 〈조선일보〉 사회면에서 고개를 들어올렸다.

"정당방위?"

"네, 칠규가 휘둘렀다는 도끼까지 갖고 와서……"

성 경감은 잠깐 눈을 감았다가 뜨며 신문으로 다시 시선을 돌렸다. 이진석은 성 경감의 책상 귀퉁이에다 제 핸드폰을 켠 채로 올려놓았다. 스크린에는 조금 전 촬영한 손도끼의 이미지가 떠 있었다. 이진석은 한참 동안 말없이 계장석 옆에 서서 기다렸다.

신문을 읽는 척만 하고 골똘하게 다음 수를 생각하는 게 아닌가 싶었는데, 성 경감은 책상 끄트머리에 놓인 펜 꽂이용 깡통에서 붉은색 마커를 하나 꺼내 신문 우측 하단의 박스 기사에 커다란 꺾쇠를 그려넣었다. 나중에 가위로 오려 스크랩을 해두겠다는 표시였다.

성 경감이 몰두해 있던 기사는 동남아 북부 산악지대에 소재한 교도소에 장기 수감중이던 한국계 사내 한 명이 사망했다는 내용이었다. 사인은 병사. 그는 1983년도 가을 경북 어디선가 벌어진 폭탄 테러 사건의 실행범으로 오랫동안 수배중이었다가 결국 2000년대 초반 태국 치앙마이시 외곽에서 붙잡히고 말았다. 그러나 폭발물의 확보 경로나 공모자, 테러의 목적을 비롯해 사건의 구체적인 진상은 전혀 밝혀지지 않은 채 오늘에까지 이르렀다고 했다.

이진석은 픽 웃었다. 성 경감은 누가 옛날 사람 아니랄까봐 과거 사건의 후일담을 좋아했다.

"정당방위라……" 성 경감이 신문에서 눈을 떼며 입을 열었다.

"네."

"도끼는 어디에다 보관하고 있었대?"

"녹둥형제수산이라고요, 한칠규, 윤 회장 모두 가입해 있는 사천양산향토연합회라는 단체의 단골 횟집이랍니다. 거기 사장한테 부탁해서 잠깐 갖고 있어보라 했다네요."

"그 단체는 뭔가? 등록되어 있는 건가?"

"시에 알아봤더니 유사 종중宗中으로 등록은 되어 있답니다. 사실상 동향 사람들 친목 모임 같고요. 어, 좋게 표현하자면 말입니다. 우리 관리대장에는 기록이 없네요."

"그 도끼. 지문이나 유류 흔적은 남아 있는 게 없겠지?"

"네…… 거기 횟집 사장이 둘인데요, 도끼를 윤중정한테서 맡아둔 사장 말고 다른 사장이 이게 무슨 도끼인지도 모르고 조개류하며 참게, 랍스터 같은 것 껍질 깨는 데 이걸 썼다네요. 쓰고 나서 비린내 뺀다고 물에다 퐁퐁 풀어서……"

"……"

"그래도 국과수 의뢰는 했습니다."

"있더라도 윤중정이 지문만 남아 있겠지. 그 밖에는?"

"향토회 사무실하고 조개골목 돌면서 탐문을 좀 해봤습니다. 그냥 사정 청취 정도로요. 최근에도 비슷한 일이 있기는 했답니다. 한칠규가 도끼 들고 행패 부린 일 말입니다."

"언제쯤?"

'언제쯤'? '어디서'나 '누구한테'가 아니라? 이진석은 성 경감의 질문 포인트가 특이하다고 생각하면서도 군말 없이 대답했다.

"정확히 기억은 못하고, 대충 한 달 전쯤이랍니다. 로담치 킨이라고, 제3항 네거리에서 향토회 사무실 가는 방향 길목 중간쯤에 있는 치킨집 겸 호프집입니다. 자그맣게 스테이지도 있어서 노래도 한두 곡 부를 수 있고. 예전에 스탠드바 영업하던 사업장이었거든요. 하여튼 여기 사장 얘기가……"

"사장이 누구지?"

"부희라라는 여자입니다. 나이는 서른여섯에 사업체 명의는 자기 것이 아니고요. 시청에 위생법 단속으로 두 번인가 걸린 전력 외에는 우리 쪽하고는 딱히 얽힌 게 없습니다."

"피해자, 피의자하고 연고 관계는?" 성 경감은 신문을 착착 접어 한쪽으로 치웠다.

"아직까지는 잡히는 게 없습니다."

"믿을 만하던가, 그 사람 얘기하는 건?"

"한 달 전쯤 한칠규 혼자 찾아와서 맥주 열 병에다 소주 세 병 시켜 마시고, 노래도 부르고 그러면서 잘 놀다가 갑자기 병 깨고 테이블 뒤집고 하면서 난리를 쳤다네요. 급기야 도끼까지 꺼내서 테이블이니 벽면 같은 델 찍어댔다는데. 글쎄, 믿을 만한 소린지는 모르죠. 일단은 그때 술값하고 기물파손 배상 못 받은 것 때문에 엄청 억울해하는 눈치이기는 했습니다."

"도끼로 찍었다는 테이블은 당연히 처분했겠지?"

"네, 폐기물업체 불러서 버렸답니다. 벽면은 그냥 페인트 껍질 떨어져나간 정도라 티 안 나게 덧칠하는 정도로 수선했고."

"도끼는 확인시켰나?"

"네, 사진 찍은 걸 보여줬는데, 맞는 것 같다네요. 그날 어두컴컴한 데서 봐서 백 퍼센트 확신은 못하겠는데, 길이며 모양이며 눈에 익은 것 같다고 합니다."

허공을 바라보던 성 경감은 갑자기 신문을 다시 끄집어 와 경제면을 펼쳤다. 그러고는 한 면을 가득 메우고 있는 주식시세표에 한참 시선을 두었다.

"계장님, 요즘 주식 하십니까?"

묵묵부답.

성 경감은 신문을 한 장 넘겨 건강문화면을 주욱 훑었다. '실버 웰페어 라이프' 코너에 실린 대학병원 암 전문의라는 남자의 칼럼을 발견하고는 찬찬히 읽기 시작했다. 그동안 이진석은 그냥 멍하니 서 있었다.

칼럼의 중반쯤까지 읽은 성 경감이 드디어 고개를 쳐들었다.

"정당방위는 안 될 거야. 범단관리대장에 올라와 있고 전과까지 수두룩한데 그딴 주장을 받아줄 판사는 없지. 아무리 잘해봤자 집행유예 나오는 정도로만 고려될 거야."

이른바 양형이나 정상자료에 불과하다는 이야기였다. 그럼에도 이진석은 발끈했다.

"영장도 못 친다는 말씀인가요? 무슨 교통사범도 아니고 사람 하나가 얻어맞아 죽어나갔는데 영장 말고 집유 나오는 게 말이 됩니까?"

"……지금 몇시지?"

"네? 어, 점심 직전이긴 한데요. 식사 좀 빨리 나갈까요?"

"오후 네시. 그때 원 검사에게 전화를 하지. 그전에 생각 좀 해보자고."

"……네."

10

뜨거운 습기에 온 세상이 축축 늘어지는 계절인데도 한칠규의 사망을 둘러싼 이 소극笑劇의 등장인물들은 유난히 재빠르게 움직이는 듯했다. 적어도 다들 이진석 경위보다는 한 템포씩 빨랐다. 이를테면, 오늘 아침부터 관할 경찰서 형사과를 제 발로 찾은 윤중정 회장이 그러했다.

점심시간이 조금 지나자마자 이례적으로 빨리 진행된 부검 결과까지 통보되었다. 국과수 쪽 담당 계장은 하절기 부검은 신속처리가 기본 프로토콜이라 설명했으나, 이진석이 보기에는 여름 휴가철이 본격적으로 시작되기 전에 후닥닥 해치운 느낌이 났다.

"이 자식들이, 참관하라고 통보도 안 해주고."

이진석이 주위에 들으라는 듯 볼멘소리로 중얼거리자, 성 경감이 쓰윽 쳐다보며 말했다.

"어차피 맞은 것, 죽은 것, 이 두 가지 사실에는 논란의 여지가 없잖은가. 중간 과정에 대해 부검의들이 이러쿵저러쿵 해도 판사들 결론 내는 데 별다른 영향이 없을 것 같아 그냥 패스하겠다고 했네. 시간도 없는데 우리가 할 수 있는 일에 집중해야 하지 않겠나."

"그래도……"

"게다가 어차피 자네가 직접 안 가고 김철 보냈을 거 아니었나."

"……"

김철은 형사소송법 교과서 위에 굵은 침을 흘리며 졸고 있다가 퍼뜩 잠에서 깼다. 제 이름이 언급된 걸 들었는지 주위를 두리번거렸다.

이진석은 자리에 앉아 부검결과보고서를 뒤적이기 시작했다. 가안이었고, 관인까지 찍힌 공식본은 며칠 걸릴 예정이라했다. 성 경감도 부담스럽게 이진석 경위 바로 뒤에 서서 보고서를 넘겨다보기 시작했다.

특이한 내용은 없었다. 사인 분석도 예상 범위를 크게 벗어나지 않았다. 그나마 이례적인 게 있다면 간장과 폐장 전체에 넓게 퍼져 있는 울혈과 혀와 입술의 청색증 정도였다. 질식사에 흔히 보이는 소견이라지만, 또 한편으로는 질병으로 인한 급성 내인사 사례에서도 적지 않게 발견된다고 했다. 부검 보고서도 그 점을 적시하면서 이것만을 근거로 질식으로 인한 심정지라 단정하기는 어렵다고 설명하고 있었다. 물론 질식사가 아니라고 단정하기도 어려울 테고. 이진석은 보고서 다음 면을 펼쳤다.

가슴과 등 뒤편에 펼쳐진 피하 출혈과 급성 염증의 증적은 피부 겉면만 보고 짐작했던 것보다 훨씬 광범위했다. 근육도 심하게 찢어져 있거나 괴사한 곳이 몇 군데 있는 게 눈여겨볼 만했다. 한마디로, 폭행 정도가 상당했다는 얘기였다. 그걸 발견한 이진석은 기운이 좀 났다.

독성분석과 조직검사 결과지는 마지막 장에 첨부되어 있었다. 예상대로 엉망진창이었다. 혈액과 방광에 찬 벌건 소변은 치사량에 임박하는 알코올에 각종 항생제와 특이 처방 약물이 뒤섞인 칵테일 폭탄 수준이었다. 내장기들 또한 비단 이번 폭행 사건이 아니었더라도 조만간 흐물흐물 기능부전에 빠질 정도로 심각한 상태였다. 그 밖에 점출혈 몇 군데와, 급사체에 종종 나타나는 'DRFB 현상', 즉 암적유동혈 Dark Reddish Fluid Blood 등도 확인되었다.

그게 다였다. 근래에 생겼다가 아문 외상 흔적은 없었다. 구강 내부와 식도, 위장에서는 채 소화되지 않은 채소 조각들과 생육 덩어리(생선회와 육회로 추정)가 발견되었다. 그뿐만 아니라 정체불명의 나뭇조각(부러진 성냥개비로 추정), 옷감 따위에서 길게 풀려나온 것으로 보이는 하얀색 실오라기(길이 5.5센티미터, 면직물 소재), 심지어 제법 큼지막하게 찢어진 종이 귀퉁이 조각(액면 오만 원 한국은행권 일부로 추정)까지 나왔다.

"이 새끼…… 이 인간은 대체 뭘 주워먹고 다녔던 거야? 지가 무슨 바닷속 고래도 아니고."

이진석은 혼자 투덜댔다.

샤프펜슬을 쥔 성 경감의 손이 느닷없이 이진석의 오른쪽 어깨를 타고 넘더니 DRFB 부분이 기재된 곳에 꺾쇠 표시를 했다.

"……더 알아볼까요?"

"그냥 둬. 큰 이유는 없고 그냥 눈에 걸려서 표시해둔 거니까. 그보다도 족적 분석은?"

"그건 아직……"

"족적, 여기요." 김철이 서류를 쑥 내밀었다. 김철의 입가에 허연 침 자국이 굳어 있었다.

"너 인마, 보고서가 왔으면 진작……"

"펴봐." 성 경감이 이진석의 말을 잘랐다.

지방청 과학수사실에서 작성한 족흔적 분석 자료는 마침 이 진석이 윤 회장과 조사실에서 시간을 보내던 중에 도착했다. 안 그래도 얇은 보고서는 자기네들 분석 데이터베이스의 규모 와 시스템 스펙, 유사 패턴을 재빠르게 포착해내는 값비싼 알 고리즘을 길게 자랑하는 것으로 첫 두 페이지를 다 소진해버 렸다. 세번째 페이지부터 실질적인 내용이 등장했다.

시신에 난 상처 몇 곳에서 신발 문양이 확인되었고, 그 종류 는 두 가지였다. 수사원들의 짐작대로였다. 하나는 뾰족한 남 자 구두의 앞코 문양인데, 브랜드나 모델명까지 조회될 만큼 족적이 진하게 박히진 않았다. 그나마 유사한 것으로 '브리오' 라는 이탈리아 패션 브랜드 산하의 한 피혁 전문 계열사에서 내놓은 남성용 고급 구두 모델 하나가 조회되었다는데, 하단 각주에서 워낙 레플리카가 많은 것으로 유명한 제품이라 패턴 일치 여부는 전혀 확인 불가능하다고 단언하고 있었다.

다른 하나는 눈여겨볼 만했다. 족적 문양은 '블랙 스패로'라 는 국내 등산화 브랜드 제품번호 RK-3022의 트레킹화로 추 정되었다. 패턴 일치 확률은 87.2382퍼센트. 보고서 각주에는 블랙 스패로를 제작하는 '화진'이라는 중소기업이 2018년경 이미 도산했다는 내용까지 쓰여 있었다.

이진석은 끙, 신음소리를 냈다. 블랙 스패로와 화진을 인터넷에 검색해보니 지금까지도 도산기업 재고품 공경매장이나 의류, 신발류 재고떨이 시장에서 악명이 높은 브랜드 중 하나였다. 심지어 블랙 스패로 제품 처분을 둘러싼 대형 사기 사건도 몇 번이나 벌어진 적이 있었다. 이진석은 보고서로 다시 눈을 돌려 RK-3022 트레킹화 견본품 사진을 한동안 내려다보았다. 블랙 스패로라는 그럴듯한 브랜드명과 달리 신발은 조개골목 상인들이 작업화로 신을 법한 흔하디흔한 검은색 등산 단화에 불과했다. 이래서야…… 이진석은 보고서를 덮어버렸다.

성 경감은 어느새 등뒤에서 사라져 있었다. 이 경위는 혀를 차며 이미 늦어버린 점심 메뉴를 고민하기 시작했다.

11

점심식사 후 커피 한 잔을 뽑기도 전에 또 한 명의 방문객이 형사1계 사무실을 찾았다.

이번에는 피해자측 유족이었다. 한칠규의 아들, 한혜성.

검은색 나이키 트레이닝복 바지에 커다란 두건처럼 머리통을 가린 시커먼 후드를 걸치고 나타난 혜성은 누가 봐도 심상치 않은 분위기를 풍겼다. 가슴팍에 크게 프린팅된 밥 말리의 절규하는 허연 실루엣 이미지가 입을 꽉 닫은 저 십대 소년의 심정을 대변하는 듯했다. 소년이 나타나자 젊은 형사들이 심상찮은 기색으로 웅성댔다. 특히 완력과 체격만큼은 자신 있어하는 김철이, 어깨부터 싹둑 잘라낸 후드 티 아래로 드러난 고3 소년의 툭툭 불거진 이두근에 경계어린 시선을 보냈다.

이진석이 먼저 소년에게 알은체를 했다. 그는 제 자리 옆의 포장마차용 플라스틱 의자에 소년을 앉힌 다음 형사과 공용 냉장고에서 요구르트 하나를 꺼내주었다.

이 경위는 애써 자상한 표정을 지어 보이기는 했지만 혜성이 느닷없이 나타난 까닭이 의아하기는 했다. 소년은 요구르트를 무슨 위스키 스트레이트 잔처럼 단번에 들이켜더니 다시 입을 다물었다. 겉만 봐서는 억지로 경찰에 끌려오기는 했지만 노련하게 묵비권을 행사하는 당당한 피의자의 모습이다.

이진석이 막 입을 열려는데 갑자기 성 경감이 소년 뒤에서 스윽 나타났다. 키가 유난히 작기 때문인지 시선 높이가 의자에 앉은 혜성과 거의 비슷했다.

"니가 한혜성이냐."

성 경감의 어조는 언제나처럼 높낮이 없고 딱딱했다. 하지만 어깨 뒤로 성 경감을 흘끔 쳐다본 혜성은 그다지 개의치 않는 눈치로 그렇다고 대답했다.

"안에서 조용히 얘기나 좀 들어볼까."

혜성은 몇 초간 무심히 앉아 있다 말없이 일어섰다. 소년이 먼저 앞장서 걷기 시작했다.

이진석은 그를 따라 조사실로 향하면서 성 경감에게 속닥거렸다.

"미성년자라서 보호자나 변호인을 붙여야……"

"얘기만 듣는 거야. 제 발로 걸어왔기도 하고. 신문이 아니지. 그러니 자네도 가급적 질문은 하지 말게."

"……"

성 경감은 세 개의 조사실 중 가장 안쪽에 있는 '먹방'을 골랐다. 어제와 오늘 연거푸 윤중정을 신문했던 곳으로, 창이 없는데다 지난 2월 진행된 청사 부분개축 때도 제외되는 바람에 1983년도 준공 이래로 어둑하고 음침한 분위기가 한결같은 방이다.

방에 들어선 혜성은 천장부터 불길한 느낌의 암적색 벽지를 두른 벽면까지 차근히 둘러보았다. 움찔거리는 기색은 전혀 없었다.

이진석은 절로 터져나오려는 한숨을 참았다. 그냥 동네 치기배 사망 사건인데 캐릭터들이 하나같이 만만치가 않네.

포마이카 테이블에 마주앉은 혜성과 성 경감 모두 한동안 말이 없었다. 이진석은 성 경감 뒤쪽 벽에 기대섰다. 굳이 성 경감의 지시가 없었더라도 이 면담에 개입할 생각은 없었다. 성 경감이 묵시적으로 그에게 부여한 역할이란 관찰이었다. 혜성의 자세, 태도, 팔과 다리의 움직임, 그리고 말을 내뱉거나 성 경감의 말을 들을 때 미세하게 비틀리거나 떨리는 얼굴의 근육 따위를 관찰하는 것이다.

물론, 저 소년이 그런 반응을 보인다면 말이다. 이진석은 우선 소년이 머리에 뒤집어쓴 저 커다란 겉옷을 벗겨버리고 싶었다. 입이 근질거렸다. 하지만 이진석은 애써 가만히 있었다. 어디까지나 보호자를 동반하지 않은 신문에 불과하다니까.

결국 입을 먼저 연 쪽은 성 경감이었다.

"공부는 잘하니?"

"……아뇨."

이진석은 조금 놀랐다. 계장님이 저런 헛발질을? 요새 아이들한테 공부 어쩌고 하는 이야기를 하는 게 금기라는 것을 모를 리가 없을 텐데 싶다가도, 이 년째 거의 매일 얼굴을 마주하고 있는 이 관록 있고 노숙한 경감의 가족에 대해, 개인 신상에 대해 아는 게 전혀 없다는 사실이 새삼스럽게 다가왔다. 어쩌면 자녀가 없을지도 모른다. 아니면 어린 나이에 낳아 빨리 키워낸 자식 아래로 이미 손주가 줄줄이 있을지도 모르고.

"성적은 딱히 신경 안 써요." 이번에는 혜성이 먼저 입을 열었다.

"그래, 성적은 이미 지나가버린 과거일 뿐이니 그리 신경쓸 필요가 없겠지. 뭔가를 배운다는 것 자체가 재미있으면 그걸로 축복인 게야."

이진석은 성 경감의 선문답 같은 말이 전혀 이해가 안 되는데다 꼰대처럼 구는 그 언동에 조금 아찔하기까지 했다. 그래도 소년이 별다른 대꾸를 않기에 자신도 가만히 있기로 했다.

"앞으로의 일, 이를테면 진학이나 살 곳이 걱정되니?" 성 경감이 나직하게 물었다.

"진학은 무슨……" 혜성이 픽 웃었다. 그 나이에나 어울릴 법한 허세가 어린 웃음이었다. 이진석이 보기에 그 행동은 형사과를 찾은 후 혜성이 처음으로 보이는 작은 틈이었다.

"나도, 경찰도, 그리고 여느 관공서도 자네를 진정으로 도울 수는 없을 게야. 하지만." 성 경감이 느릿하게 말을 이었다.

"스스로를 도울 수 있는 길에 대해서는 알려줄 수 있네. 우리한테서 몇 마디 주워듣고 간다고 해도 귀만 잠깐 따가울 뿐 딱히 해가 되는 것은 없을 테고. 조언이 필요하다면 언제든 말하게."

성 경감은 마치 어른을 상대하듯 이야기를 이어나갔다. 후드에 반쯤 가려진 소년의 얼굴에서 표정을 읽어내기는 어려웠다.

대화가 끊겼다. 약 오 분, 아니 거의 십 분간 침묵이 이어졌다.

이진석이 알기로 성 경감이 구사하는 신문 기술의 핵심은 침묵이었다. 그런데 이 소년 또한 만만치가 않았다. 돌덩이 같은 닻을 마음 깊숙한 곳에 내리고 한참을 이어지는 침묵을 견디는 저 정신머리는 타고나야 하는 것이었다. 보통 사람은 압박을 받으면 호두 껍데기가 깨지듯 입이 열리고 만다. 이 평범치 않은 두 사내는, 그렇게 마주앉은 채 공기와 고요를 음미하는 사람들처럼 서로를 보지 않았고, 또 동시에 서로를 면밀하게 관찰하고 있었다.

"그보다도." 소년이 느닷없이 입을 열었다.

"응?"

"윤 회장 아저씨가 도끼 들고 찾아왔다면서요."

수사 기밀이다. 이진석은 눈썹을 찌푸렸다가 다시 폈다. 윤 회장 주장의 진위가 어떠하든 간에 제삼자에게, 특히 피해자의 유족에게 털어놓을 수는 없는 사항이었다. 그럼에도 흥미롭다는 게 이진석의 솔직한 심정이었다. 고3짜리가 바로 그날 아침 경찰서 안에서 벌어진 일을 어떻게 알고 찾아왔는지도 궁금했고, 이 어처구니없는 상황을 백전노장인 성 경감이 어떻게 대처하는지도 보고 싶었다.

성 경감은 대답하지 않았다.

고개를 끄덕이지도 좌우로 젓지도 않았다. 성 경감의 뒤통수만 쳐다보던 이진석으로서는 성 경감이 어떤 표정을 짓는지 짐작하기도 어려웠다. 평소처럼 눈을 지그시 감고 있을 수도 있고, 범행을 완강히 부인하는 피의자에게 일격을 가할 때처럼 그 크고 못생긴 눈망울을 형광등 켜듯 번뜩 떠 보이고 있을 수도 있었다.

소년이 말을 이었다.

"뭔 소리를 했는진 대충 알겠는데, 다 불싯^{bullshit}이에요."

"······불····· 뭐라고?"

"개소리라는 말이에요, 영어로. 슬랭이죠."

이진석은 저도 모르게 끼어들었다가 아차 싶었다.

다시 소년과 성 경감 사이에 놓인 테이블 위에 침묵이 켜켜이 내려앉았다. 침묵이되 조금 전과는 달리 자연스럽지는 못했다. 뭔가가 움직이고 있는데 이진석으로서는 그게 뭔지 알 수 없었다.

결국 소년이 손을 들었다. 양어깨를 번갈아가면서 휘휘 돌리다가 이내 다시 입을 열었다.

"그런 타입이 아니었어요. 우리 아빠 말이에요. 마구잡이 타입의 주먹꾼이었지, 절대 장비는 들지 않았다고요. 기껏해야 쪽수에 밀릴 때 길거리에서 깨진 벽돌 줍는 정도가 다지."

성 경감은 꼼짝도 않았다. 소년의 말을 조용히 흡수하고 음미하며 분말이 된 뉘앙스들을 소화하는 기색이 느껴졌다. 성 경감은 오른손으로 자기 왼쪽 가슴팍 아래를 지그시 눌러댔다. 그렇게 또다시 오 분이 흘러갔다.

"그렇게 말하는 근거는?" 드디어 성 경감이 물었다.

이진석은 조바심이 났다. 소년이 당장 자리를 박차고 일어나선 "근거를 꼭 말해야 알아먹겠냐, 이 짭새들아? 니들이 나가서 찾아봐!" 하고 소리를 치며 나가버릴 것 같았다.

소년은 그렇게 하는 대신 과장되게 한숨을 쉬었다. 다행히 조사실 밖으로 뛰쳐나갈 기색은 안 보였다.

"짭…… 아니 경찰이 가진 근거가 두 가지죠?"

소년이 낮게 깐 목소리로 물었다. 갑자기 허세와 요동치는 흥분으로 들썩이는 소년의 모습은 씻어낸 듯 사라졌다. 겉은 그대로인데 속은 확 늙어버린 배우나 사기꾼을 상대하는 기분이었다.

"도끼 찾아낸 것 하나. 로담치킨 아줌마가 뭐라 헛소리한 게 다른 하나. 맞죠?"

"그렇다고 해두지." 성 경감이 거침없이 말했다. 산처럼 부풀어오른 어깨를 앞뒤로 흔드는 꼴이 꼭 이 상황을 즐기는 듯했다.

"일단, 로담치킨 아줌마 얘기는 절대 못 믿어요. 동네에서 소문난 뻥쟁이라고요. 구멍가게만한 치킨집 하나 하면서, 직전에는 논현에서 스탠드바 했다느니, 연예인이며 정치인, 조폭질하는 간부급 중국인들하고 알고 지낸다느니 하며 항상 뻥을 치고 다닌다고요."

"설령 네 지적이 옳다고 하더라도." 성 경감은 진지한 태도로 대답했다. "로담치킨 사장의 이번 진술마저 거짓이라고 할 수는 없는 노릇 아니겠느냐. 더구나 우린 치킨집 사장의 진술만 가지고 판단하는 것도 아니고 말이다. 주변 정황, 제삼자들의 진술하고 맞춰보고, 믿을 수 있다면 믿어야지."

"그 아줌마가 한 말이라는 게, 우리 아빠가 얼마 전 도끼 들고 치킨집 찾아가 테이블 까고 했다는 것, 맞죠?"

"대충은."

"치킨집에서 술 마시다가 엉망으로 취해 그랬다는 거죠? 맞아요, 안 맞아요?"

이진석이 혜성의 추궁해대는 듯한 어투에 발끈하며 입을 열었다.

"그래, 반시간도 안 되는 동안 소맥 폭탄만 서른 잔 넘게 말아드시고, 거기에 임페리얼까지 반병 넘게 마시더니 완전히 맛탱이가…… 아니, 술에 취해서 시비 걸고, 사방에 도끼 휘두르고 하다가 테이블도 몇 방 찍은 거지."

로담치킨 사장 부희라의 구체적인 진술 내용은 성 경감에게 보고한 적이 없었다. 그 때문에라도 끼어든 것인데, 성 경감이

리듬을 맞추듯 흔들대던 어깨를 딱 멈춘 것을 보니 괜히 신문의 흐름을 깨버렸는가 싶었다.

"그게 말이 되나요?"

"......"

성 경감은 대꾸를 하지 않았다.

"얼마 전이면 기껏 6월. 벌써 초여름인데, 여름옷 입은 사람이 버젓이 도끼를 들고 다닐 리가 있겠느냐는 말이에요. 어찌어찌 그대로 치킨집에 들어갔다 해도, 우리 아빠 술버릇 고약하고 술값 퉁치는 버릇 있는 건 동네에서 유명한데, 도끼까지 들고 나타났다면 로담치킨 아줌마가 당장에 신고를 넣거나 도망을 가거나 그랬겠죠."

"......가방 같은 데 넣어서 갖고 갔겠지." 이진석이 자신 없는 목소리로 말했다.

혜성이 시선을 들어 이진석을 보면서 픽 웃었다. "무슨 가방요? 소지품 한번 찾아보세요. 우리 아빠는 평생 지갑 하나 차고 다닌 적 없는 사람이에요. 사시사철, 심지어 한겨울 폭설 쏟아지고 칼바람 부는 날에도 삼선 쓰레빠에 예비군 군복바지 무릎 잘라 만든 칠부 하나 입고 다니던 게 우리 아빠라고요."

이진석은 유류품 중에 섞여 있던 축축한 예비군복을 떠올렸다.

"그리고, 다른 하나는?" 성 경감이 입을 열었다.

"다른 하나…… 뭐요?"

"우리의 다른 근거. 그러니까 도끼라는 실물이 존재한다는 사실에 대해서는 무슨 말을 하고 싶은 거냐."

"하아." 소년은 더더욱 어이없다는 태도로 한숨을 쉬었다. "윤 회장 아저씨가 그거 녹둥형제수산에 맡겨놨다가 되찾아 가지고 왔다고 했죠?"

"그걸 어디서 들었지?" 이진석이 사납게 물었다.

성 경감이 상체를 돌려 이진석을 올려다보았다. 돌처럼 딱딱한 시선에 이진석은 더 하려던 말을 잊었다.

"계속 말해보거라."

"형제수산 누구한테 맡겼대요?"

"……누구긴, 형제 중 한 명이겠지." 성 경감이 한참 말이 없자 허락을 얻었다고 생각한 이진석이 대답했다.

"누구인지는 확인 안 했고?" 성 경감이 이진석을 향해 물었다. 힐난하는 어조는 아니었지만 이진석은 절로 목이 움츠러들었다.

"예, 아직……"

"지철 아저씨하고 지구 아저씨, 이렇게 둘이 형제예요. 형제수산 운영하는 사람들." 혜성이 말했다. "그중 지구 아저씨한테 맡겼을 거예요. 도끼를 맡긴 게 사실이라면요."

"그렇게 말하는 근거는?"

"지철 아저씨는 지난 수요일에 배 타고 나가서 오늘 아침에 들어왔으니까요."

"지난 수요일이라면······"

"7월 22일."

"그래, 형제 중 지구라는 사람에게 맡겼다고 해두자. 그래서?"

"윤 회장 아저씨가 아빠 죽은 그날, 도끼를 가져와서 횟집에 맡겼다는 것을 어떻게 확인할 건데요."

"통상적인 절차에 따라 지구 사장을 조사해야겠지."

"경찰에 불러서 얘기를 들어본다는 말이죠?"

"그렇지."

"지구 아저씨는 말 못해요. 듣지도 못하고. 태어날 때부터 그랬대요."

"······"

성 경감과 이진석 모두 한동안 입을 열지 못했다.

"수화통역가를 불러야겠지. 아니면 필담을 하거나. 그러니까 글로 써서······"

"글도 못 읽어요. 학교도 제대로 못 다녔다고요. 아니, 그런 것을 떠나서요, 윤 회장 아저씨랑 지구 아저씨하고는 제대로 말도 안 통했을 텐데 그날 도끼를 맡아달라고 부탁하고 그런 게 가능하기나 했겠어요? 상식적으로? 지구 아저씨는 말 못하고 귀가 안 들릴 뿐이지, 다른 장애가 있는 사람도 아니에요. 그런데 웬 동네 사람이 건네는 폐급 도끼 하나를 이유 불문하고 넙죽 받아 챙기겠느냐고요."

뒤에 엉거주춤 서 있던 이진석은 그제야 깨달았다. 윤중정이 나름 꾸며 온 변명거리가, 귀퉁이서부터 무너져내리고 있었다.

이진석은 화가 났다. 이유는 알 수 없었다. 자신이 윤중정 편을 들 까닭이 전혀 없었다. 그런데도 화가 잔뜩 치밀어 뒤통수가 흠뻑 젖을 정도로 땀이 쏟아지는 이유를 이해할 수 없었다.

"하나만 물어보자." 성 경감이 여전히 높낮이 없는 어조로 말했다.

"지구 사장이 형제수산 형제 중 하나라면, 횟집 운영은 어떻게 하는 거냐. 주문을 받거나 하는 것 말이다. 심지어 전해 듣기로는 전화 주문까지 받았다고 하는데."

혜성은 그것도 모르느냐는 듯 코끝을 찡그렸다.

"형제수산은 메뉴가 두 가지 뿐이에요. 잡어회 모둠이랑 잡어회 탕. 각각 1번하고 2번 메뉴로 통하고. 집게손가락만 하나

세우면 1번 메뉴고, 손가락으로 브이 자 만들어 보여주면 2번이고. 소주는 알아서 꺼내 마시는 거고요. 전화 주문은 무조건 지철 아저씨 통해서 해요. 그러면 지철 아저씨가 지구 아저씨한테 핸드폰으로 전화 넣고."

"형제간 통화라도 어차피 대화가 안 되는 것 아니냐."

"어차피 지구 아저씨는 전화 안 받아요. 지철 아저씨가 한 번 전화하고 끊어버리면 1번 메뉴, 두 번 전화하고 끊으면 2번 메뉴, 이렇게 약속이 정해져 있어요. 화상 통화로 수화라도 할 수 있도록 스마트폰으로 바꾸자고 해도 지구 아저씨가 귀찮고 싫대서 여태껏 그러고 있다고요."

"그럼 누가 주문한 것인지, 어디로 배달해야 하는지 알 수 없지 않니."

"이 동네에서 녹등형제수산에 전화로 주문 넣는 데는 딱 한 군데거든요."

"사천양산향토연합회?"

"네." 소년이 이제야 말이 좀 통한다는 표정으로 고개를 끄덕였다.

"거기에 소주 다섯 병은 기본 포함 옵션이고."

12

"로담치킨 부희라 사장 통화내역 조회해봐."

성 경감은 혜성을 내보낸 후 계장석으로 돌아와 앉기도 전에 이진석에게 지시했다.

"네?"

"기간은 사건 당일인 24일이 되던 자정부터 오늘 오전까지. 아니, 오늘 26일 끝나는 자정까지로 특정하고."

"……뭘 보시려고요?" 이진석이 떨떠름한 표정으로 물었다.

"조금 전 걔가 이야기한 부희라의 지인들 말이야. 연예인인지, 중국인 조폭 따위가 정말 있는 건지, 개중에 윤중정하고 정말 선이 닿는 자가 있는지 한번 들여다보자고."

"……네. 근데 부희라가 임의협조를 해줄까요?"

"영장 받아서 해. 조용히, 언제나처럼 신속하고 신중하게."

이진석의 좁은 이맛살이 찌푸려졌다. 그는 성 경감이 습관적으로 내뱉는 모토인 '조용, 신속, 신중'이라는 어구를 티나게 싫어했다.

성 경감은 무거운 발걸음으로 제 책상을 향해 가는 이진석 경위의 등판을 바라보았다. 나이답지 않게 등과 어깨가 구부정한 게 영 마음에 들지 않았다. 하지만 '사내답게 어깨 쫙 펴고 걸어!' 하고 고함을 쳤다가는 요즘 세상에서 웃음거리밖에 되지 않는다는 사실을 이젠 너무 잘 알고 있었다. 게다가 좌충우돌이긴 하나 어찌되었든 결과는 가져오는 녀석이었다. 요새는 그런 경관조차 드물었다. 무엇보다 개인적인 사정으로 이 거대한 경찰 조직과 점점 거리를 두어가고 있는 성 경감으로서는 이진석 경위의 수완에 기댈 수밖에 없는 부분이 있었다. 경찰 수사에서 필요악이라고 할 수 있는 '경찰 내부 사정'에 관해서는, 이젠 이진석이가 성 경감 자신보다 훨씬 더 해박했다.

저 얄팍한 등판을 보고 있자니 조금 전 그 소년이 떠올랐다. 이진석과 너무나도 대비되는 각지고 커다란 그 체구 때문일 것이다. 요즘 아이들 말로는 피지컬이 좋다고 표현할 텐데, 한마디로 떡대가 좋은 녀석이었다.

흐음, 내가 경력 배치나 교육 담당자였다면 그런 애는 당장

03경비단 같은 데로 차출해 차근차근 키워나갈 텐데 말이야. 성 경감은 씁쓸하게 웃었다. 요즘 세상에 누가 이삼 년씩 기율 센 기동대 노릇을 하겠냐마는.

성 경감은 무슨 미련을 떨치기라도 하듯 허벅다리 위쪽을 두 손으로 턱턱 두들겨 떨어낸 후 자리에서 일어났다.

"현장 나가십니까?"

이진석이 벌떡 일어나 붙임성 있게 말을 걸어왔다.

"제가 운전할까요?"

"요 앞 화장실 간다. 신경쓰지 말고."

성 경감은 정말로 3층 화장실에 들렀다.

민원인 둘이 세면대 앞에서 머리를 맞대고 수군거리다 성 경감이 들어오는 걸 보고 대화를 멈추었다. 그중 한 명은 손바닥으로 입을 가리기까지 했다. 한눈에 봐도 유사 수신업이나 토지 지분 중개사기 따위를 모의하는 인간들이다. 아마 관련자 한 명은 이미 이 동부서 청사 어디선가 조사를 받는 중일 것이고, 이들은 대응책이니 변호사 선임이니 쑥덕대며 애써 마음을 가라앉히는 중일 터였다.

성 경감은 손에 비누 거품을 가득 묻혀 한참 동안 손을 씻었다. 하도 빡빡 문질러대는 바람에 손등이 벌겋게 달아올랐다.

하만수는 영 아니고. 성 경감은 동부서 여성청소년과 1계장인 하만수가 머릿속에 떠오르자 입을 비죽 내밀었다.

경력이나 나이를 따지자면 성 경감과 별 차이도 나지 않아 마음만 먹으면 막역하게 지낼 수 있었을 것이다. 그러나 성 경감은 기질적으로 그와 잘 맞지 않았다. 노인같이 지출 한 푼, 규정 한 구절 따져가며 딱딱대는 성향이 갈수록 심해지는데다, 성격 자체도 예전부터 음험한 구석이 있었다. 별명은 노괴. 늙은 괴물이라니 하만수의 성정에 딱 들어맞는 호칭이다. 경무와 내사 업무에 오래 종사해왔던 폐해인지, 수사, 방범 현업에서 입수한 정보와 단서까지 내부정치의 술수로 써먹는 데에 아무런 거리낌이 없는 자였다. 무엇보다 하만수는 성 경감에게 이상한 라이벌 의식을 대놓고 표하곤 했다. 이젠 다 늙어서 너나 할 것 없이 나란히 집에 돌아갈 준비나 해야 할 처지에…… 성 경감은 수도꼭지를 잠그며 혀를 찼다. 어찌되었건 그 여경을 불러내야겠는데.

성 경감은 자신의 속말에 스스로 찔끔했다. 요새는 '여경' 운운하는 말을 함부로 입 밖으로 내었다가는 영문도 모르는 채 질타당하곤 했다. 그런 단어를 언제 사용하고 말아야 하는지 하는 맥락이 중요한데, 솔직히 성 경감은 그런 맥락을 알아차리는 데에는 자신이 없었다. 구식이 되었군. 구제불능인 구식. 그는 냉동 버찌처럼 벌겋고 서늘해진 손을 좍 펴서 열이 오른 눈두덩에 갖다댔다. 뒤에서 민원인 사내들이 다시 작당하는 소리가 모기 소리처럼 들려왔다. 뭐, 어떻겠는가. 여경은 여경이니까.

지금 그가 염두에 두고 있는 자는 반영아 경위였다.

그 노괴 하만수 밑에서 2팀장을 맡아 고군분투한다는 소문이 자자한 반영아는 누구나 인정하는 에이스였다. 일선 서에서는 주로 강력 형사와 외사 사건을 맡았고, 지방청과 본청 정책부서를 거치면서 거기서도 꽤 인정을 받았다는 후문을 들었다. 나이는 대략 삼십대 중후반에 미혼. 대학원 심리학 박사과정중이기도 했다. 성 경감으로서는 왜 그런 것을 공부하려는 것인지 이해할 수 없었다. 뭐, 사람 심리라는 것은 척 보면 다 아는 것 아닌가. 하여튼 뭐든 열심이긴 했다. 성 경감이 반 경위의 이력 중 가장 마음에 들어하는 부분은 다름 아닌 운동선수 경력이었다. 그녀 자신은 한때의 일탈이니, 옛날 옛적 일이니 하며 쑥스러워하는 듯 말을 아꼈지만, 십대 시절 레슬링 자유형 48킬로그램급으로 활약했고, 부카레스트 주니어 월드챔피언십에서는 은메달까지 거머쥐기도 했다.

반영아는 하만수가 그 특유의 기괴한 청내 협잡질을 벌이지만 않는다면 내년 정기 인사 때 당연히 경감 승진을 할 터였다. 성 경감이 보기에도 어떤 기준으로도 믿을 만한 경관이었다. 잘난 체할 만한 덕목이 많은데도 입은 무거웠고, 볕에 그을린 푸근하고 거먼 낯빛 아래로 예리한 속내를 깊이 감추는 데도 능했다. 수사기법과 대인기술 모두에 한창 물이 오른 경위, 경감급답게 행동거지 또한 조용하고 과감했다.

세면대 앞 거울에 비춰 보니 사기꾼 타입의 두 남자는 성 경감의 눈치를 보면서 계속 웅얼대는 중이었다. 은밀하고 시급하게 서로 뭔가를 주고받아야 해서 이 화장실을 떠나지 못하는 모양이었다. 자세히 보니 그중 하나는 허여멀겋고 조금 맹한 구석이 씻기지 않은 게 공무원이었거나 아직 현직에 있는 자 같았다. 다시 말해 아직은 이 업계 초짜였다. 내가 나서서 조금 도와줄까. 성 경감은 고개를 획 돌렸다.

"아들 있소?" 성 경감이 물었다.

"네?" 예상대로 공무원 타입의 남자가 먼저 반응을 보였다.

"아들 있냐고."

"아…… 네."

"고2? 고3?"

"……고2입니다만, 왜 그러시죠?"

"한창 돈 나갈 때겠구먼. 이해합니다."

"뭘……?"

"부탁 하나 합시다."

"네? 저한테 무슨……?"

"이 건물 2층, 동관 제일 안쪽 복도에 가면 여청과 사무실이 있소. 여성청소년과 말이오."

성 경감은 물기가 남은 두 손을 방수 코팅이 된 면바지 허벅다리 부분에 쓱쓱 문질러 닦았다.

"거기 가서, 1계 2팀장을 찾으시오. 여경이오. 이름은 반영아. 그 경관한테 가서, 한칠규의 부계 쪽 친척이라 말하시오."

"……한칠규가 누군데요?"

성 경감은 무시하고 말을 이었다.

"애들 문제로 급히 상담을 드리고 싶다고 해요. 그런데 조용히 말씀드리고 싶으니까 잠깐 밖에서 뵐 수 있냐고 해서 청사 뒷마당으로 불러내보시오."

"허허…… 내가 왜……?"

"그러는 당신은 누군데?" 같이 있던 까무잡잡한 남자가 거칠게 끼어들었다.

"보면 모르시오? 정중히 부탁하는 사람이지."

"허, 참. 우린 바쁜 사람들입니다. 다른 데 알아보시구려."

"오 분도 안 걸리는 일이오. 당신은 여기 남고, 당신이 가시오."

성 경감은 공무원 타입 남자를 지목하며 문 쪽을 향해 손짓

했다.

"빨리 끝내고 오면, 그 봉투도 주고받고 못다 한 밀담도 나눌 수 있을 거요."

공무원 타입 남자의 얼굴이 하얗게 질렸다. 반면 까무잡잡이는 두꺼운 입술을 쑥 내밀며 가는 눈을 치켜떴다.

"뭔 봉투?"

"재킷 안주머니에 든 그 봉투 말이오." 성 경감이 대답했다.

"……그게 왜요?"

"합법적으로 주고받을 수 있는 돈이오?"

"당신이 뭔 상관인데."

성 경감은 양손을 허공에 뿌려 손가락 끝의 물기마저 떨어냈다. 그리고 화장실 문가로 다가가 쪼그려앉고는 문짝 아래쪽 모서리에 붙은 자물쇠용 걸쇠 위에 손을 얹었다.

"이 문을 잠글 수도 있소." 성 경감이 말했다.

"아니면 당신들 중 하나가 여청과에 갈 수 있도록 문을 열어둘 수도 있을 것이고. 선택지는 두 개인 거지."

두 남자는 말이 없었다.

"그냥 문을 잠그면 그로써 공식적인 수사가 시작된다고 생각하면 되오. 현행범으로 체포해서 돈봉투를 수색, 압수하고, 당신네 둘의 연고 관계, 직업, 가족, 사업적 이해 관계에 통화내역과 이메일, 문자 발·수신 내역까지 쫙 훑게 되는 거요. 거창하게 들리지만 별일은 아니오. 이삼일이면 내 밑의 경관 하나가 거뜬히 처리하고도 남을 일이거든. 그러는 와중에 당신네 중 한 명은 그간의 히스토리를 술술 불어댈 테고. 사실 그이삼일이란 것도 대부분이 페이퍼워크 처리하는 데 소요될 시간인 겁니다. 다시 말해 이번주 주말이 오기 전에 검찰 송치, 각자 직장에 통보절차까지 다 끝낼 수 있다는 거요."

"우리…… 대체 내가 무슨 잘못을 했다고." 까무잡잡이가 입을 비죽거렸다.

"아마 뇌물수수겠지. 아니오? 배임수증재, 횡령, 조세범처벌법위반 등등도 고구마줄기처럼 달려 있을 터이고. 각종 가중처벌 특별법 적용은 일단 별론으로 해둡시다. 당신들 신분을 정확히 모르니 어떤 법률 적용을 받을지 확신이 안 서니까."

"……"

"아직까지는 말이오. 조만간 알게 되겠지."

성 경감은 손을 얹고 있던 걸쇠의 버튼을 눌렀다. 짤깍하는 소리가 휑한 화장실에 울려퍼졌다.

"갔다 오겠습니다." 공무원 타입이 말했다.

성 경감이 몸을 일으켜세워 다시 문을 열어주었다. 사람 한명이 겨우 빠져나갈 틈이 생겼다. 공무원 타입 남자가 후들대는 다리를 양손 주먹으로 턱턱 내리치면서 화장실을 나갔다.

성 경감은 다시 문을 잠갔다.

13

"뭐예요, 속임수를 쓰신 거예요?"

넙데데하고 거무튀튀한 얼굴에 거의 웃음을 띠는 법이 없는 반영아도 유독 성 경감을 재미있어했다. 말투는 건조하고 따지는 투였지만, 화장실에서 만난 사기꾼 타입 인간을 어찌어찌 구슬려 자신을 불러낸 것을 알고 나자 눈가에 떠오른 웃음기는 어쩔 수 없는 모양이었다.

"그치 인적사항은 적어놨소?"

"네, 일단은."

"경제팀에 첩보 통보해두시오. 뭘 좀 주고받는 모양이더니까."

"의리 없으시네요, 경감님도." 반 경위는 눈을 부릅떴다. "그보다도 전화를 하시지 그랬어요? 아니면 문자로 나오라고 하거나."

"나는 그런 것을 믿지 않아요. 알지 않습니까."

"언제까지 정보 경관 행세를 하실 건데요? 그때 일 있고 일선 서 나오신 지 벌써 십 년도 지나지 않았나요?"

"십사 년. 반 팀장이 경찰에 들어오기도 전이죠."

평소처럼 반 경위의 말에는 거침이 없었다. 하지만 성 경감도 그때의 일을 거론하는 데 별로 개의치 않았다. 적어도 반 경위 앞에서는 그러했다.

"저한테는 말 놓으세요. 언제까지 그러실 거예요?"

"나중에."

"나중 언제요?"

"적절한 때가 올 거요."

성 경감은 담배를 바닥에 비벼 껐다. 불러낸 용무가 이제 시작된다고 느꼈는지 반영아도 따라 담배를 껐다.

"여청 업무 관련 사항인데. 한혜성이라고 알죠?"

"음, 잠깐만요. 환호고 3학년 남학생, 걔 맞지요?"

반영아는 기억을 헤집는 양 잠시 눈살을 찌푸렸다. 하지만 성 경감이 보기에는 시간을 버는 전형적인 수법이었다. 소년 사건과 별 관련이 없을 강력계에서 무슨 까닭으로 자기네 '리스트'에 올라 있는 소년을 언급하는 건지 가늠해보는 중일 터였다. 성 경감은 습관에 가까울 반영아의 저 가장술에 딱히 마음이 쓰이지는 않았다. 적어도 경관으로서 제 앞가림을 하고 있다는 표식이었고, 나쁘게 보더라도 자그마한 직업적 병폐에 불과한 정도로 여겼다.

"걔 부친도 기억납니까?"

"이름까지는 모르겠고…… 가정 사정이 좀 안 좋지요? 어머니 안 계시고 편부 양육으로 기억하는데. 아버지가 사고를 자주 쳐서 우리하고도 인연이 깊다고 하고. 알고 있는 것은 그 정도예요. 왜, 무슨 일이 있어요?"

"부친 이름이 한칠규요. 24일에서 25일 사이에 사망했소."

"아…… 사고사? 아니면 지병이 있었나요?"

"둘 다일 수도 있고, 사건화될 수도 있는 상황입니다."

"누구……? 이런 거 물어봐도 되나?"

"……"

"내사 대상 말이에요."

성 경감은 잠시 눈을 감았다 떴다. "윤중정이라고, 이 지역 폭력배요. 아니, 과거에 그랬다는 거고, 지금은 나름 사업한답시고 내세우고 다니는 자입니다. 그자가 주먹질이며 발길질까지 한 사실은 인정이 될 것 같고. 물론 내사 범위를 그자에게

만 한정 지은 것은 아닙니다."

"흐음, 제가 어떻게 도와드릴까요."

"그냥 한혜성이 이야기나 좀 해주시오. 가족이나 생활에 관련된 것이든, 아니면 학교 안에서나 밖에서 맺고 있는 연고선이든 간에."

"통상 소년들 관련해서는 연고선이 아니라 교우 관계라고 표현하죠." 반영아가 픽 웃었다.

"어찌되었든."

"제가 임지 오면서 받은 파일에 보면 꽤 악명이 높았더라고요. 환호중 다닐 때 쌈박질도 많이 하고, 격투기 운동을 하면서 이례적으로 승급도 빨리 해서 플래카드도 걸리고 말이에요. 왜, 체육관 앞에 웃통 벗고 찍은 사진까지 박아넣은 플래카드 있잖아요. 아무리 남자애라도 중학생인데 그런 사진을 걸어놔도 되는지 모르겠지만."

"몸이 좋지요?"

"아……" 반영아는 한숨을 작게 내쉬었다. "애들 몸이 아니던데요. 좀 무시무시할 정도로."

"연고…… 교우 관계는?"

"몇몇 꼴통하고 어울리는데 별거는 없어요. 아, 개중에 봉진호라고 하는 놈이 좀 설치고 다녀서 눈여겨보고 있기는 해요. 재수없게 레슬링 선수 출신인데…… 엇나갔죠. 요새 만나고 다니는 부류들이 아주 질이 안 좋아서. 혜성이까지 그 무리 작당하는 데 휩쓸렸는지는 아직 잘 모르겠고요."

"최근에는 어땠습니까. 그래도 나이들면서 폭력성 사고는 덜 치지 않았나요."

"덜 치는 게 아니라, 사실 아예 없어요. 적어도 최근 이 년 동안은요. 그래도 다른 애들하고 면담해보면 아직 소문은 많이 도는 모양이에요. 돈 받고 사설격투장 알바 선수로 뛴다느니, 큰돈 걸리면 승부조작도 한다느니 하는 도시전설 같은 얘기들 있잖아요. 녹등뿐 아니라 저기 광명 폭력배들 돈까지 내려받아 자기 이름으로 고리 사채를 돌린다는 루머까지 들었는데, 다 근거는 없어요. 아예 뜬소문일 수도 있고, 아니면 지나치게 영악해서 정말 나쁜 짓을 하고 다니는데 흔적을 남기지 않는 것일 수도 있고."

"흔적이 없나요?"

"네, 전혀."

"제대로 파본 적이 있지요?"

"약간."

"정말 흔적이 없던가요?"

"말했잖아요, 그렇다고." 반영아의 얼굴에서 순간 표정이 사라졌다.

"으음." 성 경감이 잠시 입을 다물고 청사 너머 녹둥시를 둘러싼 산자락을 쳐다보았다.

"개도 관련 있을 것 같아요?" 반 경위가 물었다.

"응?"

"한칠규씨 사망 사건에."

"설마. 아무리 그래도 혈육이지 않습니까."

"관련이 전혀 없나요?" 반 경위는 성 경감의 말투를 흉내내며 재차 물었다.

"가능성은 다 열어놓고 있지요. 그게 우리 일이니까."

반영아는 고개를 끄덕이긴 했지만 성 경감의 말에 납득한다는 표정과는 거리가 멀어 보였다.

침묵이 흘렀다.

"그래요." 반영아가 입을 열었다. "흔적이 없는 것이라면 사실도 없는 거겠죠. 정말 나쁜 짓 않고 잘사는 것일 수도 있지 않나요? 본바탕이 착한 애이거나, 아니면 천성을 바꾸었거나."

"......"

"흠. 그건 좀 아니겠죠?"

"나야 모르지요." 성 경감은 소리 없이 웃었다.

"사람 속을 잘 읽으시잖아요."

"그것도 옛날의 치기였을 뿐이오." 성 경감은 씁쓸해진 입맛을 다셨다.

"직접 면담해본 적은 있으시오?"

"딱 한 번, 걔가 환호고 입학하자마자요. 면담해야 하는 우려 소년들 리스트가 있어요."

"어땠습니까."

"아주아주…… 비협조적이었죠." 반영아는 당시의 어떤 장면이 떠오르는지 자조적으로 웃었다.

"생긴 것은 시원시원해서 뒤에서 수를 쓰는 타입은 아닌 것 같던데. 그때는 제가 애들 다루는 기술이 부족하기도 했고요."

"그 리스트라는 것은 무얼 기준으로 작성되는 것인가요?"

"여러 가지죠. 소년분류소 이력자는 필히 포함이고, 그 밖에도 면담 소년 본인이 사고 친 내력에, 부모나 보호자 자신이 사고 친 경우도 좀 골라내고. 아마도…… 혜성이는 본인이 벌인 사고는 그리 중하지가 않아서 기준에는 해당되지 않았을 거예요."

"그럼?"

"걔네 아버지요. 부친 성명은 지금 경감님한테서 처음 들은 것 같은데. 아마, 하던 일이……"

"전문 시비꾼."

"네, 그도 그렇고. 거기에다 학교 찾아와서 난리를 그렇게 피워댄대요. 혜성이 학교는 물론이고 혜리 학교까지. 대낮부터 술에 잔뜩 취해 교무실 난입하고 교사들 폭행하는 것은 예사이고. 가끔 심각한 수준까지 치달아서 일반 사건이었으면 당연히 입건했을 거예요. 여태 학교 재단에서 쉬쉬하며 덮었던 것 같은데, 과연 요새 젊은 교사들이 언제까지 그걸 참아낼 거라고 생각하는지…… 아, 이제 더이상 그럴 일은 없긴 하겠네요."

"혜리가 한혜성의 동생이지요?"

"네, 한혜리. 환호중 2학년. 사실 오빠는 요새 겉으로나마 조용조용하게 잘살고 있는데, 그 여동생이 요즘 녹둥 시내에서 떠들썩하게 굴고 있죠. 완전 라이징 스타예요."

"심각한가?"

"아직까지는 그닥. 앞으로 계도를 잘해야죠."

성 경감은 눈을 지그시 감았다. 누런 이물감이 시각 안에서 꿈지락대는 게 느껴졌다. 해변에 밀려든 해초처럼 무언가가 발치에 걸려든 듯 찜찜한 기분이었지만, 그 실체가 무엇인지 딱히 잡히지가 않았다.

"한칠규. 혜성이, 혜리의 아버지 말입니다. 가장 최근에 학교에서 난동이나, 그 엇비슷한 일을 벌인 게 언제쯤입니까?"

"음. 사실 학교에서 공식적으로 신고한 건은 거의 없다시피 해요. 조금 전 말씀드린 사정 때문에."

"재단에서······"

"네."

"비공식적으로 들은 이야기라도."

"정확하지는 않은데, 아주 최근 일이 하나 있었던 모양이에요. 일주일도 안 지났을 텐데. 환호중 혜리의 담임교사하고 제가 속을 좀 터놓고 지내는 편이에요. 자세한 얘긴 해드리기 어렵지만 인간관계며, 학교 예결산, 경비 처리 문제 등등 해서 고민거리가 있다고 했어요. 마음이 좀 여린 사람이기는 한데, 며칠 전 이야기를 에둘러 하면서 굉장히 서럽게 울더라고요. 교사 일을 계속 해나갈 수 있을지 모르겠다면서. 사정이라는 게, 한 학부모가 좀 심하게 민원을 제기했는데, 그 선생 자신도 수치스러운 일을 당한데다 말리던 다른 교사 한 명이 다치기까지 했다더군요."

"그 학부모가 한칠규일 것이다?"

"느낌은 그래요."

"혹시 한칠규가 흉기를 휘둘렀다는 이야기는 들은 적이 없나요? 예를 들어 칼이나 손도끼 같은."

"······도끼요? 일단 제가 들은 이야기는 없고요. 설마 그래도 명색이 학부모인데 그 정도까지 했을까요? 물론…… 장담은 못하지만."

"면담을 한 혜리 담임은 여교사일 테고?"

"네."

"고맙소, 이야기." 성 경감은 돌아서려다가 다시 반영아를 쳐다보았다.

"한혜성이, 그애 공부는 어떻소?"

"아."

반영아는 담배를 꺼내 불을 붙이려던 손을 멈추었다. 뭔가 생각이 난 듯했다.

"특이사항이 있어요. 그걸 말씀 안 드릴 뻔했네요. 혜성이 개, 공부를 잘해요."

"……?"

"그것도 그럭저럭 잘하는 게 아니라 엄청 잘해요."

"허어." 성 경감의 눈썹이 꿈틀했다. 아까의 짐작이 맞았다.

"거의 톱 수준이에요. 경위는 묻지 마시고, 슬쩍 성적부를 훔쳐본 것이라 딴 데 가서 말씀하시면 안 돼요. 뭐, 경감님이 그럴 분도 아니시지만. 어쨌든 나나 경감님은 인생을 다시 한번 살아도 도저히 받을 수 없는 성적일걸요?"

반영아는 입을 크게 벌리고 소리 없이 웃었다.

"조심해야겠군."

"뭘요?"

"그냥 일반론이오. 머리 잘 돌아가는 녀석들은 조심해야 한다는 거지." 성 경감도 반영아를 따라 입술을 실룩이며 웃었다. "그리고 내가 혜성이네에 대해 물은 것은……"

"우리 계장님한테 비밀로 하라고요? 그러죠. 그런데, 비밀로 하는 것과는 별개로 두 분 사이좋게 좀 지내시죠?"

"반 팀장은 그쪽 계장과 사이좋게 지내는 모양이지."

"아, 저한테는 너무 요원한 일이라. 이번 생에서 이루지 못할…… 차라리 제가 공부를 잘하고 말지."

반영아는 처음으로 크게 소리 내어 웃었다.

14

한혜성이 녹둔 동부경찰서 뒷마당을 지나 청사 부지에 접한 2차선 도로로 통하는 개구멍을 빠져나오는데 누군가가 "한 사장!" 하고 크게 소리쳤다. 길 건너 '종합버거' 앞 보도블록에서 땅딸막한 덩치 하나가 헤벌쭉 웃고 있었다. 혜성은 윗입술을 질근 물었다. 뽕쟁이였다. 이 더운 날씨에 더운 김이 무럭무럭 나는 거대한 햄버거를 와구와구 씹는 중이었다. 커다란 입술과 손가락이 진득한 갈릭브라운 소스로 범벅이 된 게 멀리서도 보였다.

"역시 한 사장이야." 뽕쟁이가 씩 웃었다.

"……덕분에."

"나는 한 사장이 그냥 안에서 바로 은팔찌 찰 줄 알았어."

"무슨 소리야."

"짭새들이 하는 일이 그렇잖아. 진범을 떠먹여줘도 정작 떠먹이는 사람을 털어서 붙드는 찐따 짓."

"니가 준 정보, 진짜였을 거 아니야."

뽕쟁이는 혜성을 지그시 바라보다 고함을 쳤다.

"당연히 진짜쥐이."

뽕쟁이는 성난 개처럼 으르렁거리는 시늉을 해 보였다. 입구멍 안쪽의 시커먼 어금니까지 훤히 드러나는 기괴한 표정이었는데, 아마 요즘 따라다니는 형들에게서 배운 모양이었다. 아니면 시시한 어느 유튜브 인플루언서를 흉내내는 것일 수도 있고.

"그런데 한 사장 한 성질 하는데다 그 라운드킥이 흉측한 거 내가 또 알잖아. 곰들이 한 사장 보고 찔끔해서 바로 구속치려 들 줄 알았다 이거지. 하여튼 수고했어. 두부라도 한 모 사 왔어야 하는데."

뽕쟁이가 마지막 남은 햄버거 패티를 입속에 홀라당 넣으며 만족스럽게 웃었다.

"무슨 소리야. 내가 빵에 갔다 온 것도 아닌데."

"어여 가자. 오늘은 이 형님이 좋은 데서 한잔 쏠 테니까."

"집."

한혜성이 단호하게 잘라 말했다.

"처리해야 할 게 산더미야. 장례식이며, 임대아파트 계약이 승계되는지도 알아봐야 하고. 엄마한테도 연락은 해야지. 오늘은 집에 갈게. 혜리하고 얘기해볼 것도 좀 있고."

"그리고." 뽕쟁이가 얼굴에서 표정을 지우면서 말했다. "틈나는 대로 공부도 하시고? 범생이처럼?"

"……아까부터 뭔 소리야?"

둘은 서로를 노려봤다. 침묵이 한참 흘렀다.

"대학 갈 거냐?" 뽕쟁이가 물었다.

"미쳤냐, 내가?"

"혜리도 불러."

"어디로 부르라고?"

"우리가 먼저 자리잡고 연락 때리면 되지."

"그러니까 어디에서?"

"간판 달고 영업하는 데는 아니라 상호는 잘 몰라. 지도 앱에도 안 나오고."

뽕쟁이는 능글맞은 표정으로 이죽거렸다.

"……"

"걱정 내려놔. 남자들끼리만 가는 그런 좋은 데는 아니니까. 와인도 있고, 미리 전화 넣어두면 샴페인 재고 꼬불쳐둔 것도 몇 병은 내올 수 있으니까. ……한마디로 품위 있는 데라 이거지. 혜리 같은 애들도 좋아할 만한……"

"혜리 이야기는 웬만하면 꺼내지 말지."

"혜리는 니가 먼저 입에 올렸잖아."

"어이."

"……"

"나한테 따로 할말 있냐." 혜성이 뽕쟁이에게서 한 걸음 물러나며 말했다. 무의식적으로 오른쪽 골반이 살짝 뒤틀렸다.

무척이나 더운 날씨였다. 밀랍처럼 녹아내리는 대기의 끈적이는 흐름이 하나하나 전부 눈에 보이는 듯했다.

뽕쟁이는 이마와 목덜미의 땀을 손등으로 훔쳤다. 손에 묻은 소스 때문에 턱과 목덜미가 온통 엉망진창이 되었다. 그는 한혜성과 멀어진 간격을 좁히지 않은 채 입을 열었다.

"할말이라…… 없어. 당분간은."

둘은 서로를 다시 지그시 쳐다보았다.

뽕쟁이는 도로변을 경계 짓고 있는 철제 울타리에 몸을 비스듬히 기댔다. 지방이 덕지덕지 낀 허리를 혜성과 같이 꼿꼿이 세우고 있는 것도 힘겨워 보였다. 공기 중에 스며든 습기 때문에 유난히 묵직한 날씨였다. 하지만 그런 것치고 뽕쟁이의 이마 위를 뒤덮은 땀은 지나칠 정도였다. 눈썹이 물먹은 잎

사귀처럼 축 늘어졌다.

결국 뽕쟁이는 고개를 돌렸다.

물론 두껍고 기다란 팔을 아래로 늘어뜨리면서 마치 어이없지만 여유롭고 관대하게 이 상황을 받아들이겠다는 듯 거들먹거리는 제스처이기는 했다. 하지만 사실 그에게 더이상 혜성의 눈을 정면으로 버티고 마주볼 기력도, 담력도 없는 게 분명해 보였다. 특유의 무모함을 발휘해 한 방 질러볼까도 싶었지만, 지독하게 덥고 지치게 하는 날씨 때문에 그마저 엄두가 나지 않았다. 아니면 지난밤, 그리고 지지난밤까지 연달아 위장에 퍼부은 술 때문일 수도 있고.

"어쨌든 고맙다. 조만간 신세는 갚을게."

혜성은 길쭉한 다리를 움직여 몸을 돌렸다.

"신세 갚기 전에 신세 져야 할 일이 또 생기는 것 아냐?"

뽕쟁이가 씩 웃었다. 혜성의 스텝을 보고 있자니 뱃속이 부글거렸다. 입방정을 떨고 있다고 스스로 생각하면서도 입을 그냥 붙들어 맬 수가 없었다.

"……"

혜성은 다시 몸을 뽕쟁이 쪽으로 돌리고 고개를 주억거렸다. 할말 있으면 해봐, 하는 제스처였다. 하지만 조금 전과 달리 그다지 투지를 신진 않았다. 혜성의 눈빛은 막내의 어리광을 보는 형의 그것 같았다.

뽕쟁이는 다시 뺨 근육을 당겨 더 크게 웃었다. 공을 문 듯 입 안쪽이 콱 막혀 웃음소리가 잘 나지 않았다. 목덜미의 두둑 한 살집이 풀을 먹인 듯 뻣뻣해졌다.

"걱정해주는 거지. 한 사장, 이 친구야. 앞으로 당분간 처신 을 잘해야 할 것이다, 이런 말이야. 누구 라인에 설지 이런 것 도 좀 살피고."

"……"

"윤 회장, 그 아재 성질머리가 보통이 아니잖아. 요새 중국 출신의 날래고 앞뒤 없는 칼잡이들하고 어울린다는 얘기도 돌 고 말이여."

"너도 그쪽하고 어울리냐."

"허, 그럴 리가 있냐. 윤 회장이 중국이라면 우리는 미국이 야. 미중 무역 갈등. 시사상식 몰라? 우리는 미국 쪽에 딱 달 라붙었어. 우리 쪽 형들이 들여오는 약도 전부 미제, 사람에 장비도 전부 미제라고. 중국제 짝퉁 공장약 따위하고는 질적 으로 다르지."

뽕쟁이는 제 숨이 막혀올 정도로 껄껄 웃었다. 급기야 커다 란 발등으로 철제 울타리를 차거나 무릎을 한껏 들어 밟아대 는 시늉을 했다. 혜성은 뽕쟁이의 구두를 보고 픽 웃었다. 한

켤레 제작하는 데 송아지 서른여덟 마리의 엉덩이 피혁이 필요하다는 구두랬다. 뽕쟁이의 허세에 어울리는 브리오 지오르굴리오 살바토레 브랜드였지만, 당연히 레플리카에 인조 가죽이었다. 가로로 쭉쭉 뻗기만 하고 아무런 실용성도 없을 저 구두 밑창 문양에 목을 거는 또래들을 혜성은 결코 이해할 수 없었다.

울타리의 철제 파이프가 울리면서 컹컹 개가 울부짖는 듯한 소리가 났다.

"설령 윤 회장하고 거래를 하더라도 어디까지나 딱 한 방 일회성에, 오직 현금 거래인 거지. 그 아재하고 나 사이에 의리 같은 건 없어. 안 그랬으면 오늘 같은 정보를 너한테 줬겠냐?"

뽕쟁이는 평소의 호흡을 찾은 듯 한결 편안해진 표정이 되었다.

"하여튼 몸조심하라고. 문제 있으면 이 형님한테 연락 넣고. 물불 안 가리는 애들 몇은 싼값에 붙여줄 수 있으니까. 뭐, 어때. 당장 캐시가 없더라도 나중에 신세 진 거 몽땅 썸해서 갚으면 되잖아."

"중국 애들 서넛 정도야." 혜성은 뽕쟁이의 등뒤로 우람하게 솟은 버드나무를 바라보았다. 길고 가는 가지 끄트머리가 바람에 한들거리면서 초록색 음영을 사방에 흩뿌려댔다.

"걔들 정도야, 나 혼자서 걷지도 못하게 만들 수 있어. 니가 말하는 미제 장비, 미제 인력 같은 것 없어도."

뽕쟁이는 흐뭇하게 그를 쳐다보았다. 새끼가 나하고 맞먹으려고 허세를 까네. 그렇게 한참 빙긋이 웃다가 웃음을 그쳤다. 이 새끼 혹시, 진심인 건가?

"그런데?" 결국 뽕쟁이가 입을 열었다.

"그런데, 가족이 문제인 거지." 혜성은 혼잣말을 하듯 중얼거렸다.

"곧 학교 졸업하고, 군대도 가야 하는데……"

"미쳤냐. 군대를 왜 가. 나처럼 살 좀 찌워. 면제 확정받고 나서 빼면 되지. 미제 삭센다saxenda¹ 주사 열댓 방이면 지방이 무슨 물처럼 줄줄……"

뽕쟁이는 혜성의 눈빛이 다시 거칠어지는 걸 보고 입을 다물었다.

혜성은 뽕쟁이에게 가까이 다가가 어깨를 두어 번 툭툭 친 후 도로를 건너갔다. 뽕쟁이가 집까지 그랜저로 태워다주겠다고 소리쳤지만, 정말 못 들은 건지 아니면 그냥 무시하는 건지 혜성은 말없이 저편으로 사라져갔다.

---

1 비만치료제의 일종.

"재수없는 새끼."

뽕쟁이는 다시 이마의 흥건한 땀을 훔쳤다. "딱 한 번인데. 딱 한 번 바닥에 눕히기만 하면 완전 떡처럼 문대버릴 수 있는데 말이야."

뽕쟁이는 혜성의 뒷모습을 멀거니 보면서 계속 중얼댔다.

"그런데 눕혀지지가 않으니……"

그래도 어쨌든…… 뽕쟁이는 누군가로부터 귓속말로 칭송을 듣기라도 한 것처럼 커다란 턱을 끄덕였다. 경찰에 정보는 잔뜩 먹여줬다. 이제 윤 회장 아저씨는 뒤가 급해질 것이다. 이것저것 쓸데없이 귀찮은 일이 자신에게까지 미칠 걱정은 없을 테고. 적어도 당분간은.

혜성한테 빚 하나 지운 것은 덤으로 따라온 효과이기도 했다.

뽕쟁이는 입술을 길게 찢으며 씨익 웃었다. 적어도 이번만은 진심어린 만족이 가슴속 그득 퍼져나갔다.

15

"다 확인했습니다."

이진석의 어조에는 평소의 느긋함이 없었다. 그는 성 경감에게 다가가 속닥이는 어투로 말을 걸었다. 28일, 저녁 여덟시가 조금 넘은 시각이었다. 한칠규 사망 후 만 삼일이 다 되어가고 있었다. 어제 하루, 그리고 오늘 오전까지는 수사의 소강기였다. 특별한 진전 없이 사건 현장 주변에서 수거한 CCTV 영상만 하루종일 돌려봤다. 별로 볼 만한 결과는 없었다. 4배속, 5배속까지 속도를 올려보아도 그 많은 양을 단번에 해치우는 데에는 한계가 있었다. 애당초 가로등도 드문드문하거나 있는 등도 깨져 잘 켜지지 않는 동네였다. 영상에 찍힌 어스름한 실루엣이 사람인지 들고양인지도 판독하기 어려울 지경이었다. 게다가 어제는 성 경감마저 이례적으로 하루 휴가를 쓰는 바람에 사무실 분위기는 오랜만에 화기애애했다. 녹둥 동부서의 주말 축구 동우회를 그대로 형사1계 사무실에 옮겨다 놓은 느낌이어서, 그 탓에 수사 진척이 없기도 했다.

1계 계원들은 시켜 먹은 중국 음식 포장재들을 한데로 치워놓은 후 담배 한 대씩 피운다고 청사 뒤편으로 몰려갔다. 칸막이 너머 2계 형사들은 요새 골몰하고 있는 함정수사 건인지 뭔지에 여념이 없었다. 다들 여전히 느슨한 분위기였다. 나사가 조금씩 조여지고 있다고 느끼는 건 이진석뿐인 듯했다.

"읊어보게."

읊어보게. 성 경감이 수시로 입버릇처럼 사용하는 표현이었다. 꽉 짜인 스토리가 만들어질 수 있을 만큼 수사자료를 모으고, 분류하여, 보고하라는 성 경감의 요구가 집약된 말이었다. 제대로 된 수사란 등장인물, 타임라인, 그리고 이들이 얽히고 설켜 벌어지는 사건의 사슬이 물처럼 틈 하나 없이 흘러가는 이야기를 만들어내는 법이었다. 그것이 성 경감의 수사 지론이었다.

"먼저, 로담치킨 부회라입니다. 통화내역은 사건 당일인 24일부터 26일 자정까지 만 이틀치만 땄습니다. 윤중정이 서에 찾아온 게 26일 오전 여덟시 즈음이지요. 발신 쉰여섯 통, 수신 여든네 통, SNS 메시지가 사백쉰네 건인데. 개중에 찜찜한 느낌이 드는 것은 발·수신 음성 통화내역 세 통입니다. 수신 건은 둘, 발신이 하나. 어휴, 겨우 걸러냈어요. '광양요업물산'이라는 인천 소재 사업자 명의의 폰 번호인데, 어, 시간이……25일 이십시 삼십사분에 수신, 이십이시 오십육분 발신, 그리고 다음날인 26일 새벽 두시 사십사분에 수신 한 통, 이렇게 세 통입니다."

"광양요업은 어디 프런트인가?"

"어, 대표 명의자는 그냥 백 퍼센트 순수 바지인 것 같고요. 2018년 이후로 공적 기록상으로는 아예 흔적이 없는 걸 보니 노숙자이거나 단순 행불자인 모양이에요. 사업자 등록은 인천 연수동 쪽에 내놓기는 했는데 실 사업은 서울 동대문 쪽에서 운영하고 있습니다. 주로 중국에서 도기나 건설용 판재, 타일 따위를 수입한다고 하고. 그러니까 세무서에 제출하는 서류상으로는 말입니다."

"실 운용자는?"

"성명 천진석. 으흠. 새끼가 나하고 이름이 같네요…… 하여튼 소싯적에 강간미수 전과가 하나 있고요, 요새 주력은 보이스피싱, 자금세탁, 국외 재산포탈 등등입니다. 겉으로는 그럴듯해 보여도 매출은 그리 크지 않고 소소하게 생계유지만 하는 수준인 모양이고."

"나름 지능범이군."

"지능범이긴 한데, 돈복은 별로인 것 같아요. 또 한편으로 관재수는 좋은 것 같고. 혐의, 죄질, 범죄 전력에 비한다면 실형 산 기간이 의외로 얼마 안 되거든요. 성범죄도, 피싱도 양형이 얼마 안 되던 초창기 때 일찌감치 걸려서 조금씩만 살다 나올 수 있었던 거죠."

"소위 얼리 어댑터 타입인데 지그시 눌러앉아 있질 못하는 건가…… 윤중정과의 관계는?"

"아직 본청 데이터베이스에 올라와 있는 것은 없고요. 비공식적으로 알아보기는 했습니다."

"동대문 쪽?"

"네, 거기요. 물론 윤중정하고 직접 관련된 증거는 찾지 못했는데, 어, 이 천진석의 업무 중 하나로 인력공급이라는 게 있습니다. 왜, 그 힘쓰는 애들 있잖습니까."

"중국에서?"

"네, 중국도 포함해서, 서남아, 동남아 출신들까지. 작달만하면서 힘 좋고 날랜 부류들 말입니다."

이진석 경위는 자기가 뱉어놓은 말에 움찔했다. '작달만하고 힘 좋고 날래다'는 말이 성 경감을 가리켜 비아냥거리는 걸로 들릴지도 모른다는 생각이 들었다. 하지만 성 경감은 무슨 생각인가에 깊이 빠져 허공의 한 점에만 집중하고 있었다. 이진석의 말꼬리를 잡을 낌새는 전혀 없어 보였다.

"인력 중개를 하면서 윤중정하고 연결되었을 거라는 짐작인가?" 성 경감이 중얼거렸다.

"인력 중개업 특성이 있지요. 인력으로 부른 애들이 친 사고 뒷수습 따위의 사후관리가 필수입니다. 애들 한 번 보내고 끝나는 일회적인 비즈니스가 아니라 클라이언트와 관계가 오래오래 돈독하게 갈 수밖에 없는 구조이지요."

"그래?"

이진석은 녹둥 관할로 전입해 오기 직전까지 동대문 일대 일선 서를 주로 돌았고 서울경기 광역수사대와 임시로 차려진 특수수사본부도 여럿 거쳤다. 이진석이 담당했던 광역 사건들도 대부분 우연찮게 동대문 관내에서 발생한 것들로, 그는 여러모로 버섯 서식군처럼 형성된 그 지역의 외국인 밀집지역들과 인연이 깊었다.

"그런 일에 서울 브로커를 썼을까."

"더더욱 타 지역 브로커를 써야죠. 그래야 인력 불러다가 오더 내리고, 대금 지불하고 하는 연결고리가 하나라도 헐거워져서 나중에 뒤지기 어려워지거든요."

"걔를 만나봤겠고?"

"천진석요? 네. 통화내역 뒤지다가 그 이름이 튀어나오자마자 접견신청을 넣었죠."

"접견?"

"바로 어제 새벽에 투약으로 잡혀갔다네요. 광역대 마약계에서 현행범으로 친 건데, 아마 수입, 유통 여죄나 상선을 기대한 모양입니다. 글쎄, 근데 제가 보기에는 향정으로 초범인데다가 아직은 단순 투약 혐의뿐이고, 선행 전과도 꽤 오래전 것이라 왠지 검사가 금세 풀어줄 것 같더라고요. 그래서 얼른 갔다 왔죠."

"뭐라던가."

성 경감은 약간 짜증이 난 듯 툴툴댔다. 결론부터 선보고, 그 이유나 사태의 경과는 후보고 사항이었다. 이진석은 형사 1계를 통할하는 성 경감의 지론을 알면서도 제대로 지키려 들지 않았다. 그래도 항상 어떻게든 엮어가지고 오는 성과가 아예 없는 것이 아니다보니 뭐라 하기도 어려웠다.

"윤중정하고 직접 알지는 못한다고 잡아떼더군요. 부희라는 잘 알고 있고, 어릴 적부터 동네에서 친하게 지내던 동생이다, 인천인지 녹둥 신도시인지 인근에서 치킨집 한다고 들었지만 최근에 만난 적은 없고 가끔 통화만 한다, 이게 천진석의 설명이고요. 그렇게 한동안 입씨름하다가 결국 윤중정이라는 자는 몰라도 '인천 윤 회장'이라는 자는 안다고 실토했습니다."

"어떤 사이인데."

"왜, 이 년 전에 경기 서남부 벨트에서 인천 외곽까지 해서 수입 중고차 허위매물 사기가 한창 열풍이었잖습니까. 자기도 거기서 사업장 하나를 운영하고 있었는데, 거기 투자한 전주 중 한 명이 윤 회장이었답니다. 내놓은 투자금은 쥐똥만한데 하도 깐깐하게 굴어서 아주 질리게 만드는 인간이었다는군요."

"인력 중개로 맺어진 인연은 아니네."

"매물 사기 사업, 이게 참 묘합니다. 토지 지분 쪼개기를 하든, 재고도 없는 벤츠 S350을 팔아치우든, 전문 사기단 사업이라는 게 결국 사람 장사 아니겠습니까. 한창 물오른 영업직 한 부대 구하는 게 사업의 핵심이라, 여기 투자하는 자들은 결국 돈 대고 사람을 사들이는 꼴이지요."

"본질은 인력업이라는 건가."

"그렇지요."

"그래서, 천진석 얘기는?"

"통화는 한 적 있답니다. 일자, 시간은 기억 못하지만 아주 근래였다네요. 통화내역 확인은 아직 못했습니다. 그 '인천 윤

회장'하고 통화할 때 법인폰 말고 개인용 대포폰을 쓴다는군
요. 번호는 자기도 기억 못하고."

"그 폰은 광역대 마약계에서 압수했겠고."

"그렇지요."

타 관서에서 압수한 물품을 다시 압수하려면 영장을 재차
받아 이중집행을 해야 했다. 사법절차상으로 아주 미묘한 부
분이기도 하거니와, 실제 집행 과정 또한 험난하기 짝이 없
을 터였다. 광역대, 특히 그중에서도 마약계 수사관들은 특유
의 비닉주의秘匿主義로 악명이 높았다. 판사가 내준 압수영장
을 영장 유효기간에 맞춰 집행하는 것만도 쉽지가 않을 것이
었다. 특히나 자금업부터 인력업까지 다양하고도 선구적인 지
하 사업 아이디어로 제법 이름이 난 천진석의 신병을 오랜만
에 확보한 마당이니 더더욱 그러할 터였다.

"통화한 용건은?"

"별거 아니라고 하더군요. 윤 회장이 느닷없이 전화를 걸어
와, 녹등 제3항 인근 구 상업지구에서 재개발 추진안 하나를
구상중인데, 영업 보상 처리 문제로 협조해줄 그 일대 사업자
하나를 소개해달라, 다시 말해 바람잡이 해줄 한 명을 주선해
달라. 뭐 이런 취지로 부탁을 했다네요."

"딱히 누구를 집어서 말하지는 않고?"

"그건 아니고, 다만 유흥업 사업자 쪽이면 좋겠다고만 했답니다."

"술 마시고 도끼 휘두를 무대가 될 법한 사업장을 원했던 거군."

"어…… 결국 그런 셈이네요."

"……"

성 경감은 팔짱을 끼고 의자를 돌렸다. 그러고선 이진석 경위의 존재를 잊어버린 듯 창밖을 하염없이 바라보았다.

이진석이 보기에도 장마가 끝난 여름 하늘은 무심할 정도로 새파랬다. "아, 휴가 가고 싶다." 이진석은 저도 모르게 중얼거렸다.

"부르지." 성 경감이 다시 이진석에게로 몸을 돌리며 말했다.

"윤중정요? 그전에 그자 폰을 까봐야 하지 않을까요."

"……"

성 경감은 눈을 지그시 감고 손바닥으로 그 위를 꾹꾹 눌렀다. 이진석은 그 모습이 정말 늙은 너구리 같다고 생각했다.

성 경감이 입을 열었다.

"부희라부터 바로 불러. 경과를 실토받아 조서를 남기고, 시차를 두지 말고 윤중정도 불러. 단호하게 변명 기회를 딱 한 번 더 준 다음, 종전 진술 유지한답시고 거짓말하면 그걸 근거로 윤중정 영장을 치도록 하지."

"폰 수색영장요?"

"이쯤 되면 구속해야지. 혐의는 일단 상해치사, 위계 공무
집행방해, 증거위조 교사로. 윤중정 폰 수색은 일단 거기에 부
대해서 집행하도록 하고. 거기서 뭐가 나올지 아직 모르잖아?
별건 혐의가 나오면 일괄해서 한꺼번에 압수수색 영장을 받도
록 하게. 지만이한테는 내가 미리 연락해두도록 하지."

"……지만이요?"

"아…… 원 검사 말이야."

이진석 경위는 성 경감이 평소의 그답지 않게 지나치게 흥
분하고 있다고 생각했다.

물론 거무튀튀하고 두툼한 그 얼굴만 봐서는 그런 기색이
겉으로 전혀 드러나지 않았지만.

16

부희라의 신문은 이진석이 맡았다. 당연했다. 주임수사원은 어디까지나 이진석 경위였다.

여자는 똑똑한 축이 못 되었고 심지 또한 그리 굳지 못했다. 무엇보다 굳이 버텨야 할 동기가 없었다. 금세 한칠규의 도끼질 운운했던 종전 진술은 어쩔 수 없이 내뱉어야 했던 허위라고 실토했다. 고향 오빠라는 천주홍한테서 연락이 왔다. 녹둥 일대에서 크게 사업을 하고 있는 윤 회장을 한번 만나보라 했다는 것이었다. 결코 손해를 보는 건수는 아닐 것이라 보증을 해왔다. 굳이 그런 얘기가 아니더라도 오는 손님을 내치지는 않는 게 자기 성격이라 선선히 그리하겠다고 대답했다. 천주홍은 천진석의 개명 전 이름이었다. 천진석은 첫번째 수감 생활중 살뜰히 모은 영치금을 몽땅 들여 현재의 이름으로 바꾸면서 출소 후에는 실력에 비해 사나운 재운이 좀 나아지기를 기원했다. 이진석은 가족관계등록부를 조회하여 부희라의 진술을 확인했다.

천주홍과 통화한 바로 그날 밤, 그리고 다음날 새벽 두 차례나 윤 회장이 찾아왔다. 치킨집으로 직접 찾아와 거두절미하고 몇 가지 부탁을 했다. 고압적인 태도이긴 했지만 무언가에 쫓기는 듯 조급하게 구는 티가 얼굴에 분명했다.

"그냥 사업 때문이라고만. 사업상 분쟁이 걸려 있는데, 상대편에서 작전을 쓴 것이라고 하더라구요. 일종의 셋업 범죄라고. 자기는 완전히 결백한데 해명할 근거가 살짝 부족하니 자신을 대신해 변명거리 하나만 말해달라고 부탁하더라고요."

"그 변명이라는 게?"

"칠규 아저씨가 우리 치킨집 와서 도끼를 휘두른 일이 한번 있었다고, 어렴풋이 기억난다고만 해주면 된다고 했어요. 경찰 가서 그리 말하라는데 마침 다음날 동부서에서 냉큼 찾아왔더라고."

"돈 받았어요?"

"아휴, 아니요. 그런 것 전혀 없었어요."

"그럼 윤중정이 때렸어요?"

"아이고, 그런 분위기가 전혀 아니었다니까요. 전혀. 그냥 주홍이 오빠가 부탁하기도 하고, 윤 회장님이 여기 일대 개발이 제대로 진행되어야 지역사회 경기도 확 살아난다고 해서…… 우리가 언제까지 조개만 파먹고 살겠냐, 치킨도 사먹고 소고기도 사먹고 해야 하지 않겠냐. 뭐, 그런 말씀을."

"영업 보상 얘기도 했죠?" 이진석이 을러댔다.

"……우리 치킨집도 요건이 쪼끔 미비하긴 한데, 자기가 신경쓰면 적당히 능쳐서 보상금 두둑이 타먹게 하는 일 정도는 간단하다고 했어요. 제가 그것 때문에……"

"그래서요?"

"칠규 아저씨는 저도 원래부터 아는 사람이에요. 동네 사람들 죄다 알죠. 술 마시고, 사람 패고, 그렇게 지랄하다 결국 돈 안 내고 토끼기까지."

"한칠규씨한테 맞은 적 있어요?"

"저는 아니죠. 여자는 잘 안 때린대요."

다만 한칠규가 로담치킨에 와서 자신에게 살림 차리자고 고래고래 소리를 지른다거나, 외설적인 옛날 군가를 부르거나 하면서 소란을 부린 적은 있다고 했다.

"그리고……" 부희라는 한참을 곰곰이 생각하다 뭔가를 떠올렸다.

"한 번인가, 두 번쯤 마늘치킨을 처먹어놓고 일반 프라이드 값만 떡 내놓는 거 아니겠어요. 자기는 마늘 알레르기가 있어서 절대 마늘치킨은 안 먹는다고 오리발을 내밀더라고요."

갑자기 부희라는 뭐가 그리 서러운지 울먹였다.

그 밖에 삼 주 전인가 치킨집 테이블 하나를 내다버린 일은 실제로 있었다고 했다. 테이블 상판 밑면에 검은 곰팡이가 잔뜩 슬어 있는 것을 우연히 발견하고 기겁했기 때문이라고 했다.

진술은 그 정도로 마무리되었다. 진술서 날인을 마친 후에야 갑자기 선처를 해달라며 진술실을 나가지 않고 버티는 통에 조금 진땀을 뺐을 뿐이었다. 그건 그렇고, 검은 곰팡이라니. 으으. 이진석은 로담치킨에 치킨을 먹으러 갈 일은 결코 없으리라 생각했다.

부희라가 나가자 이진석은 약간 자존심이 상했다. 허무감까지 밀려들었다. 부희라의 진술을 무너뜨리는 데 그 덩치 좋은 고등학생 녀석이 내민 주장을 그대로 갖다 사용했기 때문이었다.

한혜성, 이 자식. 건방진 자식. 조서와 사건자료를 파일철에 집어넣고서 파일 모서리를 테이블 위에 톡톡 쳐 가지런히 정리하면서 이진석 경위는 속으로 투덜댔다.

어쨌든 수사가 탄력을 받아 진행되어나가는 경과에 성 경감은 만족하는 듯 보였다. 성 경감이 그답지 않게 길고 굵은 팔로 이진석의 어깨를 감싸안으며 말했다.

"영장 치기 전에 확실히 채비할 수 있도록. 무엇보다 녹등 제3항 네거리 일대 CCTV 영상. 민제, 관제 구분 없이 수거해서 삼 초 단위로 끊어가며 철저히 검토하라고 지시했던 거는 잘 실행하고 있는 거지?"

이진석은 뭐라 항변을 하려다 소용없는 짓이라는 것을 금세 깨닫고 그만두었다. 등을 돌려 제 자리로 돌아오면서 대놓고 한숨만 푹 쉬었다.

"아, 휴가 가고 싶다."

이진석은 중얼거리면서 다시 CCTV 영상을 틀었다. 한동안 눈이 빠질 듯이 거무스름한 영상을 돌려보다 고개를 드니 성 경감은 이미 사라지고 없었다. 김철은 역시나 졸고 있었다. 형사과 사무실과 그 앞 복도까지 텅 빈 채 고요했다.

요즘 부쩍 일찍 나가시네. 어디 재혼처라도 알아보시나? 이진석은 고개를 갸웃거렸다. 하릴없이 이런저런 망상을 떠올리다 이내 그만두었다. 할일이 태산이었다. 넋 놓고 있을 새가 없었다.

× × ×

수원 동부서 소년수사계 오동진 경위는 별명이 '교회 오빠'
였다. 반영아도 그를 놓고 수다를 떨 일이 있을 때면 남들처럼
그를 가리켜 '정말로 좋은 분'이라고 추어올리곤 했다. 하지만
반영아 개인의 취향만으로 따진다면 영 아니었다. 그런 유의
선량함은 딱 질색이었다. 그렇기에 작년 말 오동진이 수원에
서 열린 전국 경찰 합동 소년 사건 제도개선 세미나가 느지막
하게 파한 자리에서 자신에게 데이트 비슷한 것을 신청해왔을
때, 자신이 대체 뭘 잘못했기에 이런 난감한 상황에 처해야 하
나 홀로 한탄하기도 했다.

그런 연유로 늦은 저녁 오동진으로부터 개인폰으로 전화가
걸려왔을 때 반영아는 가슴이 덜컥 내려앉았다.

이 자식이, 아직도 정신을 못 차렸나. 그렇게 남들 앞에서 창
피를 당했으면서도. 반영아는 속으로 그렇게 중얼거리면서도
통화 버튼을 터치하는 제 손이 벌겋게 달아오르는 것은 어쩔
수 없었다. 젠장, 교회 오빠라니.

오동진의 용건은 데이트와는 무관했다. 수원 동부서 관할
하에 있는 인계동의 한 유흥주점에서 폭행 사건이 발생했다.
연루된 일곱 명 모두 소년이었고, 그중 한 명은 출혈이며 골절

등이 조금 심하기는 했지만, 다들 고소할 생각도, 엄마들을 불러 일을 키울 생각도, 심지어 치료비 배상을 받을 생각조차 없다고 진술했다고 전했다. 소란 와중에 찢어져버린 누군가의 버버리 퀼팅 재킷만 보상해준다면 아무런 문제도 없을 분위기라는 것이다.

"그런데요?"

한여름에 웬 재킷인지 의아해하며 반영아는 물었다.

"그중 한 명이, 크게 다쳤다는 애 말고 다른 한 명 말입니다. 반 경위님이 어제 동태를 알아봐달라고 메신저를 돌린 그 둘 중 한 명이라."

"아." 반영아는 정신이 번쩍 들었다. "이름이?"

"봉진호요. 거주지도 그쪽 녹등으로 나오데요. 전력 조회해보니 출력물도 꽤 묵직할 것 같고. 어찌할까요?"

"제가 갈게요."

"어, 그럼 좀 서두르셔야 할 것 같습니다. 길게 붙잡고 있을 명분이 많지 않아서."

얼른 퇴근해야 한다 이거겠지. 그러면 진작 연락부터 하든가. 반영아는 투덜거리면서 날아가듯 수원으로 넘어갔다. 마음이 급했다. 수원을 지나 서울로 들어가는 차량으로 꽉 찬 반대 차선과 달리 반영아가 달리는 하행 차선은 다행히도 텅 비다시피 했다.

여청과 면담실에 뽕쟁이가 퉁퉁 부은 채 의자에 기우뚱하게
자리를 잡고 있었다. 혜성과 다른 의미에서 고등학생의 피지
컬이 아니었다. 질펀하게 먹고 마시느라 십 년은 소모한, 서른
중반의 펑퍼짐하고 불만 가득한 유흥가 업주 모습이었다. 오
동진은 행사를 치르고 왔는지 정복 차림이었다. 뽕쟁이 맞은
편에 홀쭉하니 앉은 오동진은 몹시 난감한 표정이었다. 연두
색 파스텔 톤의 커버를 깔아둔 티테이블 위에 팔꿈치를 대고
다리를 떠는 꼴이 몹시 안절부절못하는 듯했다.

반영아는 오동진을 내보내고 뽕쟁이 앞에 섰다. 반영아 경
위를 삐뚜름히 올려다보는 뽕쟁이의 표정이 돌처럼 딱딱하게
굳었다.

"어허." 뽕쟁이가 이상한 신음소리를 냈다. "녹둥 동부서에
서 무슨 일로 먼길을 오셨나."

"가자. 내가 집까지 데려다줄게."

"나 차 있어요."

"면허 없잖아."

"다음달 시험 신청했어요. 생일 지났거든. 게다가……" 뽕
쟁이가 기지개를 켰다. 넝마나 다름없이 찢어진 흰 셔츠 사이

로 시꺼먼 겨드랑이 털이 너풀거렸다.

"기사까지 딸린 차거든."

"너, 말이 짧다."

티테이블이 허공을 날아 홱 뒤집어졌다. 콜라가 반쯤 채워진 사기 컵이 박살나는 소리에 오동진이 토끼눈을 하고서 문을 벌컥 열었다. 바깥 문짝에 귀를 대고 엿듣고 있던 모양이었다.

뽕쟁이도 눈에 띨 정도로 움찔했다. 방심하고는 있었다지만 제법 묵직한 목제 테이블이 어떻게 넘어갔는지 전혀 눈치채지 못했다. 앞에 청동상 모양으로 선 여자 경관의 팔다리에도 움직이는 낌새가 전혀 없었던 것이다.

뽕쟁이는 조금 주눅이 들기까지 했다. 어처구니없게도 갑자기 아빠가 생각났다. 주먹을 날리기 전에 마치 무슨 발작을 일으키는 것처럼 밥상을 뒤집던 양반이었다. 그자가 집 나가 객사한 이후로 이런 기분도 참 오랜만이었다. 뽕쟁이는 어색하게 두 팔을 움직이다가 팔짱을 꼈다.

"팔 풀어." 반영아가 말했다.

뽕쟁이가 느릿느릿하게 팔을 풀어 아래로 늘어뜨렸다. 오동진이 슬며시 문을 닫고 나갔다.

"왜 이러는데요?" 뽕쟁이가 씨익 웃었다.

"여기 애들 친 것 때문에? 어땠는지 방금 저 아재한테 함 물어보세요. 아님 CCTV 직접 돌려보시든가. 다섯이 한꺼번에 몰려들어 한참 나를 패대기치는 장면이 고스란히 찍혔을 테니까. 나는, 참다못해 딱 한 번 잡아 밀어젖혔을 뿐이고."

뽕쟁이는 고개를 좌우로 틀어 보이며 제 관자놀이를 가리켰다. 혈관이 터지며 먹칠한 듯 새까만 줄 몇 개를 만들어놓았지만, 그것 말고 별다른 상흔은 보이지 않았다. 이른바 주먹을 흘려보내는 식으로 요령 있게 타격을 받아냈을 것이다. 반영아는 한숨을 크게 내쉬었다. 오동진이 앉아 있던 의자에 털썩 앉아 몸을 앞으로 길게 기울이고 뽕쟁이와 시선을 맞추었다.

"왜, 이래요? 부담스럽게."

"혜성이하고 같이 있었어?"

다시 뽕쟁이의 표정이 변했다. 어색하게나마 짓고 있던 웃음마저 사라졌다.

"아하."

"그래, 아하." 반영아가 뽕쟁이를 흉내 냈다.

"그 일 때문이시구나. 우리 혜성이 때문에 이 밤에도 열심히 달려오신 모양이구나."

뽕쟁이는 다시 그 비아냥거리는 듯한 웃음을 지어 보이려 했다. 이번에는 잘되지 않는지 지저분한 기름기와 여드름이 수북한 뺨을 실룩거리기만 할 뿐이었다.

"그 일 때문이라면, 그냥 곱게만 따라가드릴 수는 없고요."

반 경위가 말없이 눈썹을 들어올렸다.

"변호사 불러주시죠."

"내가 할 일은 소년 선도 차원에서 너를 네 집이 있는 환호 동까지 데려다주는 거야. 그걸로 끝인 거고." 반영아는 잠깐 말을 멈추고 빤히 뽕쟁이를 쳐다보았다.

"그리고 네가 지금 할 일은 딱 하나, 녹둥 시내 동부서 관할 안에 가만히 붙어 있는 거야. 가만히, 누굴 만나지도 말고, 전화도, 메신저도 말고, 뭘 판다고 나대지도 말 것이며, 그냥 움직이지 말고 있는 거지."

"……"

"알아듣겠니?"

"싫다면?"

"그땐 정말 변호사 불러야겠지. 없으면 우리가 소개해줄 거고."

뽕쟁이는 답하지 않았다. 더이상 입을 열지 않는 것은 반영아도 마찬가지였다.

돌아오는 도로는 엉망진창으로 막혔다. 구형 소나타를 몰아 그런 교통체증을 헤쳐나오는 일은 반영아의 거칠고 과감한 운전 스타일로도 쉽지 않았다. 그 덕에 반영아 경위는 혜성과 혜리 남매에 대해, 옆자리에 뚱하니 앉아 눈치를 살피며 핸드폰를 뒤적이는 저 뽕쟁이 봉진호에 대해, 성 경감에게 비공식적으로 보고하고 제안할 내용에 대해 곰곰이 생각할 시간을 충분히 얻을 수 있었다.

17

같은 사람인가 싶을 정도였다.

윤중정의 차림새는 26일 오전, 당당하게 제 발로 형사1계를 찾을 당시 그 모습 그대로였다.

가슴팍이 약간 끼는 듯한 남청색 아르마니 재킷에 옥스퍼드화 스타일의 적갈색 가죽 슈즈. 거기에다 이진석은 아예 이름도 들어본 적 없는 브랜드의 자주색 치노팬츠까지 그날의 차림새 그대로였다.

하지만 전체적인 몸가짐과 분위기는 완전히 달라져 있었다. 구제 옷가게에서 커다란 옷을 얻어다 입고는 엉거주춤 어색해하는 노숙인처럼 보일 정도였다.

윤중정은 이진석의 질문에 넋이 나간 듯 대답했다. 질문을 제대로 이해하지 못하고 엉뚱한 이야기만 지껄여 몇 번이나 을러대야 했다. 이진석이 건넨 부검보고서에 첨부된 사진들, 로담치킨 부희라와 형제수산 권지철의 진술서, 그리고 두툼한 통화내역 따위를 마치 제 일과 무관한 것인 양 공허한 눈으로 들여다보기만 했다. 하룻밤 사이에 희끗해진 머리털을 연신 쓸어대거나 머리 거죽을 북북 긁을 때마다 비듬이 석회가루처럼 재킷 어깨에 내려앉았다. 이진석은 무척이나 비위가 상했지만 굳이 한마디하려고 들지는 않았다.

좀더, 좀더 몰아세워야 했다. 통제된 스트레스 상황하에서 나오는 틱 행동들은 곪은 상처에서 뚝뚝 떨어지는 고름과 같은 것이었다. 불안을 해소하기는커녕 내면의 신경을 더욱 긁어댈 뿐이었다. 스트레스는 덧난 상처처럼 더욱 심해지고 급기야 신체적인 고통으로까지 느껴질 터였다. 이 급성 틱 장애 현상은 더욱 악화되고, 이 악순환이 바로 수사관에게 실체적 진실에 더욱 다가가는 길잡이가 된다. 이것이 성 경감의 또다른 수사기법 지론 중 하나였다. 이진석 경위도 그에 대해서만은 전적으로 동의했다.

하지만 저 비듬은 좀…… 어쨌거나 윤중정은, 싹 바뀌어버린 외모나 옷매무새, 매너만큼이나 진술을 유지하는 데에도 실패하고 말았다. 흉악한 외국인 인력까지 써가며 녹둥항 일대에서 크고 거칠고, 때로는 교활하게 사업을 벌인다는 사람 치고 김이 샐 정도였다.

아마도 나름의 정보망을 모두 돌려 진행되는 이야기를, 한 칠규 사망 사건 수사가 어떻게 진행되고 있는지를 이미 전해 들었을 것이다.

부희라의 소환 진술. 그리고 결국 실질적인 진술은 이끌어 내지 못했지만, 도끼를 맡아둔 경위를 다그치는 이진석의 신문 에 울음을 터뜨리고 만 권지구의 행태. 그리고 "동생은 아무것 도 모른다. 내가 윤 회장으로부터 잡어회 모둠 하나 배달해달 라는 전화를 받고 동생에게 전달한 것 말고 더이상은 말할 게 없다"면서 단호하게 딱 잡아떼는 순도 백 퍼센트의 시커먼 뱃 사람 권지철의 진술 따위도 윤중정의 귀에 들어갔을 터였다.

결국 윤중정은 실토했다. 사실 열 대 이상 두들겨팬 건 맞다 고. 옛날 후배들을 엄히 다스리던 시절처럼 "약간 밟아주는 식 으로" 팼다는 것이었다. 그러는 와중에 그가 몇 번 쓰러졌고, 그 상태에서 숨차하며 더러운 침 거품을 콧구멍과 입으로 내 뱉기도 했다. 하지만 이전부터 앓아온 병도 있었고, 원래부터 그런 유의 페이크를 부리는 데는 도가 튼 친구라 자신에게도 그런 협잡질을 한다고 여기고는 그냥 내버려두었다고 했다. 그뿐이었다. 분명한 건, 향토회 사무실을 나갈 때까지는 살아 있었다.

충분했다. 성 경감 말대로 정당방위 주장이 애초부터 받아들여지기 어려웠을지 몰라도, 윤중정은 그따위 아이디어를 변명이라고 만들어냈다는 사실 자체로 중형을 각오해야 할 것이다. 계속 거짓말을 붙들도록 만들어 영장을 치자는 성 경감의 생각과는 조금 달라졌지만, 이진석 경위로서는 이러한 수사 코스가 좀더 안전하다고 생각했다. 뭐, 이해해주시겠지. 게다가 계장님은 때때로 지나치게 모험주의적이잖아.

"혹시……" 조서를 마무리짓는데 갑자기 윤중정이 입을 열었다.

"사실은 진짜 때린 사람이 제가 아니라 따로 있으면 정상참작이 될까요? 책임을 모면하려는 게 아니라, 그냥 집행유예 정도로."

놀고 있네. 이진석은 코웃음을 쳤다.

"윤 회장. 잘 생각하세요. 공모해서 그런 일을 벌인 거라면, 가담자도 똑같이 처벌받는 것은 물론이거니와, 죄질은 더욱 나쁜 거예요. 둘, 셋이서 작당해가지고 아픈 사람을 죽도록 팼다고 합시다. 어떨 거 같아요, 판사가 보기에."

"……어, 그럼 제가 혼자 한 걸로."

"뭐야. 혼자 한 거 맞아요? 우리 수사 다시 할까요?"

"혼자 했습니다." 윤중정이 냉큼 말했다.

이진석은 평소처럼 파일철을 접고 가장자리를 테이블 위에 톡톡 쳐서 정리했다. 하지만 마음과 생각은 그만큼 깔끔하게 정리가 되지 않았다. 입맛이 썼다. 무언가 찜찜했다.

혜성이 그놈 때문인가.

결과적으로 사건은 한칠규의 아들내미 말대로 흘러갔다. 솔직히 이진석으로서도 윤중정이 내민 도끼가 어이없을 정도였지만, 한편으로 한칠규라면 능히 그럴 수 있으리라 여겼던 것도 사실이었다. 은행원들을 설득하는 사업가처럼 어깨를 바짝 세운 채 넉살 좋고 당당하게 주장을 펼치는 윤중정의 행태에 잠깐 현혹되었을지도 몰랐다, 혹은.

잠깐 어떤 이미지 하나가 머릿속을 스쳐지나갔다.

음. 뭐였지, 방금?

이진석 경위는 십수 초간 골똘하게 머리를 짜내다가 그만두었다. 아, 젠장, 휴가나 가야지. 속으로 생각만 하며 윤중정의 손목에 수갑을 채웠다. 긴급체포였다. 김철을 불러 윤중정의 옆에서 팔짱을 끼고, 바지 뒤춤의 몽블랑 가죽벨트도 꽉 부여잡고 있게 했다. 호송 서류철도 챙겨 옆구리에 꼈다.

조사실을 나오니 문 바로 앞에서 정장 차림을 한 오십대 후반의 사내가 성 경감과 실랑이를 벌이고 있었다. 입에서 내뱉는 법률 어휘는 제법 그럴듯한데 컹컹거리는 말본새는 건달이나 다름없이 거칠었다. 동부서 후문 건너 근생상가에 일 년 전쯤 개업을 한, 홍…… 뭐라고 하는 변호사였다. '초강력 수사 대응' '불송치/불기소/무죄 전문' 따위의 문구가 쓰인 거대한 플래카드로 3층짜리 건물을 온통 휘감다시피 해놓아 말이 많았던 자였다. '윤중정 전담 변호사'를 자처하며 그를 한참 따라다니다, 결국 아주 최근에 환호동 시장 재개발 관련 사건 일체를 턴키로 따내는 대박을 쳤다고 들었는데 그 소문이 사실인 모양이었다. 그러니 저리 기를 쓰지.

이진석은 윤중정을 호송하는 김철을 먼저 보내고 소란이 벌어지는 광경을 한참 구경했다. 변호사의 기세도 왠지 연극적으로 보였다. 단지 자신의 역할을 해야 하니 할 뿐이라는 맥빠진 분위기가 역력했다. 성 경감은 사람 좋은 미소를 은근하게 입에 걸고서는, 홍 변호사의 항변을 한 귀로 듣고 한 귀로 고스란히 흘리고 있었다. 소란은 결국 잠잠해졌다. 호송차량에 탑승하기 전에 잠깐 변호사 면담 시간을 주기로 양해가 되었다. 음, 어쨌든 윤중정한테 수임료 얘기를 꺼낼 시간은 확보한 거군.

이진석은 김철을 따라 급히 1층으로 내려갔다. 이미 김철은 윤중정을 데리고 대기 장소인 3호 게이트로 이어지는 복도 초입까지 도달해 있었다. 윤중정은 툭 튀어나온 눈망울을 소처럼 굴려대며 금방이라도 울음을 터뜨릴 듯한 표정이었다. 성경감이 계원 둘을 데리고 잰걸음으로 그 뒤를 바짝 따라왔다. 홍 변호사는 아직 보이지 않았다.

그날의 메인 이벤트는 다들 그렇게 마음을 놓고 있는 순간 벌어졌다.

18

　사실 '3호 게이트'란 단순히 청사 뒷문을 지칭하는 말에 불과했다. 물론 정식 명칭도 아니었다. 1호, 2호 게이트가 별도로 있는 게 아니라는 이야기다.

　녹둥 동부경찰서 청사 본관으로 통하는 정문과 후문, 그리고 교통계가 자리한 동문과 달리, 왜 서쪽으로 나 있는 뒷문만 유독 '3호 게이트'라고 부르게 되었는지에 대해서는, 경찰 조직의 뒷사정에 관해서는 정보통이라 꼽히는 이진석 경위도 잘 알지 못했다. 그나마 이런저런 사정을 꿰맞춰 짐작해보자면, 옛 도경 시절의 경찰국이 이 낡은 건물을 인수받아 지금의 녹둥시 동부서 청사로 사용하기 시작한 1991년 7월 이전까지, 다시 말해 구 정보국 녹둥 분실로 사용되던 시절의 어떤 사정이나 용도와 관련된 것이 아닐까 하는 정도였다.

어쨌든 이 문짝을 다들 3호 게이트라 불렀다. 청사 1층 계단참에 이르러 3호 게이트까지 이어지는 복도 앞에 서면 어른 한 명이 겨우 비집고 다닐 수 있을 정도로 폭이 확 좁아진 통로와 마주하게 된다. 이 복도를 한참 따라가다 3호 게이트의 철제 문짝이 보일 즈음 조금이나마 숨통이 트이는 개방 공간이 나타난다. 붙박이 플라스틱 의자 세 개가 설치되어 있었고 그 뒤로 탄산과 캔 커피를 뽑아 먹을 수 있는 자동판매기가 한 대, 커다란 스탠드형 금속 재떨이 하나도 자리잡고 있었다. 재떨이는 누렇게 녹이 슬고 청 테이프로 온갖 구멍을 칭칭 막아놓은 터라 어떤 용도를 갖고 있다기보다는 옛 시대의 잔재에 가까웠다. 게이트 철제문을 열면 콘크리트 벽이 양쪽으로 막고 서 있는 좁은 진입로가 바로 눈앞에 길게 뻗어 있었다. 호송용 승합차 한 대를, 그것도 아주 조심해서야 겨우 댈 수 있는 넓이였다. 그렇게 호송 대상자는 수갑이나 포승에 결박되어 마지막으로 바깥 풍경을 눈에 담을 기회도 없이 차량 안으로 내던져지곤 했다. 아, 물론 머리 위로 뻥 뚫린 창공의 한 자락 정도는 볼 수 있었다. 그럴 여유가 아직 머릿속에 남아 있다면 말이다.

결국 3호 게이트는 철저히 공무용 공간이었다. 경관들, 그중에서도 사실상 형사과 소속들만을 위한 전용 휴게 공간이나 다름없었고, 때때로 예정된 호송차량이 늦을 때를 대비하여 피의자를 머물게 할 대기 공간으로 사용되기도 했다. 한마디로 일반 시민들이 찾을 리가 없는 공간이었다.

그런 이유로, 윤중정을 둘러싼 일행이 어수선하게 이 공간에 도달한 7월 29일 오전 열한시경, 3호 게이트 플라스틱 의자를 하나 차지하고 제 집처럼 퍼져 앉아 있는 남자 하나를 보고 경관들은 다들 어이없어했다.

혜성이었다. 소년 자신도 떠들썩하게 나타난 사내 무리를 보고 약간 당황한 눈치로 두리번댔다.

무리 중 가장 먼저 반응을 보인 건 윤중정이었다.

조금 전까지 기가 죽어 턱을 가슴팍에 푹 떨구고 있던 그 사내에게서 열풍 같은 증오가 확 뻗쳤다. 그는 혜성에게 곧장 달려들었다. 기세가 성난 소나 다름없었다. 짐승 같은 외마디소리가 입에서 터져나왔고, 간간이 남쪽 해안가 오지 출신들이나 겨우 알아먹을 만한 추잡하고도 제법 난해하기까지 한 욕설도 뒤섞였다. 그러나 경관들이나 소년이 그나마 알아들을 수 있는 몇 마디는, "내가 이번에는 절대 안 들어간다. 죽어도 안 들어갈 끼다!"라든가, "이 작은 놈의 새끼, 은혜도 모르는 쥐방울 새끼가, 지 아비하고 똑같은 빌어먹을 새끼……" 하는 정도였다.

이진석은 순간 얼어붙었다. 윤중정은 그 체구만큼이나 힘이 무시무시했다. 화가 머리끝까지 오른 이 거구의 사내가 힘을 쓰자, 그를 뒤에서 붙잡고 있던 김철마저 몸이 확 딸려들어갔다.

잽싸게 윤중정 앞을 막아선 이는 성 경감이었다. 둘의 키 차이는 장난처럼 컸다. 그럼에도 혜성을 향해 달려드는 윤중정이 본능적으로 무게중심을 낮추고 있던 터라 두 사내의 어깨 높이는 얼추 비슷했다. 커다란 어깨와 어깨가 부딪혔다. 이진석 경위는 작은 트럭 두 대가 정면 충돌하는 광경을 목격하는 느낌이었다. 퍼런 불꽃이 픽 하고 튀는 것도 같았다. 일단 윤중정의 돌진이 멈춰졌다.

"진석아."

성 경감이 불렀다. 이진석 경위는 반사적으로 뭐라뭐라 대답했지만, 정확히 무어라 했는지는 제 귀에도 들리지 않았다. 이 일이 끝나고 한참이 지나서도 기억나지 않을 터였다.

"진석아, 자판기 사이다 하나 뽑아라."

이진석이 훗날 형사1 계원들에게 한참 동안 떠벌려댔듯이, 성 경감의 그 한마디는 확실히 귀에 박히고 뇌리에 새겨졌다. 그 말을 듣는 순간, 이진석은 정신이 번쩍 들었다.

이진석 경위는 재빨리 움직였다. 여전히 윤중정은 고삐 풀린 싸움소처럼 몸부림을 치며 양 뒤편으로 매달린 김철과 성경감을 떨쳐내려 하고 있었다. 이진석은 그 정면에 마주보고 섰다. 어깨와 목을 쫙 펴고, 허리도 꼿꼿하게 편 채 등을 자판기 쪽으로 향하여 슬금슬금 뒷걸음질쳤다. 등이 자판기에 닿자 운동화 뒤축으로 힘껏 자판기 몸통을 내리찍었다. 1990년대 후반에 들어온 이 평퍼짐한 기계는 적절한 뒷발차기 한두 방이면 동전을 먹지 않고도 캔 몇 개를 인심 좋게 쏟아내곤 했다.

무엇보다 자판기 앞에 그렇게 버티고 서 있으면 3호 게이트 앞 이 작은 대기 공간을 겨냥하도록 설치된 천장 구석의 저 망할 CCTV 카메라 촬영각을 한순간이나마 가릴 수가 있었다.

여느 때처럼 성 경감은 그 찰나를 놓치지 않았다.

그는 레슬링 선수처럼 허리를 낮추고 앞으로 뻗은 오른쪽 다리를 축으로 하여 반원을 돌았다. 체중을 잔뜩 실은 성 경감의 몸뚱이가 45도 방향에서 윤중정의 커다란 체구로 파고들었다. 장약을 잔뜩 먹여 발사한 포탄 같았다. 문외한의 눈엔, 무작정 윤중정을 밀어붙이거나 그의 허리통을 붙잡고 넘기려 섣부르게 기술을 거는 동작처럼 보일 수도 있었다. 하지만 이진석은 이 작은 실랑이 판이 어떻게 돌아가는지 알아챘다. 유난히 재빠른 눈치 외에도, 성 경감과 상당한 시간을 보낸 덕이었다. 성 경감은 주먹을 쓰려는 것이었다. 상대의 몸속 깊숙한 곳에다 은밀하게 박아넣는, 표피에는 멍자국 하나 남지 않을 지독한 한 방일 터였다.

짐작대로 윤중정이 새된 소리로 울부짖었다. 사람 소리라기보다는 뜨거운 물을 뒤집어쓴 개가 내는 소리 같았다. 그래, 보통은 자기도 모르게 저런 소리를 내지. 그 와중에도 이진석은 절로 고개가 끄덕여졌다. 한순간에 분노가 말끔하게 씻겨 내려가고 마음속에 생긴 그 공백을 차가운 통증이 메워나갈 때 나는 소리였다. 이진석의 등뒤에서 캔 몇 개가 자판기의 여닫이 배출구 밖으로 와락 쏟아져내리는 소리도 들려왔다. 성 경감이 주문한 사이다는 하나도 없었다. 전부 캔 커피뿐이었다.

어쨌든 캔 커피라도. 이진석은 양손을 배출구 안에 집어넣고 캔을 잡히는 대로 마구 꺼내들었다. 윤중정은 몸을 반으로 접은 채 통나무처럼 기우뚱 쓰러지고 있었다. 김철이 뒤에서 부여잡았고, 성 경감도 앞에서 그를 껴안듯 일으켜세웠다. 그제야 뭔가 퍼뜩 생각이 떠오른 이진석은 엉거주춤 주위를 살폈다. 다행히 윤중정 전담을 자처하는 그 홍 변호사라는 인간은 아직 나타나지 않았다. 3호 게이트까지 따라오지도 않을 모양이었다. 아직껏 의자에 앉아 눈을 휘둥그레 뜨고 있는 한혜성의 모습이 눈에 들어왔다. 이게 어른이다, 자식아.

이진석은 속으로 중얼거리면서 티 안 나게 씨익 웃었다. 웃는 게 CCTV에 찍히지 않도록 고개를 푹 숙였다. 캔 커피의 뚜껑을 따서 성 경감에게 건네자, 그는 윤중정의 입에 캔 입구를 갖다댔다. 윤중정은 눈물이 그렁그렁한 얼굴을 흔들어대며 거부했다. 성 경감이 여전히 캔을 들이밀며 나직하고도 친절한 어조로 말했다.

"처먹어. 캔 하나 더 뽑아오라고 하기 전에."

윤중정이 허겁지겁 커피를 마셨다. 시커먼 커피가 입 주변으로 구정물처럼 흘러내렸지만 어쨌든 마시긴 했다. 성 경감은 사레들리지 않도록 윤중정의 등줄기를 토닥거려주기까지 했다.

그리하여 동부서 청사 CCTV에 분명하게 찍힌 장면은, 자백 직후 중범죄 피의자들에게 통상 나타나기 마련인 극심한 좌절감과 흥분, 회오와 폭력성이 어떻게 발현되는가를 여실히 보여주는 광경이었다. 따뜻한 손길로 피의자의 불안과 절망을 누그러뜨리는 현대 경관의 훈훈한 친절 또한 아울러 영상에 담긴 것은 물론이었다.

19

이진석은 거칠게 심호흡을 했다. 윤중정을 호송차량에 태워 무사히 떠나보낸 후에도 아직 흥분이 가시지 않았다. 역시 씩씩대고 있는 김철의 어깨를 툭툭 치면서 사무실로 돌아가려는데 성 경감이 슬그머니 앞을 막았다. 성 경감의 이마에도 땀방울이 엄청나게 맺혔다. 별일이군. 계장님도 나이를 먹긴 하나 보네. 아님 계절을 타시는 건가.

"확인은 했나?"

찬물 끼얹는 소리였다. 이진석은 무슨 소리인지 몰라 반문했지만 흥분이 확 식는 걸 느꼈다.

"네?"

"CCTV."

"……아, 저거요?" 이진석은 3호 게이트 앞 대기 공간 천장의 CCTV를 가리키며 되물었다.

"방금 윤중정을 보냈는데…… 아, 뭐, 바로 확인하겠습니다."

"저거 말고."

"그럼 어떤……?"

"녹등 제3항 네거리 CCTV 영상 파일들. 내가 몽땅 수거해서 전수 조사하라고 하지 않았던가."

"아, 그거요. 확인중입니다. 김철과 나눠서 하고 있는데, 지금 절반쯤……"

"진행 상황 수시로 보고하게."

"아, 네……"

"그리고 검찰 송치 서류는 수정 좀 해야겠다. 아니, 수정이 아니라 아예 추가 의견서를 작성하도록."

"수정해야 할 게 있습니까?"

"추가 범행으로, 보복폭행 혐의 적시하고. 증거로 김철이 진술서 따고, 저기 CCTV 영상 채록해서 첨부해."

그러고서 성 경감은 제3호 게이트 천장의 CCTV를 가리켰다.

성 경감이 언급하는 것은 특수중범죄 가중처벌 특례법이 규정하고 있는 보복폭행죄였다. 특례법은 범행자가 보복 목적으로, 혹은 수사나 재판에서의 진술을 저지할 목적으로 가한 폭행, 협박을 가중처벌하고 있었다. 형이 꽤 셌다. 이 보복폭행 혐의까지 적용받는다면 윤중정은 앞으로 꽤 오랜 세월 바깥세상 빛을 보기 어려울 터였다.

이진석은 조금 떨떠름한 표정을 지었다. 성 경감은 한혜성을 데리고 위층으로 먼저 올라갔다.

"아."

호송 절차를 끝낸 방호 당직원들이 철문 닫는 소리가 등뒤에서 들렸다. 김철이 옆으로 다가와 이진석을 물끄러미 쳐다보았다.

"김철."

"네, 형님."

"나, 휴가 가고 싶다."

"네, 저도 그렇습니다."

"……이 자식이, 빠져가지고. 순경 쨤밥으로 형사질 하면서 휴가까지 바라? 너, CCTV 영상은 다 확인했어?"

20

"윤중정은 아버님 사망 사건에 대해서 응분의 형사책임을 지게 될 거다."

성 경감은 자리에 앉자마자 평소 습관대로 별다른 서두도 없이 본론을 꺼내들었다.

"특히 증거조작 건에 대해서는, 네가 우리한테 제시한 의견에 크게 도움을 받았다. 거기에 대해서는 진심으로 고맙게 생각한다."

"……"

한혜성은 내내 말이 없었다.

소년은 여름방학을 맞은 고등학생답게 느긋한 차림이었다. 악어인지 곰인지 알 수 없는 미국풍의 동물 그래픽이 그려진 박스티를 걸친 채 표정 없이 앉은 모습에서는 어떤 감정도 읽을 수 없었다. 2호 조사실의 의자에 등을 기대고 앉아 테이블 아래로 뻗은 길쭉한 다리는 언뜻 봐서는 성 경감의 전체 신장에 맞먹을 정도였다.

저번처럼 성 경감은 비공식적으로 잠깐 이야기나 하자며 한혜성을 조사실로 이끌었다. 소년은 별 거리낌 없이 성 경감의 뒤를 따랐다.

"그리고 마지막으로, 조금 전 소란에 대해서는 미안하게 생각한다. 자백을 하고 난 직후 자포자기한 피의자들이 호송 도중 그런 소동을 벌이는 경우가 종종 있지. 윤중정의 경우, 이 업계에서 잔뼈가 굵은데다 형사과를 수시로 들락거린 인사이니 그런 일은 없을 것이라 여기고 너무 안이하게 마음을 놓고 있었던 것 같구나. 전적으로 우리 실수였다."

"……"

"다친 데는 없니?"

한혜성이 픽 웃었다. "이제 와서 그걸 사과라고 해요?"

"……"

"저를 거기로 부른 건 경찰이잖아요."

"그랬나." 성 경감이 너구리 같은 표정으로 씨익 웃었다. "누가 부른 건가?"

"저야 당연히 모르죠. 동부서 형사과에서 전화해서는 그 시간, 그 장소로 나와 있으라 했으니까. 여자 경찰 같던데."

"흐음."

"문제삼을 생각은 전혀 없어요. 그 구실로 한 방 먹인 거잖아요. 형사님 아니었더라도 어차피 내가 직접 손봐주려 했으니까."

"아버지를 위해, 이를테면 원수를 갚는다는 건가?"

"원수를 갚아요?" 소년이 코끝을 찡긋거리면서 비웃는 표정을 지어 보였다.

"그건 일단 문법에도 안 맞는 표현이고요. 내용도 무척이나 구리네요. 무슨 원수를 갚습니까, 요새 세상에. 그냥 아빠 죽이고도 뻔뻔하게 수 쓰는 꼴이 같잖아서 한 대 치고 싶은 거지."

"윤중정이 사과는 하지 않더냐?"

"그럴 인간이 아니에요, 윤 회장은."

"구금 후에 편지를 보내올 수도 있을 거다. 용서하고 탄원서 따위를 제출해달라고. 여기 바깥에도 윤 회장 친척이니, 지인이니, 사업 파트너니 하면서 달라붙는 각다귀 같은 자들이 있을 거고."

"상관없어요. 그 인간들이 뭐라 하든 듣지도 않을 테니까."

둘은 잠시 각자 상념에 사로잡힌 채 입을 다물었다. 테이블 상판에 고정된 스탠드를 켜지 않은 덕에 천장에서 떨어지는 흐릿한 할로겐 인공광이 조사실을 평온하고도 안온한 분위기로 만들어주고 있었다. 성 경감은 그치지 않는 이마의 땀을 손등으로 닦았다. 목이 좀 탔다.

"앞으로 어떻게 살 생각이니."

"왜요. 또 조언이라도 해주게요?"

비꼬는 어조였다. 그러면서도 묘하게 존대어를 계속 유지하는 혜성의 말투가 성 경감은 흥미로웠다.

"내가 조언이라고 할 게 있나. 내 인생 하나 제대로 건사 못하고 있는데." 성 경감이 무심하게 말했다.

"동생이 걱정인가?"

"전 졸업하고 바로 군대 갈 생각이에요."

"……"

"혜리는 엄마를 보호자로 등록해야죠. 뭐, 어떻게든 되겠지요. 한 삼사 년만 엄마 집에 들어가서 버티다가 독립하든지…… 그때부터 지가 알아서 할 일이니."

"아버지 얘기를 더 해보거라."

"아빠 얘기는 왜요?"

"솔직히," 성 경감은 큰 잔에 담긴 더운 술을 훌떡 마신 것처럼 숨을 크게 내쉬었다. "그리 좋은 아버지는 아니었지 않냐."

"......"

"많이 맞았냐."

"......저하고 엄마만요." 혜성은 쓴 것을 삼키기라도 한 듯 이마를 찌푸렸다.

"혜리는 거의 손댄 적 없고요."

"바깥일로, 예를 들어 외지인하고 시비가 붙었다든지 하는 일로 집까지 시끄러웠던 적은 없고?"

"딱히 기억나는 일은 없어요. 어릴 적에는 아저씨들이 밤중에 집안으로 막 달려들어 가구며 세간 때려부수고 했던 일이 몇 번 있었는데. 그러다가도 아빠는 금세 그 사람들하고 화기 애애해져서 어깨 걸고 술판을 벌이기도 하고…… 왜 그랬는지는 나도 모르죠."

"윤중정도 그 자리에 통상 끼여 있었고?"

"기억은 없어요. 아마 있지 않았을까요. 거기 없었더라도, 윤 회장 아저씨는 항상 아빠 일에 간여하고 있었으니까…… 이제 와서 하는 말인데, 윤 회장 아저씨하고는 진작 인연을 끊었어야 했어요. 매달 몇십만 원씩 쥐여주고, 술 사주고, 우리 한 챔프, 한 챔프 부추겨주는 맛에 붙들려 십몇 년을 그런 식으로 살았던 거죠."

"......"

"아빠한테 윤 회장은 마약 같은 거였어요. ……정말 마약을 했다는 이야기가 아니고."

"아버지가 너하고 동생, 둘의 학교생활에 신경을 많이 쓰셨다고 들었는데."

"누가 그래요?"

"아무래도 우리 일이란 게 그런 거 아니겠니. 여기저기서 들려오는 뜬소문이 있지." 성 경감은 마치 자기 자신이 가소롭다는 투로 코를 킁킁거렸다.

"그야말로 뜬소문이네요." 소년은 툴툴거렸다. 얼마간 침묵이 흘렀다.

"신경쓰기는요. 낮부터 술을 잔뜩 푸고서는 술김에 갑자기 우리 보고 싶다고 찾아와서 소란 피우고 간 거죠."

"그런 일이 벌어지면 학교에서 지내기가 불편하지 않니? 선생들 눈치라든지."

"신경 껐어요, 아예. 저도 그렇고 혜리도. 뭐, 어릴 적 혜리는 학교에서 눈칫밥 먹고 했는지 모르겠는데, 어쨌든 지금은 정말 별거 아닌 일이에요. 어차피 잠깐 거쳐가는 곳 아닌가요, 학교란 게. 애들 사이에서 잠깐 쪽팔리고 끝날 일이니까. 게다가 이 동네에서 제대로 된 부모 찾는 게 더 어려운 일인 거 아시잖아요. 다들 마찬가지로 쉽지가 않아요. 방식만 다른 거지."

혜성은 갑자기 말을 마구 쏟아냈다. 성 경감은 나사를 풀듯 의식적으로 자신의 어조를 더욱 느슨하게 했다.

"하지만 학교에서 소란이 좀 커지면 곤란해지잖니."

"소란은 어차피 소란일 뿐 아니에요? 그래봤자 손바닥만한 학교 안에서 커질 일이 뭐가 있겠어요."

"예를 들자면 아버지를 말리다가 다치는 교직원이나 선생이 나올 수도 있을 테고."

"……"

"딱히 다치진 않았더라도, 슬쩍 스친 정도만으로도 법적으로 문제삼겠다느니 하면서 빡빡하게 구는 선생들도 있지 않겠느냐는 거지."

"그러고 싶으면 그러라죠. 고소를 하든지, 민사로 배상청구를 하든지 말이에요. 어차피 우리는 잃을 것도 없는데, 학생 집 상대로 그러면 지들만 쪽팔리는 거죠." 혜성은 눈을 가늘게 떴다. 동공은 허공의 한 점에 고정되어 있었지만 입가 근육이 살짝 떨렸다.

"그런 일은 없었다는 말이구나." 성 경감이 능청스럽게 대꾸했다.

"뭐가 없어요?"

"고소 따위를 하는 선생들."

"······네. 없었어요."

"다친 선생도 없었고?"

"······대체 지금 뭐하는 건데요." 소년의 목소리가 날카로워졌다.

성 경감은 대꾸하지 않고 굵은 눈썹만 살짝 치켜올렸다.

"우리 아빠가······ 아무리 허접하게 살았더라도 피해자는 피해자잖아요. 맞아서 죽었고, 그것으로 이 일은 끝난 거 아닙니까? 그런데 살았을 적 과거 일은 왜 캐고 그러는 건데요."

"네 말대로 사망 사건이다. 그렇기에 우리로서는 상황 전부를 세세하게 파악해둘 필요가 있어. 설령 그것이 피해자에게 불리한 것처럼 보이는 상황이라도 말이다."

"형사님." 혜성의 눈이 돌처럼 딱딱해졌다. "저도 어떻게 돌아가는지 대충은 압니다."

"······?"

"결국 치고 싶은 것은 윤중정 뒤에 있는 배경이잖아요."

"무슨 말인지 모르겠구나."

"형사님뿐 아니라 저도 듣는 귀가 있다 이 말입니다. 짭······ 경찰에서는 윤중정 사업에 돈을 대는 중국인들, 서울 전주들 잡고 싶은 것 아니냐고요. 윤중정하고 정보를 뽑아낼 협상을 해야 하고, 그러자면 뭔가 내밀 만한 대가가 있어야 하겠고.

그래서 우리 아빠 사망 사건 징역을 줄여줄 만한 건수 하나라도 찾으려고 이런 거지같은 질문을 나한테 해대는 것 아니냐는 거예요."

"너희 사이에서 도는 얘기가 그런 것이냐?" 성 경감은 두꺼운 입술을 실룩였다. "머리들이 좋구나. 나는 무슨 얘기인지 따라가기도 버겁다."

"제 입에서, 윤 회장 아저씨한테 득 되는 이야기가 나올 거라고는 기대도 마세요."

"아이스커피 마시냐?" 성 경감은 손부채를 만들어 목덜미의 땀을 식히는 몸짓을 했다.

"아니요."

"덥구나. 뭔가 마실 게 필요하지 않겠니? 콜라라도 줄까?"

"그러든지요. 그런데 윤 회장 아저씨처럼 제가 가만히 처맞고 있을 거라고는 생각하지 마세요."

성 경감은 무슨 소리를 하는 건가 가만히 생각하다, 조금 전 제3호 게이트 앞에서 벌어진 활극을 겨우 떠올릴 수 있었다. 그는 소리 없이 웃었다.

성 경감은 조사실 방음문을 열고 김철에게 소리쳤다. 콜라 캔 몇 개 사 오고 내친김에 도시락도 넉넉히 주문해두라고 지시했다.

21

콜라와 도시락이 들어올 때까지 둘은 말없이 서로를 바라
보았다. 성 경감이야 몇 시간이고 몇십 년이고 길게 침묵을 지
킬 자신이 있었다. 혜성 또한 매연처럼 무겁게 깔리는 침묵에
익숙해져가고 있었다. 딱딱해진 시선도 좀처럼 다시 돌아오지
않았다. 성 경감은 딱히 실책이라 여기지 않았다. 이 소년과의
관계에서 어차피 건너야 할 경계였다.

어쨌든 소년의 침묵도 만만치 않긴 했다.

"이것은 약속하마." 결국 성 경감이 참지 못하고 먼저 입을
열었다.

"두 가지다. 우선, 우리는 지금 당장 윤중정의 뒷배에 관심
이 없다. 적어도 지금 당장은. 물론 그자의 여죄, 그러니까 다

른 곳, 다른 때에 저지른 범죄를 아예 덮어두고만 있을 거라고 말하진 못하겠다. 하지만 설령 그자의 배후나 다른 잘못을 캐내야 하는 시점이 오더라도, 그건 네 아버지 사건의 진범이 확정되고 사건 또한 종결된 이후의 일이 될 것이다."

"……"

"그리고 둘째. 네 진술을 가지고 네 아버지한테 불리한 자료. 다시 말해 윤중정한테 유리한 자료를 만들 생각은 추호도 없다."

"윤 회장 아저씨를 위한 게 아니라면." 소년의 어조는 한결 누그러져 있었다. "왜 그런 것을 물으시는 건데요."

"사건 처리의 마지막 단계. 사건 마무리를 하기 위해서지."

"끝난 것 아니었어요?" 소년은 의아한 표정이 되었다. "윤 회장 아저씨하고 시비가 붙었고, 그러다가 윤 회장이 아빠를 때려서……"

"이를테면," 성 경감은 누가 듣기라도 할세라 목소리를 한층 낮게 깔며 말했다. "말 그대로, 예를 들어서 말이다. 과연 윤중정이 혼자 범행을 했을지에 대해서도 의문의 여지가 있지."

"……공범이 있다는 말인가요?"

"그렇다는 증거는 아직 없지." 성 경감이 말했다.

"또 한편으로는, 공범이 없었다는 증거도 없고. 우리는 모든 가능성을 염두에 두고 마지막까지 확인을 해두고 싶은 거란다. 검찰이든 재판이든 거기까지 가서 딴소리가 나오지 못하도록. '내가 아니라 다른 유력 용의자가 있는데, 경찰, 검찰이 그쪽으로는 전혀 수사를 하지 않고 처음부터 나만 범인으로 찍고 몰아갔다'는 유의 주장은 범행을 부인하는 자들이 전형적으로 내미는 변명 중 하나이기 때문이지."

"……"

"경찰의 통상적인 수사 절차 중 하나라고 생각하면 되겠다. 만약 제대로 수사를 한다면 응당 지켜야 할 절차 말이다."

침묵. 이번에는 소년이 그 침묵을 깼다.

"다친 선생이 있다고 들었어요."

"언제지?"

"며칠 안 됐어요. 방학 시작하기 전날이니까 23일이네요. 아빠가 혜리네 학교 선생 하나를 팼다고 들었어요."

"혜리한테 들은 것이냐?"

"네."

"맞은 선생이 누구인지도 들었니?"

"우 선생이라고만 들었어요. 혜리네 담임, 영어 담당요."

"상처를 입었다던가?"

"……사실 팼다는 것은 제가 하는 말이고요." 혜성은 입술을 깨물었다.

"다친 쪽은 민지욱이라고, 생물 담당 선생이에요. 아빠를 말리다가 이마인가 관자놀이를 교무실 책상에 찧었다네요. 혜리 담임은…… 실랑이를 벌이다가 아빠가 잘못해서 가슴을 만졌다고 해요. 그게, 주위 사람들도 다 봤는데, 그냥 실수였어요. 아빠도 스스로 너무 놀라고……" 소년은 침을 꿀꺽 삼켰다. "어쨌든 완전 개판이었죠."

"민지욱이라는 선생은 크게 다쳤니?"

"그런 것 같지는 않았어요. 처음 있는 일도 아니고."

"처음이 아니라면, 다른 사건이 있었다는 말이냐?"

"민지욱하고는 악연이 있었어요." 혜성은 시선 둘 곳을 찾지 못하는 것처럼 두리번거렸다. "작년 11월인가 아빠가 혜리네 학교를 찾은 일이 있었어요. 그때도 정면으로 시비가 붙었거든요."

"민지욱 선생도 다혈질인가보지?"

"아니요, 전혀. 혜리 말로는 평소 조용조용한데 한번 빡이 치면 성깔이 조금…… 하여튼 점심시간 때 아빠가 찾아갔었는데, 교무실에 민지욱 선생 혼자 남아 있었대요. 재수가 더럽게 없었던 거죠. 아빠가 그 전날 저녁부터 날밤을 새면서 부평의 게임장에서 술을 마셨었는데, 아침이 되니까 갑자기 혜리

하고 나를 데리고 속초 여행을 가고 싶었다네요. 가족 여행을 한 번도 한 적이 없다는 게 떠올라서 미안했다나 뭐라나. 아니, 혜리 수업 참관을 하겠다고 했었나? 어쨌든 그런 말도 안되는 이유로 혜리네 학교에 쳐들어가서 애를 내놓으라고 하니까, 민지욱 선생이 놀래서 경찰에 신고한다느니 했던 거죠. 그런데 아빠가…… 경찰을 엄청 싫어해요. 경찰이니 신고니 하는 얘기만 나와도 불같이 화를 내거든요."

"음…… 알고 있지."

"그래서 바로 민지욱 선생 가슴팍에 날아 차기 날리고, 좌우 원투 스트레이트로…… 아마 그랬을 거예요. 아빠가 작정하고 소란 부릴 때 우선 터뜨리고 보는 콤비네이션이거든요." 혜성은 한숨을 푹 내쉬었다. "오히려 요 며칠 전보다 그때 크게 다쳤을 거예요. 콧등 연골이 꽤 내려앉았다는 이야기도 있었고."

"그런데도 고소 같은 것은 없었고?"

"학교에서 치료비는 내줬을 거예요. 그리고 혜리네 학교 교감이 그 민지욱 선생을 대충 달랬대요. 학부모 손찌검하는 데에는 교사도 책임이 있다고 하고."

"그 선생으로서는 억울했겠구나."

"그렇긴 하겠죠. 혜리가 그 일 있고 며칠 지나 좀 미안해서 박카스 한 병 사다줬는데, 민 선생 눈이 시퍼렇게 번쩍하는 게

Drama, 혹은 범죄 수사에 관하여

343

진짜 죽이려 드는 줄 알았대요."

"그럼 요 며칠 전의 일이 벌어진 다음에는?"

"아빠가 이 사건으로 죽는 바람에…… 학교든 민지욱 선생이든, 우 선생까지도, 이제 뭐 문제를 삼고 싶어도 그럴 일 자체가 없어진 거죠."

혜성은 그제야 참담한 상황이 실감되는지 눈을 질끈 감았다.

그럴 만했다. 아버지가 너무 이른 나이에, 결코 곱지 못한 방식으로 세상을 떴다. 무언가를 남겨주지도 않았다. 아니 곧 쫓겨날지도 모르는 17평 임대아파트 한 채와, 철없고 어리기만 한 여동생 한 명이 남기는 했다. 학교에 난입해 선생들에게 행패 부리는 자라는 오명과 부끄러움 또한 남겨진 자식들의 몫이 되었고.

"우 선생이라는 사람은 어떠냐. 이름은 모르고?"

"이름은 몰라요. 구체적으로 뭘 알고 싶은 건데요?"

"성격이라든지."

"적어도 모진 성격은 아닌 듯해요. 혜리 말이기는 한데, 자기들이 세게 나가면 우 선생이 어쩔 줄 몰라한다고 했어요."

"학생들한테 휘둘리는 타입인 모양이구나."

"네, 그런 타입요."

그들은 다시 각자 침묵에 빠졌다.

"어울리는 친구들 중에 봉진호라고 있지?" 성 경감의 뜬금없는 질문에 혜성의 눈이 동그래졌다 다시 길게 찢어졌다.

"네, 뽕…… 진호요. 있어요."

"요새 자주 만나는가."

"……가끔요."

"앞으로도 계속 만날 거고? 내 말은, 우정이 지속될 만한 친구냐는 이야기다."

혜성은 고개를 출입문 쪽으로 돌렸다. 성 경감은 그게 대답을 거부한다기보다는 곰곰이 생각에 잠겨 나오는 제스처라고 여기고 더이상 묻지 않았다.

조사실 문이 열렸다. 김철이 노크도 없이 들어와 테이블 위에 한 꾸러미를 풀었다. 고기 누린내가 물씬했다. 커다란 일회용기 도시락 두 개와 차가운 페트병 하나, 일회용 수저 세트와 종이컵 서너 개가 테이블 위에 좌르륵 깔렸다.

"이게 뭐냐?"

페트병에 그려진 이상한 초록 문양을 가리키며 성 경감이 물었다.

"제로 콜라입니다, 계장님." 김철이 대답했다. "라임 맛이죠."

"그게 뭐야. 그것도 콜라냐?"

"하, 요새 다들 이걸 마십니다."

그 말을 증명하듯 혜성은 페트병부터 집어 마개를 뜯어내고 연거푸 세 잔을 따라 들이켰다.

성 경감은 라임 향을 좋아하지 않았다. 유난스럽게 욕지기를 불러일으키는 향에 찔끔했다. 그리 좋지 않은 먼 과거의 기억 몇 장면도 라임의 향과 비린 맛에 얽혀 있었다. 그는 곧장 도시락 뚜껑을 열었다. 벌겋게 볶은 고기로 뒤덮인 흰 쌀밥이 탐욕스럽게 펼쳐졌다.

"먹도록 하지."

"아, 이거 삼미백반네 도시락 아니에요?" 혜성이 갑자기 어린아이처럼 우는소리를 냈다.

"이 집 제육은 완전 비린내 나는데! 연어덮밥을 시켰어야죠."

"야, 니 덕분에 우리 점심비가 얼마나 크게 펑크난 줄 알아? 우린 그냥 채소비빔밥 먹게 생겼다고!" 김철이 무뚝뚝하게 말했다. "고마운 줄 알고 그냥 먹어."

혜성은 계속 투덜거리면서도 거리낌 없이 도시락 뚜껑을 열었다. 밥과 고기가 무시무시한 속도로 소년의 입속으로 사라져 갔다. 김철은 조사실의 환풍기 스위치를 켜고 밖으로 나갔다.

성 경감은 소년이 먹는 모습을 흘깃 보다가 무심하게 입을 열었다.

"윤중정한테서 합의 보자는 얘기가 정말 없더냐."

"저한테는 없고요. 엄마 쪽으로는 이야기가 있는 모양이더라고요. 변호사 통해서."

"얼마를 얘기하더냐."

"삼천요."

"흐음."

"엄마가 물정 모른다고 수 쓰는 거예요. 외할아버지는 지저분한 상황에 얽히느니 그냥 대충 합의서 써주고, 엮이지 말라고 엄마를 쪼아대고."

"……"

"최소 이익은 받아낼 거예요." 소년이 볼 안쪽을 고기로 가득 채운 채 우물거렸다.

"……음, 뭐, 그 정도라면."

"그 돈이면 혜리 고3까지 생활비하고 학원비, 대학 첫 학기 등록금까지는 되겠죠. 엄마가 얼마쯤 가져간다고 해도."

"네 몫은 없냐?"

"저야…… 얼마 안 있어 군대 가면 기술 익히고, 제대해서 창업할 거니까요. 적성에 맞으면 장기 부사관 지원할 수도 있고."

"기술이라. 손재주가 있는 모양이지?"

"……"

"난 그런 쪽으로는 엉망이라." 성 경감은 관절 마디가 구슬처럼 툭툭 불거진 오른손의 굵직한 손가락을 펴 보이면서 웃었다.

"……손재주가 꼭 있어야 하나요? 그냥 배우면 되지."

혜성이 그답지 않게 웅얼거리는 투로 말했다. 이억 원 운운하는 이야기를 괜히 꺼냈다 싶은 표정이었다.

성 경감은 거의 손대지 않은 도시락 옆에 젓가락을 내려놓았다. 혜성의 것은 거의 비어 있었다.

"내 것 좀더 먹겠니?"

"아뇨. 경찰 밥은 안 먹어요."

"흐음, 지금 먹어치운 것도 경찰 밥일 텐데."

"저한테 바로 온 거니까 국민 세금으로 사 온 밥이지요."

성 경감은 소리 없이 웃었다.

"경찰 밥은 안 되고, 군대 밥은 괜찮은 거냐?"

"무슨 소리예요?"

"조금 전에는 부사관 지원 생각도 있다 하지 않았느냐."

"그거야……"

"부사관 지원할 바엔 아예 경찰로 들어와라."

"제가요?" 혜성은 눈을 동그랗게 굴렸다.

"……순경생활 하느라 뺑뺑이 돌면서 살고 싶지는 않아요."

"경찰대학은 어떠냐."

"네?"

"군은 미루고 말이다. 대학 학비도 해결될 수 있지. 부족하긴 해도 얼마간 수당이 지급될 테니 매달 급한 당장의 생활비 문제도 조금은 해소할 수 있을 테고."

"……성적이 엄청 좋아야 할걸요, 거기는?"

"필요하다면……" 성 경감은 혜성의 말에 대꾸하지 않은 채 말을 이어나갔다.

"추천서를 써줄 수도 있다. 손재주만큼이나 문장력도 없고 내 앞가림도 쉽지 않지만, 그래도 아직 경관을 지망하는 사내 하나쯤 추천할 여력은 있으니까."

"……"

혜성은 무언가를 곰곰이 생각하면서 남은 도시락의 밥과 고기를 말끔하게 먹어치웠다.

22

이진석은 예상치 못한 상황에서 제 본 성격을 드러내곤 했다. 대충대충 좋은 게 좋은 거지 하는 평소의 느긋함이 물 빠진 듯 사라지고, 무언가 사소한 것 하나에 집요하게 매달리는 악습이 바로 그것이었다. 그럴 때면 마치 딴사람이라도 된 것 같았다.

이 경위가 '그 장면'을 발견한 것은 저녁 여덟시 십분경이었다. 김철과 먹으려고 라면 다섯 개에 달걀 다섯 개까지 풀어넣은 냄비가 팔팔 끓기 시작한 직후였다.

이후 새롭게 벌어진 상황에 대해서 성 경감에게 보고를 마친 시각은 저녁 열시가 조금 넘어서였다. 그때까지 이진석은 라면을 한 젓가락도 뜨지 않았고, 죄다 김철의 뱃속으로 사라지는 것을 말없이 지켜보기만 했다. 살피지 못한 남은 CCTV 영상을 모두 확인하고, 또 그 장면이 찍혀 있는 영상 파일의 포렌식 세부사항을 챙겨야 했기 때문이었다.

포렌식. 요즘에는 그게 항상 문제였다. 매뉴얼은 방대했고, 이런 경우에 이것, 저런 경우에 저것을 챙겨야 한다고 지침으로 정한 세부사항도 엄청났다. 하지만 정작 아주 특별한 경우가 아니면 재판에 갈 때까지, 심지어 재판에 가서도 문제가 되는 경우란 거의 없었다. 그렇다고 허투루 할 수도 없었다. 포렌식으로 기록한 16진수 코드 중 영문자 하나 잘못 넣었다가 꼬투리가 잡혀 사건 전체가 홀라당 뒤집어지는 경우가 비일비재했다. 신경을 곤두세워야 했으니 집중력을 무너뜨리는 들큼한 식용 나트륨투성이 라면을 김철이 먹어치워주는 것이 차라리 고마운 일이었다.

"딱 그 영상 파일에만 찍혔습니다."

"송치서 증거목록으로 올렸던 건가?"

"송치서 초안에는 없었는데……"

이진석이 우물거리며 수화기에 대고 말했다.

"지금 가지."

금요일 밤이었다. 이 시간 즈음이라면 이미 맥주 몇 잔 걸치고 말투도 느슨해져 있을 것이라는 짐작과 달리 성 경감의 통화 음성은 또렷하다 못해 벼린 칼날처럼 예리했다. 송수신선 저편의 배경음이 잘 들리지 않았지만 왠지 자택도 아닌 듯했다.

전화를 끊은 후 채 십오 분도 지나지 않아 성 경감은 3층 형사과로 소리 없이 스며들어왔다. 구김 없는 짙푸른 재킷에 불룩한 구식 넥타이 차림은 일과중 근무 복장 스타일 그대로였지만 오늘 낮에 본 옷가지와는 달랐다. 라면을 잔뜩 먹고 줄곧 졸아대던 김철은 진작 퇴근시켰다. 재빠르게 걸어들어온 성 경감은 별다른 말을 하지 않은 채 손짓으로 영상 파일을 열라고 지시했다.

"여기 이 부분입니다."

카메라는 사천양산향토연합회 녹등 지소 사무실의 정문을 찍고 있었다. 지표면 기준으로 130도에서 내려다보면서 촬영한 영상으로, 시청에서 올해 초 설치한 방범용 임시가로등에 달린 CCTV였다. 알 수 없는 이유로 설치 사실이 시청 내 관리부에 등록되지 않았다. 증거목록을 마지막으로 정리하던 이진석은 목록의 CCTV 번호와 수사보고서에 적혀 있는 거리의 CCTV 개수가 맞지 않는 것을 뒤늦게 확인하고는 사정을 수소문했다. 시청 관제실에 윽박지르다시피 하여 CCTV 영상을 손에 넣은 것은 금요일 일과 시간이 끝나기 직전, 바로 오늘 오후 다섯시 오십분경이었다.

신규 설치된 촬영기기치고 화질이 조악했다. 이진석이 영상을 정지시키면서 가리킨 장면의 오른쪽 하단에 '2021년 7月 24日 23：00：44' 하는 일시 표시가 깜빡이고 있었다.

"시간 보정을 하면?"

"다음날로 넘어갑니다. 7월 25일 영영시 십분에서 영영시 십이분 사이요. 정확하게 특정하려면 계측 로그 데이터를 포렌식해야 할 겁니다."

"오늘밤 중으로 의뢰하고, 내일 오전 일찍 찾을 수 있도록 하게."

"아, 계장님. 그게, 저 내일 토요……"

"어차피 화질 개선 작업을 해야 하잖아. 해상도 증폭이니 뭐니 하는 것. 이래서는 우리가 봐도 남잔지 여잔지도 확실하게 말 못하겠는데."

성 경감은 영상 속 인물을 가리키며 말했다. 짜증과 기대가 한데 섞인, 전형적인 수사 경관의 목소리였다.

영상 속 인물은 영상 시각 기준 '23：00：44'경 향토회 문을 슬며시 열고 들어갔다가 '23：07：55'에 나왔다. 동우회 사무실에 체류한 시간은 총 칠 분 십일 초.

인물은 조심스럽게 움직였다. 주위를 심하게 두리번거리는 꼴이 심하게 겁을 먹거나 긴장한 듯 보였지만, 그렇다고 헤매는 기색은 없었다. 확실히 향토회 주변 거리에 대한 지리감이 있었다. 행동거지만 보면 향토회 사무실과 관련된 자였다. 적어도 사무실 인근 거리에 연고 관계가 있을 터였다.

성 경감, 이진석 모두 이 영상에서 알아볼 수 있는 것은 딱 그 정도였다.

"대체 왜 그 이전, 이후 영상이 남아 있지 않다는 건가?" 성 경감이 눈을 부릅떴다.

"남아 있지 않은 게 아니라요. 애당초 찍혀 있지가 않대요. 카메라 자체가 세 시간 간격으로 십 분씩만 촬영해서 저장해 둔다는데요."

"왜 그런 짓을 한다던가, 시청이. 전기 절약하려고?"

"개인정보보호 문제도 있고." 이진석이 입을 가리면서 쿨럭댔다. 성 경감이 닦달해대자 비로소 잊고 있던 허기가 찾아왔다. 그의 악습, 때때로 쓸데없이 집요해지는 자신의 버릇이 후회되기 시작했다.

"그쪽 과장이라는 사람한테 이런저런 사정을 들었는데, 사실 저 CCTV는 시청이 원해서 설치한 게 아니래요. 계획 보고하고, 예산 미리 잡아서 정식으로 설치한 게 아니라, 향토회 사람들이 매번 민원 넣어서 하나 달아달라고 시끌시끌하게 하니까, 그냥 떡 하나 줘서 달랜다는 차원에서 소모품비 예산으로 최저가 제품 하나 달랑 사서 대충 달아놓은 거죠. 관제실의 콘트롤러 프로그램 코드도 거의 안 건드리는 선에서."

"왜 달아달라고 한 거지?"

"뻔하죠." 이진석은 두 눈을 동그랗게 떴다. "한칠규요."

성 경감은 입을 다물었다.

이진석이 지방청 과학수사실 영상과로 보낼 의뢰 공문을 작성하는 내내 성 경감은 컴퓨터 화면 앞에서 자리를 지켰다. 눈이 빠질 정도로 동공을 크게 열고 화면에 눈을 바짝 갖다댄 채 영상을 반복해서 재생시켰다. 이진석은 걱정스러운 기색을 하고선 어깨 너머로 그 광경을 흘끔거렸다. 성 경감이 그런다고 결정적인 뭔가를 발견할 수 있을 것 같지는 않아 보였다.

윤중정은 아닌 듯했다. 호리호리한 체구는 윤중정과 거리가 멀었다. 그러나 다른 한편으로 영상 속 인물이 고개를 돌리는 순간 가로등 불빛에 반사되어 번쩍하고 빛나는 금속 안경테는 평소 윤중정이 썼다 벗었다 하며 으스대곤 하던 그 우스꽝스러운 반무테 안경의 일부처럼 보이기도 했다.

성 경감 말대로 남자인지 여자인지도 구별이 안 됐다. 껑충하고 폭이 넓은 발걸음을 보면 남자 같아 보였지만, 십대 아이들, 그러니까 사회적 성별의 외피를 완전히 갖춰 입기 전의 그 또래 아이들은 행동거지만 봐서는 정확히 식별이 어려웠다.

"이런, 망할······!"

"네?"

이진석이 깜짝 놀라 돌아봤다. 그 나이대 경찰치고 유난히 욕설하는 법이 없던 성 경감이었다.

"아니야. 신경쓰지 말게. 자네는 자네 할일을 하게."

성 경감은 체념한 듯 의자에 등을 길게 기대며 말했다. 시선에서도 한층 힘을 뺀 채 멀찌감치 화면 안을 들여다보았다. 그러나 두툼한 오른손 집게손가락은 여전히 쉴새없이 마우스 버튼을 딸각거리고 있었다. 향토회 사무실 정문. 영상 내부 시각 '23:00:44'에서 '23:07:55' 사이. 칠 분 남짓한 이 시간은 짧기도 했고 길기도 했다. 성 경감은 인간이 그 시간 동안 과연 무엇을 할 수 있을까 생각해보았다. 많은 것을 할 수 있을 터이지. 성 경감은 경험으로 그 점을 잘 알고 있었다.

"계장님."

"뭔가."

"공문 기안해서 결재 상신했습니다. 파일도 첨부했고요. 지금 결재하시면······"

"바로 결재하지. 과수실의 누구를 알지?"

"황상천이라고, 경무학교 동기가 하나 있긴 한데······"

"영상과인가?"

"아, 네. 그런데 별로 안 친해서요. 인간이 쩨쩨한 게 아주 별롭니다."

"지금 전화 넣어. 내일 아침 여덟시까지 출근해서 일착으로 처리하라고."

"어…… 계장님, 황 경위는 후배가 아니라 동기라서요. 게다가 내일 토요……"

"이 친구 말이야."

마우스 위에서 꿈틀거리던 성 경감의 손가락이 멈췄다. 성 경감은 정지된 영상 속의 얼굴을 손가락으로 짚었다.

"누군지 알겠나?"

"아니요. 아무리 봐도 모르겠는데요."

"이 잠자리 안경. 어디서 본 것 같지 않아?"

"아니요, 전혀. 계장님은 이걸 잠자리 안경이라고 부르시나 보죠? 요새 젊은 애들 사이에서 유행하는 타입인 모양이던데요. 연예인들도 자주 쓰고 나오고."

"그래, 바로 그거지." 성 경감이 고개를 크게 끄덕였다.

"뭐가요?"

"우리가 알 수 있는 것."

"네? 뭘 알아요?"

"이자는 우리가 모르는 자야. 우리는 우리가 모른다는 사실을 알고 있고."

이진석은 선문답 같은 성 경감의 말에 갸우뚱했다.

"외지인이라는 말씀이에요?"

성 경감은 대답하지 않고 생각에 잠겼다. 그는 한혜성과 한혜리, 우두커니 임대아파트를 지키고 있거나 고삐가 풀려 비행을 일삼고 있을지도 모를 오누이를 떠올렸다. 지금 불러 볼까. 아니면 전화를 해볼까.

부른다면 두 아이를 모두 불러야 의미가 있었다. 그렇게 하려면 공식적인 절차를 밟아야 할 터이고. 대낮에, 이미 다 큰 성인이나 다름없는, 아니 피지컬만 보면 일반 성인의 몇 배나 되는 완력을 가졌을 게 빤한 혜성이 녀석 하나와, 심지어 비공식적으로 면담을 하는 것과는 사정이 전혀 달랐다. 시계를 봤다. 자정이 가까워지고 있었다.

좋은 생각이 하나 떠올랐다.

"파일 크기가 얼마나 되지? 핸드폰으로 바로 전송 가능할 정도인가?"

"아, 아직 작업용 파일이라 전송용으로 압축하면 얼마나 될지 잘 모르겠는데요. 하여튼 꽤 크기가 커서 전송이 안 될 수도 있을 겁니다."

"그러면……"

성 경감은 내부용 공용메일 창을 열고 손가락으로 또각거리면서 인명을 검색하기 시작했다. 이름을 발견했다. 보안메일 기능을 켜고 이진석이 보낸 영상 파일을 첨부한 후 간단한 메시지를 써넣었다. 인사말은 물론 제목 따위도 과감히 생략한 채, 눈여겨봐야 할 영상 속의 시간대만 적어넣고 송신 탭 버튼을 누르는 성 경감 스타일의 이메일이었다.

성 경감은 핸드폰으로 메일의 수신자에게 문자를 보냈다.

―파일 하나 보냈습니다. 급히 확인하고 연락 주시기 바랍니다.

채 삼 분이 지나지 않아 성 경감의 핸드폰이 울렸다.

성 경감은 통화 버튼을 누르자마자 입을 열었다.

"알아보겠던가요?"

"네. 그런데 왜……?"

23

형사1계는 물론 형사2계까지 비번을 포함해 전부 불려나왔다. 그중 이미 상당히 술에 취해 있던 두 명은 현장 진입조에서 빠질 수 있었다. 대신 페트병 2리터들이 포카리스웨트를 목구멍 안으로 계속 들이부어 혈중 알코올을 희석시키면서, 눈을 부릅뜬 채 전화기와 경찰 무선을 지키고 앉아 있어야 했다. 비번조는 투덜거리기는 했지만 성 경감의 엄명으로 떨어진 임무이니 어쩔 수 없었다.

제일 퉁퉁 부은 것은 김철이었다. 집에 도착하자마자 좀 출출해서 라면 몇 개를 더 끓여 먹고 반주로 맥주도 몇 캔 했다고 투덜거렸다. 잔뜩 부풀어오른 배를 부여잡은 김철은 제대로 움직이는 것도 힘겨워 보였다.

"김철, 오늘 많이 먹었으니 소화 좀 시키자."

"어으, 형님. 죽겠습니다. 작전이 있으면 진작 귀띔 좀 해주시지. 저 지금 토할 것 같아요."

"참았다가 현장 가서 토해."

원지만 검사와의 협의는 성 경감이 마쳤다. 의견이 맞지 않는 세부 사항이 있었으나, 결국 성 경감의 고집대로 영장 없이 체포에 착수하기로 했다. 대신 원 검사도 체포 집행 현장에 참관하기로 했다. 성 경감으로서도 이후 재판까지 염두에 둔다면 그러는 것이 위험 부담을 더는 셈이었다. 원 검사는 시어머니처럼 잔소리를 해대며 성 경감의 현장 지휘에 끼어드는 타입도 아니었다. 그 반대라면 모를까.

어쨌든 빨리 움직여야 했다. 이미 너무 많이 늦었다.

차량은 두 대를 동원했다. 한 대는 출시된 지 십삼 년 쯤 된 승합차였고, 다른 하나는 성 경감이 탑승할 지휘용 세단으로 모두 비표식 차량이었다. 차량으로 출발하기 전 형사2계 형사 셋을 지목해 구성한 '증거수색조'는 환호고등학교 교사校舍로 급파되었다. 각 학교 교장과 재단측에 연락을 취해 임의수색 동의를 받는 일은 원 검사가 맡겠다고 나섰다. 별개 사건으로 재단측 인사들 몇과 요즘 연락을 주고받는 사이라 하여, 성 경감은 사정을 묻지 않고 원 검사에게 절차를 위임했다.

하지만 성 경감은 수색조가 우려스러웠다. 제일 꼼꼼한 경관들을 가려 뽑긴 했고, 환호사학재단이 차지하고 앉은 전체 부지 도면도를 보면서 우선 뒤져야 할 몇 군데와 주의를 기울여야 할 물품 종류들을 직접 지목해주기도 했다. 하지만 과연 모두가 성 경감의 바람대로 움직여줄지 의문이었다. 한밤중인데다가 쓰레기 수거장이나 소각장, 자재창고와 같은 시설물들은 중학교와 고등학교, 그 옆으로 한 블록 떨어진 기술고등학교가 공용으로 사용하고 있어 엄밀한 분리수색이 곤란했다. 차출되어 나온 형사2계 소속 수색조원들이 얼마나 진심으로 부지를 훑어나갈지에 대해서도 자신이 없었다.

결국 성 경감은 믿을 만한 자, 이 학교의 내부 사정과 수사상의 포인트를 모두 잘 알고 있는 경관 하나를 수색조에 딸려 보내기로 했다. 일종의 옵서버 명목이었고, 사실상 수색 지휘자 격이었다.

반영아는 즉시 전화를 받았다. 그녀는 이미 나갈 채비가 다 되어 있다고 하며 흔쾌히 요청을 받아들였다. 꼭 연락을 기다리고 있던 듯한 기색이었다. 환호중고교 공용 후문에서 수색조를 만나 같이 학교 부지로 진입하기로 했다.

당연히 여청1계장 하만수에게는 비밀이었다.

동부서 장비계에 배속되어 있는 승합차와 세단 한 대씩이 녹
등 시내를 가로질렀다. 목표지는 환호시영2차아파트. 1992년
준공된 650세대, 열세 개 동짜리 이 중규모 아파트 단지는 녹
등 동부의 산줄기를 따라 오르며 길게 자리잡고 있었다. 시내
를 벗어나자마자 웃자란 팽이버섯처럼 멀뚱하게 솟아오른 회
백색 건물들이 어둑한 산자락을 꿰뚫고 모습을 드러내기 시작
했다.

대로에서 꺾어들어가 산자락 아래쪽으로 뚫린 단지 입구까
지 난 통로는 도보로 약 이십 분 걸리는 험한 경사로였다. 그
고갯길이 시작되는 커브 지점에 까만색 구형 소나타가 몸을 숨
기듯 주차되어 있었다. 차체에 몸을 비스듬히 기대고 서 있는
덩치 큰 남자의 실루엣도 보였다. 경찰 세단이 소나타 옆으로
부딪칠 듯 바짝 붙었다. 완전히 정차하기도 전에 뒷좌석 문이
홱 열렸지만 원 검사도 재빠르게 거기에 올라탔다. 승합차는
잠시도 멈칫거리지 않고 거침없이 고개를 타고 올랐다.

성 경감은 별일 없을 거라 짐작했다.

저항이 있더라도 그리 심하지는 않을 터였다. 가장 우려되
는 상황은 도주였다. 신병 확보를 못한다면 피의자는 극단적
인 선택을 할 수도 있었다. 반영아 경위의 말에 따르면 그럴
만한 성품이었다. 아마 맞는 이야기일 터였다. 심리학 박사과

정 학생의 의견이지 않은가.

승합차가 단지 초입에 자리한 201동 뒤편 노상주차장에 멈춰 섰다.

체포조는 모두 강화플라스틱 수갑과 미니 고무 곤봉 하나씩만 휴대하기로 했다. 임대동인 213동까지 설렁설렁 올라가면서 주위를 훑고 그 주변을 빙빙 돌면서 인터넷 지도에 나타나지 않는 입출구들, 통칭 '개구멍' 통로들을 대충이나마 확인하는 일은 이진석이 맡기로 했다. 행동거지나 옷차림 모두 가장 민간인처럼 생겨먹었기 때문이었다. 일종의 일인 정찰조였다. 원래대로라면 부지 도면을 가지고 다니며 일일이 확인해야겠지만 시간이 없었다. 이진석은 체포조가 들어가야 할 605호의 실내조명이 훤히 밝혀져 있는 것도 확인했다.

체포조는 다시 네 개 팀으로 나뉘었다. 1팀은 엘리베이터를 타고 꼭대기인 10층까지 올라가 계단으로 내려오기로 했다. 제일 막내들로 구성된 2팀은 역으로 1층에서 계단을 올라야 했다. 3팀은 1팀에 후속하여 엘리베이터를 타고 5층까지 오른 후 거기서 기기 작동을 정지시키고 아래층으로 이어지는 퇴로를 차단하는 역할을 맡았다.

4팀이 진입조였다.

입을 꾹 닫고 눈을 감은 채 뒷좌석에 졸듯이 앉아 있던 원 검사는 그제야 입을 열었다. 가급적 피의자를 집 밖으로 불러내어 체포했으면 한다는 의견이었다. 영장이 없는 이상 주거 진입의 적법성까지는 장담할 수 없다는 이유에서였다.

무전을 통해 한참을 옥신각신하다 결국 206동에 거주하는 부녀회장을 동원하기로 했다. 재활용 쓰레기 분리수거 상태가 불량하다는 점을 지적한다는 명목으로 거주 세대를 호출하여 밖으로 불러낸다는 아이디어였다. 구체적으로는 이런 계획이었다.

부녀회장이 사정 봐주지 않고 벨을 눌러대고 문을 두들기며 고함까지 질러댄다. 그러다 현관문 안쪽에서 자물쇠를 푸는 소리가 들리면 "허이구, 뭔 지랄을 하며 자빠져 있다 이제야 나오네" 하고 크게 소리치면서 뒤로 빠진다.

그게 신호였다. 그 즉시 5층과 6층 사이의 층계참과 604호 앞에서 대기중이던 4팀이 605호 앞으로 돌진하면서 집 밖으로 나온 피의자를 잽싸게 낚아채는 것이다.

부녀회장은 자신의 임무가 전혀 무섭지 않고, 아주 자신 있다고 했다. 사실 경찰의 이 작전이 없었더라도 그 집은 조만간 손을 봐주려고 작정하고 있었다고도 얘기했다.

그렇게 진입 계획이 세워진 후, 경관들은 긴 침묵을 견뎌내는 대기 상태에 들어갔다. 진입 신호가 와야 했다. 성 경감과 원 검사가 합의한 체포 조건, 즉 '물적 증거'가 발견되었다는 신호 말이다. 새벽 한시를 넘어서고 있었다.

무선망 안에 들어와 있던 누군가가 갑자기 생각난 듯, 새벽 한시에 분리수거 상태 불량을 따지러 가는 게 과연 자연스러우냐는 의문을 제기했다. 한시에 누가 문을 두드리면 의심하지 않을까, 그러다가 6층 베란다에서 투신이라도 하는 것 아니냐고 우려를 했다. 또 한편으로 다른 누군가는 그래서 매트리스를 깔 테니 괜한 걱정이라고 퉁명스러운 반론을 내면서 무전망이 시끌벅적해졌다. 부녀회장과의 연락책을 맡은 이진석이 문의를 했고, 여자는 그 정도는 이 환호동 시영2차에서 항상 있는 일이라고 자신 있게 대답을 해왔다. 오후 한시든, 새벽 한시든, 아파트 관리규약과 올봄에 결의된 공동주택 행복다짐 십계명을 따르지 않는 세대에 언제든지 쳐들어갈 마음 자세가 되어 있지 않으면 결코 부녀회장 노릇을 해먹을 수 없다고 엄포를 놓듯 말하기도 했다.

이진석은 전화상으로 들리는 부녀회장 목소리에 상당한 취기가 전해오는 게 우려스러웠지만, 어쨌거나 치고 빠지는 단순한 역할만 할 뿐이니 별문제는 없을 거라 생각했다. 부녀회장의 호언장담을 전하자 무전망은 수면제를 맞은 것처럼 다시 침묵에 빠져들었다.

신호가 왔다. 성 경감은 손목시계로 한시 사십오분 삼십사 초를 지나고 있는 시각을 확인했다. 생각보다 빨랐다. 조짐이 좋았다.

물적 증거는 쓰레기 소각 시설 중 환호중학교 몫으로 배정되어 있는 2번 덤프에서 발견되었다. 흰색 타월이었고, 겉면에 '환호사학재단 34주년 기념'이라는 문구가 인쇄되어 있었다. 걸레로 사용되기라도 한 것처럼 심하게 낡았고, 특히 한쪽 모서리 부분은 올이 풀려 해져 있기까지 했다. 수색조는 용케도 그 어둠 속에서 체액이 묻은 타월을 놓치지 않았다. 타월에는 거무스레한 얼룩이 져 있었다. 대충 물에 헹군 후에 던져두었는지 여태껏 축축한 습기가 남아 있었다. 지방청에서 긴급히 입수해온 독일제 간이 시약키트로 검사한 결과 몇 명분의 체액과 혈흔이 확인되었다. 가져간 샘플 하나와 대조하는 데 좀 시간이 걸렸다.

"어떻습니까, 결과가." 성 경감이 물었다.

"혈액형은 일치하고요. DNA 부합 여부는…… 수치가 이것저것 복잡하게 나오는데, 하여튼 결론은 '상당히 긍정적'이라고 나오네요." 반영아가 말했다.

성 경감도 이미 반영아의 가벼운 목소리만으로 결과를 짐작할 수 있었다. 타월에는 한칠규의 피와 침이 묻어 있었다.

"치믈리히 포지티프Ziemlich positiv. 부합이군요." 무선을 듣고 있던 원 검사가 느닷없이 독일어를 쓰며 끼어들었다.

성 경감은 체포조를 통할하는 무전망을 다시 열었다. 단조로운 목소리로 진입을 지시했다.

그 옆에 앉은 원 검사는 저도 모르게 고개를 끄덕이다가, 성 경감과 눈이 마주쳤다. 괜히 멋쩍은 듯 그는 쇠구슬같이 커다란 자신의 귓불을 잡아당겼다.

24

수많은 경찰수사가 그러하듯, 이번 진입체포 작전도 계획한 대로 되지는 못했다.

성 경감의 신호가 떨어지자 이진석은 부녀회장에게 전화를 걸었다. 부녀회장은 전화를 받지 않았다. 세 번 연속 전화 연결이 안 되자 이진석은 급히 206동 305호로 달려갔다. 부녀회장을 끌고 나와서라도 체포조가 어둠 속에서 숨을 죽이고 있는 곳으로 급히 이동해야 했다. 체포조의 2팀이 단지 내 가로등 조도를 최소한으로 줄이고, 진입할 아파트 동 베란다가 향해 있는 쪽 바닥에 추락방지용 매트리스를 설치하기 시작했다.

부녀회장은 걱정했던 것 이상으로 상태가 좋지 않았다. 문을 한참 두들긴 후에야 나타난 여자는 울고 있었다. 지나치게 취해 있기도 했다. 현관문을 나올 때부터 심하게 비틀거렸고, 열 걸음 떨어진 곳에서도 몸에서 진동하는 맥주 냄새를 맡을 수 있을 정도였다. 이진석이 옆에서 팔뚝을 잡아 부축했다. 부녀회장은 잠과 취기, 우울함으로 무겁게 감기는 눈을 껌뻑거리면서 조금 전 집에서 남편과 격하게 싸워댄 이야기를 중얼거렸다. 올해가 가기 전 반드시 이혼하리라는 다짐도 이진석은 들어주어야 했다. 잔뜩 악이 받친 남편은 반시간 전 가재도구 몇 개를 반파시키고서 휑하니 집을 나가버렸다.

"지금 그 망할 영감탱이는 녹둥 네거리의 술집을 전전하며 헤헤거리고 있겠지. 일흔을 앞둔 그 병신이 지난 사십오 년간 나한테 무슨 짓을 했는지…… 황혼이혼을 당해봐야 정신을 차리지……"

이진석은 여자의 신세한탄이 통곡으로 이어지기 전에 얼른 작전 현장에 도착할 수 있기를 바랐다. 구식 아파트 단지의 동과 동 사이는 새까만 망망대해를 건너는 것처럼 멀게 느껴졌다.

비가 올 모양인지 후텁지근했다. 무거운 습기가 철제 어망처럼 사방에 내리깔렸다. 성 경감은 무전으로 계속 재촉해왔다. 왜 이리 진입이 느리냐는 것이었다. 네 개 팀으로 이루어진 십수 명의 체포조 형사들이 옹기종기 모여 손부채질을 하거나 잡담을 하고 있는 207동 뒤편의 관목 수풀에 이르는 데도 이십 분가량 걸린 듯했다. 이진석도 조급증이 도지고 울화통이 터졌다.

이진석 경위는 형사들을 자기 쪽으로 불러모아 주의사항을 한번 더 숙지시켰다. 그러는 동안 부녀회장이 옆으로 기우뚱거리면서 쓰러지려는 것을 붙잡고도 있어야 했다. 마지막으로 부녀회장에게 제발 잘 좀 해달라고 다시 한번 사정을 하려는데, 여자의 정신이 딴 데 팔려 있는 게 느껴졌다. 부녀회장의 시선은 저멀리 207동 뒤편으로 이어지는 어두운 풀숲 사잇길로 향해 있었다.

"회장님, 저기, 좀 신경써주세요. 이게 보통 일이 아니에요. 아주아주 위험한 범인을 잡는 거라……"

"거…… 가만히 있어봐."

"왜요. 저기 뭐가 있어요? 아는 분이에요? 남편 분이 왔어요?"

풀숲 사이에서 사람 그림자처럼 보이는 회색 실루엣이 어른거렸다. 가로등 조도가 지독하게 낮아 희끄무레한 형체라는 것 말고는 분간되는 게 없었다.

"아…… 저 새끼. 저 개새끼가 저기 있네."

"하아. 이 씨……" 이진석은 숨을 크게 내쉬면서 화를 참았다. "대체 뭔데요, 회장님."

부녀회장이 가리킨 형체가 두 다리로 수풀 길을 빙 돌아 207동 1층 출입구를 향해 걸어오고 있었다. 분명 사람이었다. 느긋한 걸음걸이를 보니 관목 뒤에 웅크리고 있는 형사 무리를 아직 눈치채지 못한 듯했다. 술에 약간 취했거나 무언가에 들뜬 듯 흐느적거리는 모양새 외에는 별 특색이 없는 걸음걸이였다. 가로등 아래를 지나는 잠깐 동안 인물이 들고 있던 종량제 쓰레기봉투와 그 속에 든 내용물 형체가 나타났다가 어둠 속으로 사라졌다. 삼양라면 네 개와 대용량 요구르트 한 개, 참치 캔 한 개 그리고 삼각 주먹밥 하나 등등. 빛 속에서 인물이 쓰고 있던 안경도 잠시 번득였다. 이진석의 눈에 익은 반무테 안경이었다. 조금 전까지 성 경감과 나란히 앉아 수십 번을 반복해서 보던…… 계장님이 저걸 뭐라 불렀더라.

잠자리 안경.

"야, 이 개새끼야!"

부녀회장이 포탄처럼 튀어나가면서 고함을 쳤다. 무시무시한 목청이었다. 불꽃이 튀도록 철판을 갈아대는 소음이 무색할 정도였다. 뒤이어 내뱉은 걸쭉한 욕설 몇 마디도 650세대가 살고 있는 아파트 단지 전체에 쩌렁쩌렁 울려퍼졌다. 무전을 타고 지휘용 세단 안까지 흘러들어온 부녀회장의 외침이 수천 발의 클레이모어탄처럼 폭발했다. 성 경감은 저도 모르게 경찰용 헤드셋을 벗어던졌다. 원 검사도 짐짓 무게를 잡으며 지그시 감고 있던 눈을 번쩍 떴다. 졸음이 확 가셨다.

형사들은 반사적으로 반응했다.

부녀회장의 고함을 기폭제로 여기고서, 멋모른 채 종량제 봉투를 들고 설렁설렁 다가오던 형체에 우르르 달려들었다. 목표가 된 인물은 그제야 심상치 않은 상황을 눈치챘다. 거의 본능에 따라 몸을 반대 방향으로 돌려 달아나기 시작했다. 하지만 땅을 우르릉 울려대는 형사 십수 명의 발걸음이 내는 진동에 다리가 풀리고 말았는지, 이내 바닥에 풀썩 쓰러지고 말았다.

"때리지 마, 때리지 마!"

이진석이 무리 뒤를 쫓아가며 금방이라도 울음을 터뜨릴 것처럼 소리쳤다. 뒤에서 부녀회장도 뭐라 고함을 쳐댔지만 알아들을 수가 없었다.

이진석은 '심리적 동조 현상' 같은 게 일어나지 않을까 걱정됐다. 긴장된 어둠 속에서, 십수 명의 사내—여자 형사 한 명도 있었지만 그리 다를 게 없었다—가 같은 목표를 향해 달려들면 사고가 터지기 마련이었다. 각자의 인격이 하나로 뭉쳐져 한 마리 짐승처럼 변하기 때문이다. 매우 위험했다. 저러다 한 명이 겁을 지레 먹거나 아무 생각도 없이 주먹이라도 휘두른다면, 그 강렬한 폭력의 감각이 무리 전부를 순식간에 전염시키고 말 터였다. 우발적 경관 집단 폭행 사건이란 대부분 그런 식으로 벌어지는 법이었다.

형사들이 종량제 봉투 사내를 덮치기 직전 이진석은 가까스로 제 몸을 그 사이에 던져넣었다.

"야, 야! 진정들 해. 잡았어. 우리가 잡았어! 침착하라고!"

누군가가 이진석의 팔목에 수갑을 채웠다.

"아니야! 나, 아니야, 이 미친놈들아!"

다시 누군가가 제대로 플라스틱 수갑을 채웠다. 형사들은 흥분을 가라앉히지 못한 채 쉭, 쉭 뱀 소리를 내면서 더운 숨을 가득 내뱉었다. 이진석은 아직 땅바닥에 나뒹굴고 있는 남자의 안경을 벗겼다. 성 경감이 '잠자리 안경'이라는 웃기는 호칭으로 부르던 그 안경이 맞았다.

몸을 일으켜세운 이진석은 숨을 골랐다. 입을 열어 권리 고지를 읊는데 목청이 떨리는 게 느껴졌다. 혀가 크게 부풀기라도 한 듯 목구멍이 꽉 막혀왔다.

"야, 민지욱. 현행 시각 2021년 7월 28일, 오전 두시 십일분 자로 형사소송법에 근거하여 긴급체포한다. 너는, 하아, 증거인멸, 도주의 우려가 있다. 혐의는, 아, 씨발, 나 아니라니까, 수갑 빼라고! 아니 쟤 말고, 나! 하여튼 너, 민지욱, 네 혐의는 살인이야! 너는 변호인을 선임할 권리가 있고, 유리하든 불리하든 일체의 진술을 거부할 권리가 있으며, 하아⋯⋯"

이진석이 맡았던 대사가 마침내 끝났다. 민지욱은 거의 두 발이 허공에 들리다시피 하여 승합차가 있는 201동으로 끌려 내려가기 시작했다. 아파트 단지 곳곳에서 조명이 켜지기 시작했고 사람들이 웅성거리는 소리도 들려왔다. 단잠을 깨웠다고 쌍욕을 내뱉는 이들도 있었다. 오케이, 좋아. 모두 잘됐어. 단지 안 광경을 휘둘러보면서 이진석 경위는 숨을 컥컥 내뱉고 들이마셨다. 가슴팍 아래 큼직한 생선 몇 마리가 요동치는 것처럼 장기들이 펄떡거렸다. 환호시영2차 단지의 습하고 땀내 진득한 공기가 그의 폐를 관통해 혈관 곳곳으로 퍼져나갔다.

아, 숨차서 못 해먹겠네. 이거 운동을 하든지, 경찰을 관두든지 해야지.

물론 언제나 그랬듯이 이 순간이 지나면 이진석은 운동을 시작하지 않을 것이고, 경찰 일도 그만두지 않을 터였다.

체포된 남자는 저편에서 영문을 모르겠다는 듯 덥수룩한 머리를 흔들어댔다. 뺨을 타고 흘러내리는 눈물 자국이 가로등 불빛에 반짝이다 말았다.

25

이름, 민지욱. 만 31세.

직업, 교사. 임시직. 담당과목 생물.

대학 졸업 후 기간제 교사를 전전하던 중 다다른 곳이 환호중

학교.

× × ×

민지욱은 녹둥시 동부경찰서 형사1계로 구인되는 동안 울

음을 뚝 그쳤다. 쇠창살과 짐승 거죽 같은 암막이 달린 승합차

내부의 살풍경함이 그에게 잠깐이나마 현실감각을 되찾아주

었다. 성 경감은 이를 그리 좋지 못한 징후로 보고, 초도 신문

을 자신이 맡기로 했다. 양해하에 원 검사가 신문을 참관했다.

조사실로 향하는 성 경감은 좀 침울해져 있었다.

아파트 안에 있는지를 확인했어야 했나. 불이 켜져 있었다. 만약 꺼져 있었다면 전화를 걸어봤을 것이다. 막내 김철을 시켜 양말을 물고 변태 흉내라도 내게 했을 터였다. 그런데 불이 켜져 있었다. 그 시간, 사람이 있다고 생각하는 게 합리적이었다. 결국은 직감의 문제였다. 집중력과 운의 문제일 수도 있고. 그는 분명 이번 체포 작전이 진행된 과정 때문에 침울해져 있었다.

흥분이 가시지 않은 형사실은 와자지껄한 소란으로 가득했다. 자신한테 수갑을 채운 김철에게 은혜도 모르는 자식이라고 닦달하는 이진석의 얼굴에는 충만감 가득한 함박웃음이 걸려 있었다. 그 감정의 소용돌이 한가운데를 홀로 통과해 조사실로 향하면서 성 경감은 상복부 위쪽 갈빗대를 지그시 눌렀다. 구석에 서서, 그 큰 덩치가 자아내는 존재감을 교묘하게 감추고 있던 원 검사와 눈이 마주쳤다. 상대가 무슨 생각을 하는지 안다는 걸 서로가 알고 있었다. 원 검사가 고개를 약간 숙여 보였다.

조사실 출입문 손잡이를 잡으려는데 누군가 성 경감의 팔꿈치를 슬쩍 건드렸다.

"잠깐만."

반영아 경위였다. 아까 현장에서 통화를 마지막으로 별다른 얘기를 나누지 못했다. 그녀는 제 몫을 할 수 있고 또 해야 할 범위 이상으로 해냈다. 운도 크게 따랐지만 바로 그게 그녀의 능력이었다. 성 경감이 수고했다고 말하며 웃어 보이려 하는데, 반영아의 표정이 심상치 않았다. 그는 반 경위를 이끌고 건너편 조사실로 들어가 문을 닫았다.

"말해봐요."

"봉진호, 그애요."

"자취를 감췄나요?" 성 경감의 동공이 한순간에 뻥 뚫린 것처럼 거멓게 파여 보였다.

"어떻게…… 벌써 들으셨어요?"

성 경감은 대답 대신 주먹을 쥐었다. 반영아는 아주 잠깐 성 경감이 그 주먹을 자신에게 휘두르려는 게 아닌가 하고 생각했다. 성 경감은 그렇게 다져 쥔 주먹을 허공에 올려둔 채 그대로 멈춰버렸다. 마치 반영아의 존재는 아예 잊어버린 채 다른 세상으로 빨려들어가기라도 한 모습이었다.

"계장님?"

"그냥 짐작일 뿐입니다."

성 경감의 팔이 천천히 움직였다. 팔을 뻗었다. 구슬처럼 불거진 주먹의 관절 마디들이 벽면에 부딪쳤다. 둔중한 진동이 밀폐된 조사실 안에 번져나갔다. 성 경감은 주먹으로 벽을 짚고 선 채 알아듣지 못할 몇 마디를 중얼거리다가, 반영아를 쳐다보았다.

"배치해둔 경관은…… 혹시 사고가 있었던 것은 아니겠지요?"

"그런 건 아니고요. 저희 계장님이 내일 교육지원청 행사 협조 건 때문에 계원들을 죄다 거둬가버렸어요. 봉진호한테 배치해둔 계원이 저한테 미리 귀띔이라도 해줬으면 뭐라도 조치를 해두었을 텐데. 그 계원이 또 곧이곧대로 제 지시로 봉진호 전담을 맡고 있다고 말하는 바람에 저희 계장님이 대노를 해가지고…… 엉뚱하게 수사관 흉내나 내고 다닌다고."

"괜찮아요. 아니, 오히려 좋습니다." 성 경감이 느긋하게 말했다. 빛을 잃어 어둑해졌던 동공도 다시 제 색을 찾았다. "어차피 지금이 수사상의 결단을 내려야 할 시점이기도 하고."

"수배절차를 밟으셔야 하지 않겠어요?"

성 경감은 출입문을 빤히 쳐다보았다.

"방금 체포한 저 사내의 진술 확보가 우선입니다. 여기서 봉진호의 수배를 동시에 병행하였다가는 우리 수사의 동력도, 수사 방향에 대한 자기확신도 의심받게 될 겁니다. 다만……"

성 경감은 잠시 말을 멈추었다. 숨을 고르면서 길게 내뱉었다. 숨결에 밤새 묵은 산酸 냄새가 물씬했다.

"봉진호 그 녀석의 소재는 비공식적으로 알아봐줄 수 있겠습니까? 소재만 파악되면, 저자를 송치한 후 우리가 후속 보완 수사를 진행하거나 아예 검찰과 협의해 넘길 수 있을 겁니다."

"우리 관할 안에 있다면요. 하지만……"

"그래, 아마 진작 이곳을 떠났겠지요."

성 경감의 뺨이 형광등 빛에 반사되어 회백색으로 번득였다.

"어쩌면, 그게 이 사건의 적절한 결론일지도 모르겠군요. 완전히 올바르진 않지만, 그래도 어느 정도는 적절한 결론 말입니다."

성 경감은 웃는 건지 울상을 짓는 건지 구분이 안 가는 묘한 표정을 지어 보이며 조사실을 빠져나갔다.

✗ ✗ ✗

딱히 신문이라고 할 만한 것은 없었다. 진술거부권, 변호인 선임권을 알린 후 변호인 선임권 행사를 포기할지 물었다. 민지욱은 단호하게 변호인을 부르겠다고 대답했다.

성 경감은 이렇다 할 대꾸를 하지 않은 채, 말없이 채증용

투명 비닐봉투에 담긴 흰 타월을 테이블 위에 올렸다. 흰색 타월은 한쪽 울이 풀리고, 진득한 체액과 거멓게 굳은 피딱지가 덕지덕지 달라붙어 있었다. 눈이 멀 듯 환하게 밝힌 조사실의 백색 조명 아래에서 그 하잘것없는 물건은 유난히 끔찍하고 흉포하게 보였다.

타월을 보자마자 민지욱은 다시 울음을 터뜨렸다. 심지어 몸을 일으켜 테이블 저편 끝에 놔둔 증거 봉투를 가로채려 하기까지 했다. 성 경감은 민지욱이 얼마간 더 그렇게 버둥대도록 내버려두었다.

울음소리에 기운이 빠져나가자 성 경감이 특유의 높낮이 없는 어조로 물었다.

"변호인을 부르겠다는 말이죠."

민지욱은 고개를 절레절레 흔들었다. 백지의 조서 양식지 첫 장에 변호인 선임 포기 자서를 하고, 서명을 했으며, 야간조사와 영상녹화까지 군말 없이 동의했다. 성 경감은 손목의 카시오 전자시계를 슬쩍 들여다봤다. 여기 들어온 지 칠 분이 조금 지났다. 나이가 들수록 우연이라는 게 섬뜩해지는군. 그래, 하여튼 칠 분이라는 시간 동안 사람은 많은 일을 할 수 있긴 하지.

"상피세포라는 게, 인간 장기 표면을 덮고 있는 조직세포를 말하는 것이지요?"

성 경감의 첫 질문이었다.

"……네."

"이 타월에서 한칠규의 구강 내 상피세포가 검출될 가능성이 있겠습니까?"

민지욱은 그냥 고개를 끄덕였다. 성 경감은 구두로 진술해줄 것을 요청했다. 조서에 적어넣어야 하고, 영상과 녹음 기록으로도 남겨야 하는 상황이므로 양해를 바란다고 정중하게 말했다.

민지욱은 성 경감의 요구에 순순히 따랐다. 이미 바닥에 쓰러져 몸을 버둥대며 커다란 피거품을 내뿜고 있던 한칠규의 입속에 흰 타월을 억지로 욱여넣고, 한참이 지나 꿈틀대는 게 그치자 발로 몇 번 짓이긴 경위를 차근차근 진술했다.

민지욱은 진술자로서 훌륭했다. 직업은 역시 직업인 모양이었다. 무언가를 설명해야 하는 상황이 되자 민지욱은 차분해졌고 흐리멍덩하던 발음도 점차 또렷해졌다.

마치 학교 수업을 듣고 있는 느낌이군. 성 경감은 민지욱의 진술에 맞춰 고개를 끄덕이며 생각했다. 오히려 지나치게 술술 풀어 알아듣기 쉽게 설명하는 민지욱의 진술이 어색할 정도였다. 인간의 구강 내부 체적이 겉보기와 달리 얼마나 큰지, 따라서 제법 널찍한 환호사학재단의 창립 34주년 기념 흰색 타월을 돌돌 말아 한칠규의 입안에 쏙 집어넣는 게 물리학적으로, 혹은 생리학적으로 분명히 가능한 이유가 무엇인지, 그렇게 타월을 쑤셔넣었을 때 평소 광대뼈에 착 달라붙어 있던 한칠규의 곯아빠진 뺨이 마치 복어 대가리처럼 얼마나 크게 부풀어올랐는지를 차근차근 묘사해나갈 때, 성 경감조차 뒷목이 약간 서늘해져왔다.

타월은 우연히 손에 넣은 것이라고 주장했다. 민지욱은 다리 근육이 갈수록 허약해지는 것 같아 학교에서 재단 관사가 있는 환호시영2차 아파트까지 사십 분가량 걸리는 출퇴근길을 걸어다녔다. 초여름에 접어들면서 땀이 지나치게 나자 교무실에 굴러다니는 타월 한 장을 항상 챙겨넣었다. 그날 밤 가지고 있던 게 바로 그 흰색 타월이었다.

"다리가 많이 불편한가요?" 성 경감은 느긋하게 물었다.

"어디 아픈 건 아니고요." 민지욱이 대답했다. "그냥 운동 부족에 다리도 종종 붓고 해서."

"신발을 좋은 걸 신어야지요. 특히 나이가 들수록." 성 경감은 민지욱의 발을 내려다보았다.

"그 신발."

"네?"

민지욱도 제 발을 내려다보았다. 별다른 게 없는 신발이다.

제3항 네거리 조개골목 안쪽 깊숙하게 자리한 잡화점을 지나가다 구매한 싸구려 검은색 등산화였다. 옆에 박힌 'BLACK SPARROW'라는 푸른색 라벨이 땀과 빗물, 바닷가 근처의 어쩔 수 없는 소금기로 초라하게 닳아 있었다.

"제가 잠깐 볼 수 있겠습니까?"

민지욱은 고개를 갸웃거리다가 결국 신발을 벗어 건넸다. 성 경감은 신발 안쪽 상표와 밑창을 두루 살폈다. 제품 번호 RK-3022. 트레킹화. 제조사 주식회사 화진.

"여기 남는 운동화가 있는데, 당분간 그걸 신겠소? 상당 기간 안에 들어가 있어야 하니 그게 편할 겁니다. 돌려주는 것은 천천히 해도 되니까."

민지욱은 '안에 들어가 있어야 한다'는 말에 다시 한참을 서럽게 울었지만, 결국 성 경감의 말에 따르겠다고 했다. 신고 온 낡은 트레킹화를 경찰이 보관하기로 하는 데도 동의하고, 또하나 건네진 서류 하나에 제대로 읽지도 않고 냉큼 서명을 해주었다. 성 경감은 이진석이 옆에 들고 서 있던 채증용 봉투에 신발을 집어넣었다.

물결무늬. 신발 밑창의 그 문양은 대충 보기에도 한칠규의 가슴팍과 아랫배에 찍혀 있던 그 옹골찬 족적과 엇비슷했다.

26

"죽이고 싶은 생각은 진작부터 있었어요. 작년 11월부터요."

이진석이 가져다준 펑퍼짐한 운동화를 신은 뒤 민지욱은 묻지도 않은 동기를 진술하기 시작했다. 어조 또한 조금 전보다 가벼워졌다. 낡았지만 허옇게 세탁된 운동화를 갈아신은 직후의 상큼한 기분 덕분인지도 몰랐다. 성 경감은 땀에 절어 축축한 바지 속에서 엉덩이를 비비적대고 있는 터라 그 기분을 잘 알 것 같았다. 일부러 조사실 냉방기도 꺼놓았으니. 심지어 민지욱은 운동화를 신은 발로 경쾌하게 리듬을 타면서 아이처럼 조사실 바닥을 몇 번 굴러보기까지 했다.

확실히 그의 머리통 안에 든 영혼이라는 기계는 부품 몇 개가 깨부숴져 있을 터였다. 이제는 정말로 좀 지치는군. 성 경

감은 이 모든 게, 특히 반대편에 앉아 있는 남자의 뒤틀린 인
격이 자연스럽고도 납득 가능한 실체로 다가온다는 사실 자체
가 지겨웠다.

물론 얼굴에는 아무런 표도 내지 않았다.

"작년 9월에, 출근할 때부터 학교 분위기가 저하고 영 안 맞
는다는 것은 당장 알겠더라고요. 재단 사람들도 그렇고, 특히
교감이…… 교감이 재단 간부이기도 한데." 민지욱이 눈물을
뚝뚝 흘렸다.

학교측에서 임의제출한 교사 평정서에도 비슷한 얘기가 적
혀 있었다.

교사 단합에 소극적.

학생 장악력 부족.

수업준비 부족.

전반적인 적응력 미흡.

이것이 학교가 내린, 작년 말 무렵 민지욱에 대한 평가이자
인상이었다.

"그런데다 학부모라고 하는 인간들한테 얻어맞기까지 했으
니까요. 그 한칠규씨 말이에요. 그것도 교무실 사람들 다 보는

앞에서……"

"교무실에 사람들이 있었나요?"

"네. 점심 무렵이라 선생 몇몇하고, 정리 당번 맡은 학생도 한둘 있었던 것 같고."

"그렇군요. 그때 많이 다쳤나요?"

"코 깁스를 한 삼 주 했어요. 통증은 아직도 있고요."

민지욱은 안경을 올려 쓰며 말했다.

성 경감은 컴퓨터 스크린을 민지욱 쪽으로 비스듬히 돌리고 영상 파일을 하나 재생했다. 파일은 우지영 선생에게서 임의 제출받은 것이었다. 영상에는 민지욱이 등장했다. 교무실 바닥에서 버둥거리면서 울부짖는 팔십칠 초짜리 영상이었다. 울부짖고 있는 것은 그 옆에 선 한칠규도 마찬가지였다. 다만 두 남자의 느낌은 전혀 달랐다. 당당하게 두 팔을 하늘로 쭉 뻗고 포효하는 한칠규는 누가 봐도 승리를 자축하는 챔피언의 모습이었다. 한칠규, 한 챔프. 지난 세기말 즈음 아주 퍼시픽 유망 랭커.

영상을 보던 민지욱의 울음은 통곡으로 변했다.

"그래서 화가 났군요. 그리고 한칠규를 죽일 생각을……"

"아니, 죽이고 싶었다는 거지, 죽일 생각이 있었다는 게 아니에요. 형사님, 세상 살면서 죽이고 싶다고 다 죽이지는 않잖아요?"

"사람들을 죽이고 싶다는 생각을 자주 하나요?"

"그냥, 생각만요. 정말로 생각만." 민지욱이 짜내는 목소리로 말했다.

"하지만 이번에는 실행에까지 옮겼죠."

"으흐윽."

또 울었다.

성 경감도 이제는 짜증이 치밀었다. 하지만 다 이해한다는 뉘앙스가 담긴 그 묘한 표정은 바꾸지 않은 채 고개를 주억거렸다.

"요 며칠 전에는…… 그 거지새끼가 우 선생까지 건드리잖아요."

"우지영 선생 말이죠?" 성 경감은 평정서 파일 중 우지영 선생에 관한 부분을 들추었다.

교사 단합에 소극적.

학생 장악력 부족.

수업준비 부족.

전반적인 적응력 미흡.

복사라도 한 듯 민지욱의 것과 똑같은 문구가 반복되고 있었다. 다만 마지막 어귀는 좀 달랐다.

최근 일심 개전하여 학원 행정에 적극 참여중.

흐음.

"우지영 선생을 좋아했나요?"

성 경감의 무심한 그 말 한마디에, 민지욱은 수도꼭지라도 튼 것처럼 목놓아 울기 시작했다.

조사실 밖에 서 있던 형사들은 황당하다는 표정을 지었다. 원 검사도 혀를 끌끌 찼다.

그래도 덕분에 사건의 전체 윤곽과, 동기와 계획, 실행으로 이어지는 사건선이 또렷하게 그려졌다. 성 경감은 한동안 손에 든 문서를 만지작거렸다. 조금 전 체포 당시 민지욱의 품에서 압수한 일종의 자백 진술서였다. 진술서는 민지욱이 손으로 직접 쓴, 우지영 선생에 대한 편지의 형태를 띠고 있었다. 내용은 기이할 정도로 아주 상세했고, 때로는 감상적이까지 했다. 성 경감은 문서를 수사철에 도로 집어넣으면서 조사관을 바꾸기로 결정했다. 그 편이 더 좋았다.

성 경감은 파일철과 증거물을 챙겨 조사실을 나왔다. 이진석이 그 자리로 옮겨 앉았고, 대기중이던 김철은 신이 난 듯 조사실로 들어갔다.

성 경감이 그린 커다란 윤곽 속에 디테일을 채워넣는 건 저들의 몫이었다.

긴 밤이 될 터였다.

에필로그

이진석은 원 검사의 수에 혀를 내둘렀다.

민지욱에 대해서는 체포 당일 늦은 오후 구속영장이 발부되었고, 그후 나흘 만에 살인죄로 기소되었다. 그게 시작이었다. 원 검사와 민지욱 사이에 많은 이야기가 오간 모양이었고, 그 경위야 어쨌든 간에 우지영 선생까지 그 대화에 가담하기에 이르렀다.

계절이 바뀔 무렵 녹둥시 환호사학재단의 관련자들, 특히 실세라 불리던 명수창 부이사장은 무시무시한 죄명들로 구속되고 말았다. 그 무렵 이미 폭행치사상, 보복폭행, 외환거래법 위반, 특수경제범법위반, 유사수신규제법위반 등으로 기소된 윤중정 회장도 명수창 부이사장에 비한다면 한낱 풋내기 잡범처럼 보일 지경이었다. 끝없이 퍼져가고 물밑까지 깊숙하게 파고드는 원지만의 수사를 보고 있자면 분명 오랜 기간에 걸쳐 단단히 벼르고 준비한 게 틀림없었다. 그래놓고선 시립병원 사체 안치실에서는 곰탕이인 것처럼 시치미를 떼고……

✖ ✖ ✖

윤중정은 처벌도 처벌이지만 수사와 재판 과정에서 여러 모로 모양새 우스운 꼴을 보이고 말았다. 홍 변호사라는 남자의 섣부른 조언 때문이었다. 제 책임을 여기저기로 떠넘기다가 거짓말이 들통나거나 특별한 이유도 없이 진술을 번복해버리는 바람에 영 믿을 수 없는, 몹쓸 인간으로 낙인 찍히고 말았다. 아마 살짝 들추기만 해도 우수수 떨어지는 별건 범죄 혐의들 때문에 끊임없이 수사 기간이 연장되자 조바심이 나기도 했을 터였다. 또, 무엇보다 인생의 중반을 훌쩍 넘어선 이 시점에 세번째 징역살이가 코앞으로 다가오자 마음이 크게 약해지기도 했을 것이고.

그렇게 윤중정이 구렁텅이로 끌어들이려 한 자 중에는 낯부끄럽게도 고3 학생 하나까지 포함되어 있었다. 윤중정은 봉진호, 또래 사이에서 일명 '뽕쟁이'라고 알려진 이 불량배가 자신을 위한답시고 제멋대로 나서서 한칠규를 팬 것이지, 윤중정 본인은 손도 댄 적 없다며 경찰에서 했던 단독 범행 자백을 잠깐 뒤집었다.

사실 그 주장에는 그냥 흘려들을 수만은 없는 부분이 있기도 했다. 사건 당일 바로 그 시각 무렵 봉진호 학생이 구식 그랜저를 몰고 향토회 사무실 인근을 특별한 이유도 없이 쏘다니는 장면이 찍힌 CCTV 영상이 보강 수사를 통해 확인되었다. 검찰에 불려올 때 봉진호가 신고 있던 구두, 그러니까 앞코가 송곳처럼 뾰족한 브리오 지오르굴리오 살바토레 브랜드의 레플리카도 의심의 근거 중 하나였다. 한칠규의 등짝에 난 상처 몇 개와 딱 들어맞는 듯한 구두 모양 때문에 검사실에서 꽤 고심했다는 소문도 돌았는데, 결국 족적 일치 여부를 통계학적으로 확증해줄 수 없다는 과학수사부의 입장 때문에 윤중정과 봉진호의 공모 관계 가설은 포기되고 말았다. 뽕쟁이 봉진호는 무면허 운전과 자동차 불법개조 혐의로만 입건되었다.

물론 윤중정의 물귀신 작전이 허무하게만 끝난 건 아니었다. 윤 회장은 자신의 사업 파트너였던 안병지라는 자도 물고 늘어졌는데, 그 덕분에 원 검사는 뜻밖에도 서울과 경기 서남부 지역 일대에서 '노사카 마사히코'라는 이름으로 재일교포 사업가 행세를 하고, 때로는 '닥터 안'이니 '앤서니 안'이니 하는 가명으로 제법 이름을 날린, 충남 당진 출신의 사기 수배범 하나를 잡아들일 수 있었다. 덕분에 윤중정 자신도 자칫 거액의 편취를 당할 위험에서 가까스로 벗어나게 되긴 했다. 이번 사건의 긍정적인 면이라면 긍정적인 면이라 할 수 있었다.

✖ ✖ ✖

이진석은 처음부터 원 검사의 속내를 이미 짐작하고 있었던 거냐고 묻고 싶었다. 하지만 성 경감은 민지욱 선생을 검찰로 송치한 직후 냉큼 장기 휴가에 들어가버렸다. 잔뜩 쌓인 연차에 병가까지 붙여 휴가를 낸데다, 인병 휴직계까지 낼지 모른다는 얘기가 돌았다. 자칭 성 경감의 오른팔이자 경찰 내 소문통이라 자처하는 이진석마저 한참이 지난 후에야 성 경감의 췌장암 진단 소식을 전해들었다.

이진석은 장미까지 몇 송이 섞은 꽃다발과 과일 통조림 세트를 사들고 수원에 있는 종합병원까지 병문안을 갔지만 병실 입구에서 거절당하고 말았다. 성 경감과 전화만 겨우 한 번 연결됐다. 별일 아닌데 웬 호들갑이냐는 평소의 심드렁한 타박과 함께, 연말 즈음까지, 아니 가급적이면 다음해 봄이 오기 전까지 한혜성 그애를 잘 좀 챙기라는 이야기뿐이었다.

"여청계가 할 일을 왜 내가……" 이진석은 툴툴거리면서도 혜성과 혜리를 두어 번 만났다. 혜성은 시큰둥했고, 혜리는 언제나처럼 발랄했으며 도저히 정신을 차릴 수 없을 정도로 시끄러웠다. 이진석은 안심했다. 환호사학재단 사건에다 윤중정 사건, 무엇보다 민지욱의 살인 사건으로 난리통이 된 이 녹등 시내에서, 역설적이게도 소란의 중심에 있었던 이 남매만이 무풍지대에 서 있는 듯 평온하고 별달리 변한 것도 없어 보였다. 속마음이야 어떻든 간에.

자신의 속내에 관해서, 혜성의 경우는 성 경감에게 직접 터놓고 이야기하는 것 같았다. 통화도 빈번한 것 같고, 아마 퇴원한 성 경감의 자택을 직접 찾는 일도 있는 듯했다. 나중에 졸업하고 기동대장 끝나면 여기 녹등 동부서 경제계로 올 거냐고 반농담으로 집적거려보아도 혜성은 어이없다는 듯 피식거리기만 했지만, 눈치 빠른 이진석은 대충 일이 어떻게 되어가는지 짐작이 갔다.

그렇게 해가 바뀌었다.

한혜성은 진학을 했다. 혜리도 그에 맞춰 혜성이 새로 터를 잡은 도시 인근의, 호수와 널찍한 강을 끼고 있는 보다 목가적인 마을로 옮겨갔다.

혜성과 함께, 아니면 그 주위를 멀리서나 가까이서 둘러싸고서 녹둥시 곳곳을 떠들썩하게 몰려다니던 또래 소년들도 갑작스럽게 자취를 감추었다. 무엇보다 갖가지 자잘한 혐의로 수사를 받던 '뽕쟁이' 봉진호도 이 도시에서 아무런 흔적도 없이 사라져버렸는데, 그에 관해서는 여러 소문이 돌았다. 서울로, 부산으로, 심지어 오사카로 넘어갔다는 이야기도 있었다. 이진석이 들은 가장 흉흉한 얘기는, 뽕쟁이가 전주 하나를 제대로 물었다는 것이었다. 그 사람의 재력에 기대어 약관의 나이가 되기도 전에 이미 중국 선양에 으리으리한 합숙형 콜센터 하나를 차렸다는 따위의 얘기였다. 이진석은 몸서리를 쳤다. 그리고 그 소문이 끝이었다.

그들은 그렇게, 봄이 오기 전 모두 이 도시를 떠났다.

이진석은 마치 아무 일도 없었다는 듯 속을 텅 비워버린 이 도시의 천연덕스러움이 가끔 감탄스러울 지경이었다.

작가 후기

    사실 이 작품에는 일종의 전사前史, 즉 '프리퀄'이 있습니다.

수년 전 조금 기이한 콘셉트의 글을 쓰려 했었습니다. '경기 남부 일대 폴로늄-210 밀수 유통 사건을 조사하는 한 방첩수사관의 활약'이라는 이야기였지요. 세계관의 설정이 장대했고 캐릭터들은 『수호전』의 인물 목록을 방불케 했으니, 그만큼 쉽게 피로가 찾아오더군요. 어느 순간부터인가 저도, 캐릭터들도 모두 말이 없어질 정도로 말입니다.

    그해 늦봄 무렵, 저는 캐릭터들을 죄다 소환하여 한자리에 불러모았습니다. 아마 서울 영등포 모 지역 소재 스타벅스의 2층이었을 겁니다. 캐릭터들은 서로 원망도 하고 핏대를 세우며 언성도 높이긴 했지만, 결국 이대로 헤어지는 건 아쉬우니

'작은 사건'을 하나 맡자는 데 의기투합했습니다.

우선 역할 조정이 있었습니다. 혜성은 비중을 키워 새로운 사건의 중심부로 들어왔고, 흑막처럼 배후에서만 카리스마를 과시하던 성 경감도 양지의 무대 중심으로 올라왔습니다. '뻥 쟁이' 봉진호는 아예 새롭게 섭외했습니다. 반면 영웅적인 방첩수사관이던 반영아 경위는, 안타깝게도 이번 사건에는 한 걸음 뒤로 물러나는 것으로 설득했습니다. 우여곡절 끝에 사건 수사가 시작되었고, 그 결과물이 바로 2021년 늦봄부터 여름 내내 매달렸던 이 작품입니다. 사실 작가가 문제였지 본래는 좋은 팀이었다보니 사건은 금방 해결을 볼 수 있던 것 같습니다. 무엇보다 큰 소득은, 하드보일드 탐정 특유의 세기말적 우울감을 덜어내고서 말과 웃음을 되찾은 반 경위의 변화가 아닐까 싶습니다. 아마도 허황된 방첩수사 프로젝트라는 부담에서 벗어나 살아 있는 사람들과 실생활에서 부대끼는 게 적성에 맞았기 때문일 겁니다.

물론 그게 끝은 아니었습니다. 그해 가을 엘릭시르 미스터리 대상을 통해 출판의 기회가 생겼고, 약간의 흥분과 기대, 제법 긴 휴지기를 가진 후에, 정말 '첫 책'이 탄생하는 순간을 눈앞에 두기에 이르렀습니다. 글을 쓰는 것은 그 과정의 지극히 작은 일부였다는 것을 이 시점이 임박해서야 절감하고 있네요. 큰 기회를 준 문학동네와 엘릭시르에, 무엇보다 책의 실질과 형식 모두에 유용한 조언을 해주고, 결국 온전한 책의 모습을 갖추도록 도와준 박을진 편집자에게 이 대목을 빌려 진심어린 감사를 표하고 싶습니다.

내친김에 이 글과 관련해 막 떠오르는 몇 사람을 더 언급하고 싶습니다. 이를테면 오랜 문우文友였던 신군君과 '리론가理論家'의 외길을 걸어오며 오랜 기간 글 쓰는 사람으로서의 동지애를 나누어왔던 신 박사님. 그리고 이 책의 초고를 처음 읽어 준 몇 명 중 하나인 J 등입니다. 혹은, 2021년 그해 늦봄 이 책의 초고를 쓴 직후부터 막 시작하게 된 충정로 사무실생활을 같이했던 친우들은 어떠할까요. 어쨌든 소설 초고는 마무리되었고, 이제는 양복을 입고 넥타이를 목에 맨 채 진지하고도 지루한 사회인의 역할을 재차 연기할 때라 생각했건만, 돌이켜보면 사실 어림도 없는 일이었지요. 소설보다도 이상하고 흥미진진한, 약간 맛이 간 술처럼 산내 진한 실제의 삶이 이제 막 펼쳐지기 시작하리라는 걸 그 무렵에는 도저히 알 수 없었습니다. 이 작품의 후사後史, '시퀄'이라 할 만한 그 시간을 같이한 이 4인방에게도 감사의 말을 전하고 싶습니다.

2024년 10월, 최들판 씀

　한 남자가 사망한다. 그 남자를 둘러싼 여러 인물이 각자의 비밀을 숨긴 채 얽히고설킨다. 그런 가운데 경찰이 그야말로 발로 뛰며 사건을 수사하고, 마지막에 가서는 진실이 드러난다.

　최들판 작가의 『7분』은 범죄 미스터리의 정석과도 같은 작품이다. 이 작품 속에는 초인적인 능력을 지닌 탐정도, 엽기적인 연쇄살인마도 등장하지 않는다. 그럼에도 시종일관 긴장감과 호기심을 유발하며 마지막 장을 덮을 때까지 눈을 뗄 수 없게 만든다. 작가 스스로 '경찰 수사 절차 소설'이라 정의한 『7분』은 경찰 수사가 진행되는 과정을 꼼꼼하게, 그리고 생생하게 보여줌으로써 현장감 넘치는 재미를 선사한다.

　나는 앉은자리에서 이 멋진 소설을 다 읽었다. 도무지 한눈을 팔 수 없었다. 최들판 작가는 독자의 먹살을 틀어쥐고 사건이 벌어진 녹둥으로 끌고 간다. 작품을 읽는 내내 그곳의 비릿한 공기와 뜨거운 태양, 경찰의 땀내가 그대로 느껴졌던 건 바로 그런 이유 때문이다. 비현실적인 요소와 군더더기를 싹 걷어내고 오직 현실감과 간결함으로 독자에게 승부를 걸어오는 소설, 『7분』은 단언컨대 근래 읽은 작품 중 가장 강렬했다.

사실적인 이야기, 살아 숨쉬는 이야기의 힘을 느끼고 싶은 독자에게 이 소설을 추천한다. 단, 시간을 넉넉히 빼놓을 것. 한번 읽기 시작하면 중간에 그만둘 수는 없을 테니까.

전건우(소설가)

최들판이라는 작가의 이름을 단단히 기억하고, 앞으로 나올 작품들을 좇아 읽으려 한다. 대단한 내공의 소설가다. 경찰 조직뿐 아니라 쇠락한 항구 도시의 범죄 생태계에 대한 깊은 이해와 생생한 묘사에 감탄했다. 그의 지식은 글로만 배운 것은 아님이 분명하다. 글로 배운 지식인데 묘사가 이렇게 깊이 있고 생생하다면 그 필력은 내공이라는 단어로 표현할 수 있는 차원을 초월한 것이리라. 나는 작가가 세상을 포복 전진하며, 자기 살갗에 상처를 내며 이 지식들을 얻었을 것이라고 상상한다.

『7분』도 포복 전진하는 소설이다. 소설 속 인물들도 포복 전진한다. 독자는 다양한 인물과 함께 여러 밑바닥을 보게 된다. 때로는 욕지기가 치밀어오를 때가 있고, 그토록 무거운 속도감, 사방이 막힌 느낌이 갑갑해지는 순간이 오기도 한다. 간혹 레이저 무기 같은 것으로 소설 속 도시 전체를 다 쓸어내면서 멸균해버리고 싶다는 충동도 인다. 그런데 그 메스꺼움, 그 무거움, 그 갑갑함은 작가가 치밀하게 의도한 바다. 바닥을 기어가 닿은 끝에서만 맛볼 수 있는 카타르시스가 있기에. 살갗이 쓸리는 시간이 있어야만 독자가 마음속에서 진심으로 응원해주고 싶은 캐릭터들이 생기기에.

뚝심 있는 작가의 '극사실주의 21세기 한국형 범죄 수사 소설'을 만나 기쁘다.

장강명(소설가)

7분 죽음의 시간

초판 발행 2024년 12월 6일

지은이 최들판

책임편집 박을진 | **편집** 한나래 김혜정
표지디자인 스튜디오 수박@studio.soopark | **본문디자인** 박현민
저작권 박지영 형소진 최은진 오서영
마케팅 정민호 서지화 한민아 이민경 왕지경 정유진 정경주 김수인 김혜원 김예진
브랜딩 함유지 함근아 박민재 김희숙 이송이 김하연 박다솔 조다현 배진성
제작 강신은 김동욱 이순호 | **제작처** 영신사

펴낸곳 (주)문학동네 | **펴낸이** 김소영
출판등록 1993년 10월 22일 제2003-000045호

주소 10881 경기도 파주시 회동길 210
문의 031-955-1918(편집) 031-955-2696(마케팅) 031-955-8855(팩스)
전자우편 elixir@munhak.com | **홈페이지** www.elmys.co.kr
인스타그램 @elixir_mystery | **X(트위터)** @elixir_mystery

ISBN 979-11-416-0744-9 03810